凤鸣丛书·创意写作书系

大学生优秀文学作品选

学术支持机构：

浙江传媒学院文学院

浙江传媒学院茅盾研究中心

浙江传媒学院创意写作中心

浙江省桐乡市文化和广电旅游体育局

捕 蝇 草

蔺春华 主 编

韩德星 林晓筱 副主编

浙江工商大学出版社

ZHEJIANG GONGSHANG UNIVERSITY PRESS

·杭州·

图书在版编目(CIP)数据

捕蝇草 / 蔺春华主编. — 杭州：浙江工商大学出
版社，2019.11

（凤鸣丛书. 创意写作书系）

ISBN 978-7-5178-3516-5

Ⅰ. ①捕… Ⅱ. ①蔺… Ⅲ. ①中国文学－当代文学－
作品综合集 Ⅳ. ①I217.1

中国版本图书馆 CIP 数据核字（2019）第 221297 号

捕蝇草
BUYINGCAO

蔺春华　主　编　韩德星　林晓筱　副主编

责任编辑	王　耀　白小平
封面设计	林朦朦
责任印制	包建辉
出版发行	浙江工商大学出版社
	（杭州市教工路 198 号　邮政编码 310012）
	（E-mail:zjgsupress@163.com）
	（网址:http://www.zjgsupress.com）
	电话:0571-88904980,88831806（传真）
排　　版	杭州朝曦图文设计有限公司
印　　刷	杭州高腾印务有限公司
开　　本	880mm×1230mm　1/32
印　　张	9.75
字　　数	250 千
版 印 次	2019 年 11 月第 1 版　2019 年 11 月第 1 次印刷
书　　号	ISBN 978-7-5178-3516-5
定　　价	48.00 元

谱博雅诗篇　迎凤凰涅槃

——凤鸣丛书总序

　　大雅今朝,凤鸣桐乡。我们的灵魂在倾听:文化创造的源泉在充分涌流,民族文化创造的活力在持续迸发,中华民族文化复兴的脚步,近了!

　　2016 年 5 月 17 日,习近平总书记在哲学社会科学工作座谈会上的讲话中指出:"坚持和发展中国特色社会主义,统筹推进'五位一体'总体布局和协调推进'四个全面'战略布局,实现'两个一百年'奋斗目标、实现中华民族伟大复兴的中国梦,我国哲学社会科学可以也应该大有作为。"为了迎接中华民族新一轮凤凰涅槃,浙江传媒学院文学院、桐乡市文化广电新闻出版局联袂奉献"凤鸣丛书",作为我们的献礼!

　　"凤鸣丛书"作为浙江传媒学院文学院最新学术成果和创作成果,是浙江传媒学院博雅学术在人文积淀厚实的桐乡文化土壤中绽放的文明之花。风雅桐乡,人杰地灵,曾经涌现了朱子学家张履祥、学者吕留良、廉吏严辰、高僧太虚大师、文学巨匠茅盾、艺术巨匠丰子恺、艺术大师木心、摄影大师徐肖冰、篆刻大师钱君匋、漫画大师沈伯尘、编辑家沈苇窗、出版家陆费逵、著名画家吴蓬、著名新闻工作者金仲华等杰出人物。这些文化名人,构成了桐乡的"城市符号",凝聚成桐乡文化的"魂"。桐乡的优秀文化传统,理所当然地成为浙江传媒学院丰富的学术资源和教育资源,同时,也滋养了浙江传媒学院学子的精神文化肌理。

文学院是浙江传媒学院设立最早、办学历史最久的院部之一,拥有戏剧影视文学、汉语言文学、汉语国际教育、秘书学4个本科专业及戏剧影视文学(编剧与策划)、汉语言文学(涉外文秘)2个本科专业方向。现有浙江省"十一五"重点学科戏剧戏曲学,"十二五"省重点学科戏剧与影视学(戏剧戏曲学方向),"十三五"省一流学科戏剧与影视学(影视艺术理论与批评方向、影视编剧与创作方向);"十二五"校级重点学科中国语言文学(文化与传播),"十三五"校级一流培育学科中国语言文学和艺术学理论。戏剧影视文学是浙江省重点专业和浙江省新兴特色专业。中国语言文学大类是校级重点专业。文学院现拥有省级研究基地"浙江省非物质文化遗产研究基地"。学院学术实力强,科研成果丰富,近年来承担了国家级项目10余项、省部级项目50余项、厅局级项目60余项,各级教改项目20余项;出版学术专著40余部、文学作品10余部。学院教学水平高,育人业绩好。文学院学生近年在柏林华语电影节、威尼斯电影节"青年电影人培养计划"、全球华语大学生短诗大赛等国际赛事以及北京大学生电影节、环保部剧本征集、全国大学生征文大赛等国家级、省部级大赛中获奖30多项。

浙江传媒学院非常重视政产学研合作。近年来,由文学院自主创作的影视剧《明月前身》《盖世武生》《孝女曹娥》《长生殿》《梦寻》《七把枪》等已在中央电视台播出。为了促进政产学研全方位深度合作,文学院成功申报了两个校级研究机构:茅盾研究中心、网络文学研究与创作中心,整合了茅盾研究团队、木心研究团队、网络文学研究与创作团队、张元济影视剧创作团队等力量,开展了大量务实工作。"凤鸣丛书"即是文学院在桐乡文化土壤深耕细作收获的第一批文化作物。第一辑包括《茅盾研究年鉴(2014-2015)》《媒体化语境下新世纪文学的转型研究》《艺术现代性与当代审美话语转型》《百年汉诗史案研究》《汉语饮食词汇研究》《图像、文字文本与灵视诗学》《唐代园林与文学之关系研究》等。茅盾是我国现代文学史上杰出的作家、文艺理论家、文学翻译家，是我国现代进步文化的先驱者、中国革命文艺的奠基人，茅盾研究已经成为中国现当代文学的显学。浙江传媒学院茅盾研究中心作为茅盾研究的重要阵地，编撰的《茅盾研究年鉴》已经连续出版 4 年，今后还会持续出版。木心作为中国当代文学大师、诗人、画家，在台湾地区和纽约华人圈被视为深解中国传统文化的精英和传奇人物，一直是浙江传媒学院和桐乡市学者的用心之处，木心研究成果理所当然将是"凤鸣丛书"持续关注的对象。

2014 年 5 月 4 日，习近平总书记在同北京大学师生座谈时指出："人类社会发展的历史表明，对一个民族、一个国家来说，最持久、最深层的力量是全社会共同认可的核心价值观。核心价值观，承载着一个民族、一个国家的精神追求，体现着一个社会评判是非曲直的价值标准。"习近平总书记还指出："中华文明绵延数千年，有其独特的价值体系。中华优秀传统文化已经成为中华民族的基因，植根在中国人内心，潜移默化影响着中国人的思想方式和行为方式。今天，我们提倡和弘扬社会主义核心价值观，必须从中汲取丰富营养，否则就不会有生命力和影响力。"培育和弘扬社会主义核心价值观，必须立足中华优秀传统文化。"凤鸣丛书"将致力于优秀传统文化的挖掘以及文艺精品的创作，为"中国梦"的实现提供文化自信力。我们将关注昆曲剧本、动画片剧本、张元济影视剧本、杭嘉湖文艺精品等，策划更多创作活动，去讴歌桐乡、讴歌杭嘉湖、讴歌浙江省新世纪新面貌，坚守我们的核心价值体系和核心价值观，利用好中华优秀传统文化蕴含的丰富的思想道德资源，使其成为涵养社会主义核心价值观的重要源泉。

正如木心在《诗经演》里写道"遵彼乌镇／迴其条肆／既见旧里／不

我遐弃。"桐乡文化是常新的,游子木心把她视为自己的精神归宿。同时,桐乡又是中华文明的一个美丽缩影,博大精深的中华文明乃是中国人的安身立命之所。置身于桐乡大地上,我们感同身受,见证着中华文明孕育的新一轮凤凰涅槃。黎明正喷薄而出,我们正跨步在金光大道上!

凤鸣丛书编委会

二〇一九年春

目 录 | Contents

小说篇

散文篇

诗歌篇

小 说 篇

琴　酒

妇科医院是比较阴森森的场所，大概因为医生和护士对待生殖器官都较为麻木。琴酒抿了抿嘴，躺到床上，缓缓张开双腿。护士见惯不惯地将扩张器塞入她的下体，撑开阴道，下身的异物感立刻将她一分为二。

"琴酒是鸡尾酒的心脏。"——琴酒总是这样介绍自己名字的典故。一般人都会若有所知地点头应和，不过阿越就比较愣。阿越第一次听到琴酒这样说就哈哈大笑起来，说："什么嘛！我以为是因为你很爱看名侦探柯南噢！"

浓郁的闽南口音，软软的，像颗糖。

后来阿越和琴酒恋爱了，琴酒在酒吧的乐队里打鼓，阿越是酒吧楼下真正的沙县小吃店的厨师。

"真正的沙县小吃，很重要哦。"阿越说，"我们的竹升面是真的压出来的。"

阿越言行中持续透露出的幼稚气息让琴酒很是头疼，尽管知道自己最初正是喜欢他身上那种"一闪而过的天真"。可是时间久了，难免会疲劳。

"还是很难托付终身的对象啊。"

和母亲打电话的时候，常常也会听到此类若有若无的告诫。可是有些事情没有事到临头，还是不想面对吧。

拿到彩超检查结果之后，琴酒就一直坐在候诊室里，脑袋嗡嗡作响。刚刚做检查的医生对她说什么，怀孕，49 天，药物流产。她耳朵里便反反复复响起阿越说的那些胡言乱语。"懒得下去买啦，我都硬了耶。生个 baby 也不错啊。"

要命。

琴酒有点烦，她抬起头望了一眼候诊室的人，乌泱乌泱的，好像都没有很高兴。不过，来妇产科不生小孩的女人，怎么想也高兴不起来吧。陪女人来的男人则更不消说了。

"248 号，冠琴酒女士。248 号，冠琴酒女士。请到就诊室。"

机械的声音在大厅里回荡，在众声喧哗的候诊场所，那声音听上去仿佛隔着一层水雾。所以 Vaporwave 音乐在现在开始流行，也不是没有道理。在人类的后工业时代，很难有人愿意听你卖力打鼓了吧，最近流行的乐队不都是听上去软趴趴又隔着一层雾气那样吗？

护士小姐抬手看了看腕表，已经过去一分钟了。于是抬手在琴酒的名字后面打了个叉。在这里临阵脱逃的女士有很多，大家怀孕几乎是同样的原因，又因为各种各样的理由最终逃避了引产。护士小姐望着冠琴酒的名字想道，那么这位琴酒的原因是什么呢？可能是我永远也没办法知道的吧。护士小姐笑着，笔尖指向下一个名字。

"249 号，××女士……"

阿越趿拉着人字拖在小吃店后厨洗锅，洗锅水溅了一点点到背心上，留下星星点点的水痕。他本来是下班了，不过想到琴酒最近生病了，又折回来煮了两碗云吞带回去。

"其实我也会关心人的啦。"阿越信誓旦旦地想着，拎起云吞的时候觉得自己头顶有光环，恨不得在脸上写个大写的"man"。不过没走两步，又变回往常的阿越，百无聊赖甩着自己手上的钥匙往小区里走。

琴酒和阿越所住的出租屋楼下有一棵很大的榕树,树后面藏着路灯,傍晚的时候亮起来,树荫里就有了斑驳的光。不过阿越总是嫌弃榕树遮住了光,每天夜里说梦话都嚷嚷着要把树砍掉。

转弯,见到树,两个小男孩像蜗牛一样在树干上蹭啊蹭的,是要爬树吗?

树下坐着扎马尾的女孩,手里握着一盒药,眼睛不知道在看哪里……是琴酒?

"喂!琴酒!"阿越喊道,"你坐在地上干吗?"

琴酒反应过来,看见阿越蹲到自己面前,脸已经凑得很近了。琴酒慌乱地垂下眼睛,说"忘带钥匙了"。阿越望着琴酒那样子,张了张嘴,想说什么,眼睛的余光看到琴酒掌心里冒出的钥匙尖,终于还是闭嘴了。他伸出舌头舔了一下她的眼睛,也没说什么,只是牵起琴酒的手,带她往楼梯上走去。

"这是什么药啊?"阿越拿出钥匙开门的时候,假装无意瞟了一眼。上面写着米非司酮几个字,或许是米司非酮吧。

琴酒下意识遮掩了一下药盒,故作平淡地说:"月经不调啦,女生吃的药。"阿越点点头,不再说什么。

入夜,月升。远处传来狗吠,阿越在床上辗转反侧。他们的床放在窗边,月光透过窗子洒下来,琴酒闭着眼睛,像是睡在月光里。

"越,要是我怀孕了怎么办?"

"那就生下来。"阿越故作轻松地说。

"哪那么简单?"琴酒看着阿越一如既往吊儿郎当的德行,隐约有点烦躁。转过身去,面朝月光睡去。

阿越尴尬地摸了摸鼻头,识相地闭嘴了。

在一起有两年了吧。阿越看着黑暗中女人的背想道。或许结婚也不错哦。

如何向一个女孩求婚呢? 买不起跑车,自己对花粉又过敏。不然把戒指包在云吞里？然后告诉她吃到戒指的幸运儿就可以结婚。
这倒是个办法。

干！云吞已经吃完了！

阿越莫名被气到，也不知是生哪一颗云吞的气，只顾在床上左翻
右翻，却因此更加睡不着了。客厅的冰箱里还有半听没喝完的可乐，
不如起床喝掉好了。

摸索着起了床，因为没找到自己的拖鞋所以把脚挤进琴酒的鞋
里，像小丑走路一样，扭到冰箱面前。

寒冷的光。

冷藏柜里寒冷的光。

无非是酱黄瓜、西红柿、老干妈和几支口红，恹恹欲睡地躺在冷
藏柜里接受检视。还有那个米非司酮片。

"中止妊娠"四个字显得格外扎眼。

其实自己只是神经大条一点，还不至于傻啦。阿越拿出可乐喝
了一口，咂了咂嘴。小时候的某一天，妈妈也买过米非司酮片。自己
看着她吃下，然后开始流血，马桶里面全是血。妈妈要按下抽水按钮
的时候，阿越突然哭着喊不要。

不要什么呢？

他自己也不清楚。可能人类对于将要失去之物有着本能的焦虑
和怜惜，但是"不要"和"想要"中间还差了好远的路吧。

琴酒确实是鸡尾酒的心脏，这件事是没错的。不过琴酒是中国
台湾那边的叫法，大陆这边通常叫金酒。

琴酒的父亲曾经是个半吊子调酒师，在参加过一次不知道哪里
举办的鸡尾酒大赛之后就转行了。

"我喝过一次那个冠军调制的玛格丽特，啧啧。你喝过以后，就
知道自己以前全调错了。"父亲这个时候通常握着手中的散打白酒，

脸涨得通红。

不过他从没讲出后来的事情。

琴酒坐在回洲村的大巴车上迷迷糊糊地想着,母亲会骂她吧,工作得好好的,不打招呼就回来了。但是她确实需要回来一趟。

出走,离开,缓口气也好。

要去乱礁滩捡贝壳,光着脚,踩在晒得发烫的沙子上。

小时候母亲经常因为这个事情骂她,"侬命里不能靠水的呀,托先生给侬算过的呀"。

冠郦氏长年吃海盐吃坏了口条,上海话不像上海话,本地方言么也说不上。倒是一脉相传了那精打细算的主妇气质。

从前为了储钱买房,冠郦氏规定沐浴乳通通只许按一下,洗发水则是袋装的,大人一次一袋,小孩一次半袋,每次刷牙的时候牙膏只挤黄豆粒大小。

谁料新房计划最终以拆迁补偿的形式实现。

"所以说嘛,小奸难发大财。"父亲坐在新房里,抿了一口散打的二锅头。冠郦氏在厨房听到他这样事后诸葛亮,即刻把砧板剁得砰砰作响,以示捍卫自己一脉相传的优良习惯。

琴酒对这些抠搜的筒子楼后遗症深恶痛绝,有段时间只要她一看见袋装洗发水就忍不住想干呕。可是自从自己和阿越住在一起之后,她发现自己不知不觉中也会如冠郦氏一样。毕竟洗澡时候抹沐浴乳和洗发水的间隙,关水龙头和不关水龙头的区别真的很大。买菜送的袋子存下来再做垃圾袋,也比特地在超市买要合算很多。

下车,出站。

巴士站离华春小区大约十分钟脚程,途经菜市场的时候,或许会碰到晨练的老爸。琴酒不想在途中被抓住,于是绕开菜市场快步走到小区后门口,腌咸菜的气味和晾晒的床单上残留的洗衣粉味立刻扑面而来。该是到腌菜晒菜的季节了。

"阿酒,你怎么回来了?"冠郦氏站在后门的水门汀摆弄咸菜,一抬眼看见琴酒两手空空站在水门汀下面。

"突然想回来了。"琴酒勉为其难地耸耸肩,"就回来了。也不远。"

母亲意外地没有在这个问题上多作纠缠。"那我给你爸打电话,让他带点菜回来。你想吃什么?"

琴酒摇了摇头。"都行吧,我有点累了,想睡一下。"

"那你去睡吧,我晒完菜给你做饭。"

用了将近十年的钥匙,早已被打磨得油光水滑,拴在上面的红色尼龙绳敷上了一层黑。

琴酒接过钥匙,脚步踉跄地闯进屋子里。

一切照旧。

灯还是灯,水杯还是水杯。

如果不知道怎样才好的话,那就睡觉吧。琴酒所喜欢的一个诗人曾经写道:"拥有无止境的睡眠,是我生命的理想。"

为什么要无止境的睡眠呢?

可能觉得无限接近死亡,又随时可以醒来吧。

咔嗒。

房门的锁轻轻被打开,又蹑手蹑脚被关上。但是酒精的味道轻轻悠悠钻进琴酒的鼻子里。

是父亲。

"一回来就睡了。"冠郦氏尖着嗓子说,"也不知道是不是和那孩子吵架了。"

"从来不让我省心。"耳熟的抱怨,伴随着哗啦啦的水声。一团什么东西沾着水,砸在地上,一声闷响。是在拖地呢。

漱口声,吐水声,清了清嗓,咂了咂嘴皮,呸呸呸吐茶叶。末了,父亲慢吞吞地开腔。

"你少说两句。"

"侬懂撒么事!"

冠郦氏一如往常般不假思索。

在老冠还是小冠的时候,他确实跟着学了好长时间的调酒。出师之后在上海各个犄角旮旯里挣到过不少钱。调酒师就没有几个不是浪子的,今日钱绝不留着明日花,是小冠奉为天理的理财方式。潇洒嘛也算潇洒,不过总觉得生活空落落的。直到遇见郦小姐。

世界上万般事,无外乎一物降一物。郦小姐就是用来收小冠的。

"那琴酒的名字究竟是怎么来的?"

老冠气定神闲地呷了口茶,跷起二郎腿。

琴酒嘛,就是金酒喽。

初学调酒的时候对所有的配方都恪守不渝,时间久了发现其实没那么多讲究。心情好了,手上多玩几套花活,心情不好了就乱摇几下了事。碰上犯傻的客人了,连基酒都不给他放,他照样喝不出来。

"我师傅跟我说过,甭管多大的酒吧,那个孙子多牛,调出来的跟咱卖四五十的没有区别。"那师傅一口京片子。

不知道老冠在跟谁吹牛,琴酒从小听这话听得耳朵都要起茧,她睡在床上拨弄手机,不知为何脑补出一张阿越的脸。

"真的假的啊?"假字会咬得特别重,拖地一样。

不过冠郦氏并没有什么好心情听老冠说这些,扯着尖嗓门叫大家吃饭了。

那场改变小冠生命的鸡尾酒大赛还是没有讲出来,冠郦氏曾经无意间透露,那是琴酒之所以叫琴酒的原因。

但是老冠从来没有说出故事的下半截。

琴酒不情不愿地拖着身子,从床上蹭起来。走一步懒一步。冠郦氏开始用饭勺敲锅了。

行至餐厅,四目相对。

阿越坐在老冠旁边,缩在一旁。不合身的西装罩在他身上,衬得他像个小鸡仔。

难得他终于舍得换下背心,穿有袖子的衣服了。琴酒牙齿磨得咯咯作响,又气得想笑。

"哎呀,坐下吃饭,坐下吃饭。"冠郦氏端着汤从厨房走出来。

琴酒坐下来,四人对坐,一时无话。

椰奶泡西瓜放在餐桌的正中央,取代了汤的位置。

琴酒很喜欢喝泡过西瓜的椰奶。因为西瓜切碎成块泡在椰奶里,那奶会变成粉红色。尽管后来知道这不过是冠郦氏简化之后的水果捞,但是琴酒在学生时代的暑假,每次都不知悔改地狂吃西瓜捞直到腹泻。

她伸手,想要再舀一勺西瓜捞。阿越即刻伸手,摁住她的手。

"怀孕要少吃西瓜。"

冠郦氏与老冠面面相觑。

干!他是故意的。

琴酒甩开阿越的手,不轻不重地摔了一下筷子。老冠随后也不轻不重地清了一下嗓子。琴酒的耳根热热的,低下头食不知味地扒了几口菜。

"小越啊,你家在厦门那边哦?"冠郦氏望着阿越说话,眼睛却往老冠那边望了一眼。

"嗯。"阿越露出属于热带男孩标准的笑容,"我打算过两天带琴酒回家一趟。"

琴酒心头火烧。"我没这个打算。"

四人语塞,琴酒脸上有些绷不住,只好低下头来,眼睛的余光盯着一只围着西瓜捞打转的苍蝇。阿越亦五味杂陈地看着那碗西瓜捞。

冠郦氏拨了拨碗里的西兰花，望着心不在焉的两人。

"阿姨知道你是个好孩子。"

"阿酒有时候脾气不好，不过没什么坏心思的……两个人在一起嘛，最重要还是互相体谅。"

老冠闷声不响地端过那一大碗西瓜捞，吭哧吭哧喝了起来。吧唧嘴的声音渐渐盖过了那些说合的话，她总归是识趣，适可而止地中止了说话。

从家门口到楼下杂物间要迈过三层楼梯，六十几级台阶。一路上夜风吹得人心头发软，琴酒跟在父亲后面，两人一路无话。

记忆里上一次和父亲这样单独相处，尚在遥远的初中时期。那时候母亲因为意外怀孕，而去医院引产。父亲开着摩托车载她去医院给妈妈送饭。琴酒抱着保温饭盒，窝坐在父亲前面，感受着风的弧度和父亲臂弯的力量。初二的时候，父亲给琴酒收拾书包发现了放在夹层里的卫生巾，虽然当时父亲看似坦然地把卫生巾放回了书包里。不过自那之后，他再也没有碰过琴酒的私人物品。

"其实你妈妈有时候会偷偷跟我说，很后悔没有把那个孩子生下来。"父亲弯下腰，吃力地撬开木头箱子。

"我知道，她跟我说过。"琴酒嬉笑着上前去帮忙，"因为我又懒又馋，还做了这么不靠谱的职业。"

父亲翻出他珍藏的金酒，自那年转行之后，他再也没有打开过。色泽透亮，黑暗中也能隐约见到那漂亮的成色。

"你也知道你不靠谱了？如果生下来是个男孩子的话该多好。"父亲端详着那瓶金酒，琴酒听着这话心头一沉。"他长大了肯定随你妈聪明，就可以帮忙照管你。哪像现在，要是我们两个都不在了，你往哪里去？"

琴酒愣了愣，不知道说什么。

"给你。"父亲悄悄地递过来一个小盒子塞到琴酒手中。

"这是什么?"琴酒摸了摸,小木盒,沉甸甸的。

"以前得的那些金牌。足金的。"父亲手握着金酒往外走,"把它熔了还能换一笔钱。"

琴酒追了上去。"我不要这个! 给我干吗?"

"给你你就拿着好了。有笔钱,干什么都方便一点啦。"父亲伸了伸懒腰,"结婚、不结婚,留在上海或者去别处。高兴做什么就做什么。"

琴酒握着那个小盒子,像是握着谁的半辈子。

琴酒是鸡尾酒的心脏。

小冠从前不懂这句话,他觉得调酒凭着自己的性儿才是最好的状态。他从没输过那些大大小小的比赛,但他也经常给不明就里的客人喝不放基酒的鸡尾酒。反正没有人能喝得出来。

"你知道玛格丽特的别名叫什么吗?"老冠叼着杯子对阿越说,"叫情人的眼泪。"

"知道为什么叫情人的眼泪吗?"阿越的头摇得跟拨浪鼓似的。老冠得意地笑了。

小冠唯一输的那一次鸡尾酒大赛,他输给了日本调酒师调的一杯最简单最传统的玛格丽特,他觉得那是自己闭着眼都能调出来的东西。

他不服。

比赛结束之后,小冠费尽周折找到那调酒师工作的酒吧,单点了一杯玛格丽特。他就是来挑事的。

青檬片在酒杯口转一周湿边,然后把酒杯倒置在放了盐的小碟上转一周做雪花边。冰块放入雪克壶,龙舌兰、君度、青柠汁依次被放了进去,分量克制,却不差分毫。一套花活下来,一杯玛格丽特放在了小冠面前。

他端起酒杯喝了一口,不由得愣了愣。半晌,他将酒杯放回桌上,对着调酒师鞠了一躬,然后一言不发离开了酒吧。

酒流过雪花边来到舌尖的时候,小冠尝到了以前眼泪划过嘴角时候的感觉。

"我那杯炽热,输在了琴酒上。"老冠似有所指地看着阿越。阿越用眼睛的余光瞟了一眼身边的琴酒,她似乎也是第一次听到这个故事。

老冠不再说话,专心专意调起酒来。手上的那一套花活倒是没丢,手法娴熟,阿越和琴酒这两个外行人看得热闹极了。

末了,一杯深红透亮的鸡尾酒被送到了阿越面前。

"这给我的吗?"阿越问。

老冠笑了笑,不置可否地看着阿越。

琴酒紧张地望了望阿越,阿越端着那杯酒,不知想了些什么,然后看着琴酒,举起酒杯一饮而尽。

王佛玲

(2015级戏剧影视)

逃出大山

村子西北角落的大树下有几间简单的土坯房，里面住着四口人——男人、男人的母亲、桂花和桂花的儿子。

儿子是桂花和那个男人生的，来到这里的第一年怀上的。

和过去的每一个晚上一样，从地里回来的男人吃完饭逗了会儿儿子就上床睡觉，男人的母亲照例在睡前把孩子抱走，然后顺手锁上了门。

桂花躺在床上，背后的男人呼吸逐渐均匀，不一会儿就打起了呼噜。

白亮亮的月光从不规则的窗口照进室内，慢慢地从地板挪上了床，照在桂花那双没合过眼的晶亮的黑眼睛里。

不知道过了多久，桂花身后的男人翻了个身嘟嘟囔囔地说了几句梦话，窗外的公鸡打了个鸣，然后一切又回归安静。

桂花轻轻地掀开被子，时候到了，她要逃。

桂花把手伸进门板的空隙，在这里五年的农务劳作把桂花的手臂锻炼得很有力，卸下这破旧的门板简直轻而易举。

桂花把卸下的门板倚在墙边上，她冰凉的手不自觉地发抖。

院子的大黄狗不知道为何吠了一声，桂花觉得全身的血液都冻结了，全身上下隐隐地抽痛，她掐着门板一动不动。

男人依旧在睡梦中，呼噜声一声接着一声。

桂花不敢回头,她咽了口唾沫,抖着脚往外走,每一步都像踩在刀尖上,桂花有些头晕,怎么平时三两步就走到的大门这次这么远?

拴在院子里的大黄狗看见桂花走了出来,摇着尾巴扑上来。桂花赶紧拍拍大黄狗的头,把它安抚下来。

桂花一边抱着大黄狗一边回头看,今晚的月色很好,屋外一片光亮,树影笼罩着有些破旧的房子,桂花透过没了门板的房门,可以看见屋内的男人露在被子外边的脚。

桂花摸了摸大黄狗的背,眼睛亮闪闪的。她放开大黄狗,示意它不要出声,然后迈着步子小心翼翼地离开这里。

每走一步,桂花都能感受到自己的心跳,一蹦一蹦的特别有力气,她感觉自己的手脚逐渐地有了热度,血液在全身快速地流淌。

男人的家在村子的西北角落,桂花不敢往村口走,因为村子里家家户户都养着狗,如果惊动了这些狗……桂花不敢往下想,只觉得背上一阵阵地疼。

桂花不是这个村子的人,也不是从别的村子嫁到这里的姑娘,她是被人贩子卖到这儿的。五年前,她才十七岁,只有初中文化的她跟着同村的小姐妹外出打工,临出门前,她娘拉着她的手一遍遍地嘱咐她没赚到多少钱也没关系过年记得回来,谁也不承想,这一走,那个家却是回不去了。

桂花当然逃过,刚到这个村的姑娘都逃过,可是没有一个逃出去的。这是一个很落后的山村,隐藏在层层叠叠的山林里,村里家家养着狗,村里家家都买过媳妇,这些个人家像是一个团结无比的联盟,不仅看着自家新买的媳妇,也帮着村里人看着其他新媳妇。

桂花逃,可这是一片不讲道理的山,密密层层地围着村庄,无论从哪个方向出逃都逃脱不了,她刚刚跑到出山口就被成群围剿的村民截住,男人拽着她的头发将她弄回了家,在众目睽睽之下一顿暴打,活生生将她的腿打断了,背上全是纵横交错的血印子,一条条都可见肉。然后,男人扒光了她的衣服,把她关进了房内。房内什么东西都没有,只有一床破被子。男人白天下地干活,晚上就来地窖里强奸她。

赤身裸体的她生活在狭小阴暗的世界里,面对墙壁,痛哭,挣扎。一年后她生了个孩子,才被放出来。放出来时,她已经有些精神恍惚了,只觉得外面的阳光亮得刺眼。

桂花生的是个男孩,健健康康的男孩。男人和他的母亲高兴坏了,对孩子极好,连带着对桂花也好了一点,至少粗暴的泄欲少了些。

男人家家境不好,说是家里的积蓄都拿去买桂花了,但是他们对孩子是十分好的,男人的母亲更是一刻不歇地抱着孩子,生怕有个闪失。

婴孩的面容软糯可爱,那一双大眼睛就像一汪泉眼,水润得不行,人见人夸。但是,桂花怕这个孩子,每次看到他桂花都会止不住地颤抖,她又想起以前每一个被折磨的晚上,野蛮的男人匍匐在她身上蛮横地发泄、残忍地暴打。

这个人人夸赞的婴儿是桂花的亲血肉,是桂花怀胎十月生下的一块肉,桂花心里也是满心的疼爱,但他又像是一根刺,无时无刻不在挑起桂花的伤口。

村里年年都有新的姑娘被买进来替代那些受不了折磨疯了或者死了的姑娘,每个姑娘都没有逃出去,没有逃出去的姑娘都会被毒打,像桂花一样。

桂花的心开始有了一点点的松动。

桂花怕极了挨打,听着村里传来的姑娘凄厉的哭喊声桂花就会一阵头晕,仿佛那沾了盐水的粗麻绳是抽在自己身上。

桂花也见过村里其他被买来的姑娘,那些姑娘大都屈服了,有的是因为打怕了,还有的是因为舍不得孩子。

村里还有另一些不愿意留下来的姑娘,桂花是不能见的,日子久了也见不着了——不是死了就是疯了,但总归逃不出一个死。在没有被卖到这儿之前,都是一个个活生生的生命,现在被四五个大汉抬着出去,埋在后山,盖着厚厚的一层土,没有棺材也没有墓碑。

身前是不讲道理密密麻麻的大山,身后是团结一致经验丰富的村民,桂花觉得自己就是蜘蛛网上虫,只能待在这里,一直到死。

桂花的儿子转眼就两岁了,这时候的小孩子会讲一些话也会到处跑跑跳跳了,小孩子喜欢黏着桂花,围在她身边叽叽喳喳地叫妈妈。一声声叫得桂花心都化了,对他也没有了开始的害怕。

男人这两年也松了对桂花的监视。他跟桂花说,只要桂花跟他好好过日子,他就不会再对桂花做粗暴的事情。他还说当初买桂花来也是迫不得已。父亲死得早他家就他一个儿子,他要肩负起传宗接代的重任,但是家里穷,村里也穷,没有姑娘愿嫁。这才从人贩子手里买了桂花。

男人的母亲对桂花也是极好,桂花生孩子的时候没照顾好,常常会腹痛,男人的母亲也不让桂花做太重的活,只是让她在家里料理家务、喂喂鸡鸭,农忙的时候到地里帮帮忙。

如果这是你情我愿组合的家庭,那这样也挺好。

桂花在这个挺好的家里又过了一年,这样的生活平淡安静,只要她不跑就不会挨打,就不会死。

桂花差一点就妥协了,差一点就对着男人的母亲喊出那声妈。这所有的差一点都因为小莲的出现,回到了起点。

小莲是村里大柱新买的媳妇,在这之前大柱已经买过两个媳妇了,都死了。小莲也逃,被抓回来后一阵毒打,大柱手狠,小莲疼得昏过去好几回,鲜血一口一口吐在门口的大青石板上,刷也刷不掉。

听村里人说小莲是个文化人,知书达理又细皮嫩肉的,指不定是个城里姑娘。城里姑娘倔强,又是吃惯了好的用惯了好的,怕是难留下。不过多打几次就好了,大柱有手段,村里人也有经验,卖到村里的姑娘没一个跑得了。

小莲也确实是倔，一共跑了五次，每一次都被抓回来，每一次都是一阵暴打，等伤好得差不多了，她又跑，那韧劲就像地里的韭菜，割了一茬，又长一茬。到后来，大柱连吃的也不多给她，脱光了她的衣服把她绑在屋子里。

屋子里阴暗无光，只有一扇小小的窗，小莲每天都趴在窗口，睁着亮晶晶的大眼看着外面的白云蓝天。

桂花见过小莲两次，第一次是小莲刚被卖到村里，那时的她脸蛋红扑扑的，眼睛大而有神，眼里虽然有恐惧但更多是不妥协的光芒。

第二次见到小莲是在她死后，她的头发乱糟糟的，两边的颧骨高高鼓起，身上也是青一块紫一块，但是嘴角却是微微翘起。她是被大柱活活打死的，在小莲最后一次被抓住的时候，大柱没控制好。

那也是桂花第一次看见尸体，怕得不敢多看一眼。

如果安分一点，就不会死，就能好好地生活。男人的母亲搂着小孙子，似是无意地念叨。

小莲嘴角细微的、像是绽放了的笑容如一颗随时都会爆炸的炸弹埋进了桂花的心里。那是一种无法言语的执着，即使知道前方无路，即使知道是飞蛾扑火也要勇往直前，她们本来就不属于这里，是那些贪婪的人贩子、淳朴得野蛮的村民强行把她们留在这里。

那一晚，桂花做了一个梦，梦里的桂花才十六岁，正站在桂花树上摇桂花，桂花金色的雨滴纷纷落下，都落在站在树下的妈妈身上。

"桂花，小心点别摔着。"梦里的妈妈对桂花喊道。

妈妈将洗干净的桂花和面粉、糯米粉和在一起，加入清水和砂糖，搅拌均匀后上笼蒸。白色的水汽伴着桂花的清香飘满小小的厨房。桂花毛手毛脚地掀开蒸笼盖，不小心被蒸汽灼伤了皮肤。

"你个小馋猫，快让我看看有没有事。"妈妈拉着桂花的手用清水缓缓地冲洗。

桂花不知道为什么眼睛就红了，泪珠子一颗一颗止不住地流。

"怎么了？疼？不哭不哭，妈妈在这里，妈妈抱抱。"妈妈伸手抱着桂花，她的怀抱温暖得像冬日里的小火炉。

然后，桂花就醒了，不知怎的，她的手竟真的有些灼疼。

桂花松动的心又坚固起来，她不能妥协，她怎能妥协？千里之外，她的妈妈还在等着她回家，她还有一个妈妈在等着她呀！为什么我要在这里好好生活？我本来就不属于这里！

桂花变得更听话了，除了带带孩子，还主动给在地里干活的男人送吃的。村里人都夸男人有本事，收服了桂花。

桂花每次都会趁这个时候偷偷地观察地形，桂花在心里告诉自己这次必须要逃出去，为了等她回家的妈妈，也为了村里其他无辜的姑娘。

村里逃过的姑娘都见识过这片密密麻麻的大山，都感受过那种前路不知在哪的迷茫无措，所以逃过一次的姑娘很少再逃第二次。她们有些人认了命，有些人逼疯了自己。

村里被买来的姑娘都有一颗绝望的心，桂花也是，然而小莲却点起了桂花这颗心里唯一的希望。她要逃，她一定要逃，如果连她们自己都放弃了，那还会有谁能救她们？

小莲埋在桂花心里的炸弹，因为这把火彻底炸了。要么逃，要么死，决不妥协，桂花的心烧成一片火海。

她要回去见妈妈，她要去讨回自己的自由，她也要让村里的这些姐妹知道——不要屈服这本不属于自己的命运。就算她救不了这些姐妹，她也要让她们知道只要不放弃，就还有希望。

又是整整一年，这一年桂花无比听话，起初男人和男人的母亲也有怀疑，故意设了个陷阱，但是桂花没有逃，她知道时间还没有到，她做的准备还不够多。

桂花开始对儿子表示亲近，虽然他不是她愿意生下来的，但毕竟是她的孩子。桂花已经抱定了主意,这一次逃走,要么出去,要么死!

桂花趁闲暇的时候将干粮屑一点一点地缝进衣服内。她知道这些东西很少,但好歹能撑一会儿。

桂花规划了整整一年,终于熬到了现在。

桂花现在已经翻过一座山了,前面还是看不见尽头的大山。原本深蓝色的夜空已经开始褪色了,过不了多久,男人的母亲就该起床了。

桂花的两腿酸软,汗止不住地流。因为一整夜没有吃东西,桂花饿得犯恶心,她很想休息,但是她不敢,因为她知道只要她稍微放松,村里的狗就会追上来。当年的小莲最远翻过了两座山,还是被追上了。

桂花不知道男人会不会死命地追,但她知道村里的人一定会往死里追,有一必定会有二,有二肯定会有三,桂花要是逃走了肯定会有下一个逃走的,村里人不会让桂花坏了规矩。

这个道理桂花懂,村里人一定也懂,所以桂花不能休息。

这就是村里人这么团结的原因,也是桂花抱着必死的决心一定要逃的原因之一。

桂花一刻不歇地逃,她不敢吃缝在衣服口袋里的干粮屑,那是她的救命稻草,她也不知道自己会在这山里转悠到什么时候,所以她不敢吃那些干粮。饿了就随手抓一把野草往嘴里塞,也顾不得能不能吃,野草的味道逼得桂花呕吐不止,但桂花别无选择。

晚上来了,桂花不敢生火,怕火光和烟雾暴露自己的身份,她甚至不敢找个山洞避避风,怕留下气味。晚上的山里露水重温度低,桂花只穿着一件衣服,抖得嘴唇发紫。她听说涂了泥巴狗就嗅不出自己的味道,她就往身上涂满了泥,满头满脸都是。

桂花不敢休息太久,就算是在晚上,她只要一闭眼就能听到犬吠,仿佛看见那一大群村民已经举着火把牵着狗追了上来,为首的男人手里还拿着麻绳和碗口粗的棍子。

只要一被吓醒，桂花就开始赶路。她不走小路，哪里树多就往哪里钻。她也不知道自己该往哪里走，但是只要逃得出去，哪里都无所谓。

桂花也不清楚到底过了几天，只知道自己不停地走，不停地跑，只要有一点点风吹草动她就没命地往前跑。泥水顺着额头滑到嘴里，她也已经没感觉了，她的脑袋里一片空白，甚至想不起她为什么在这里，只知道她要一直往前走。

又是一次日出，桂花的眼窝深陷，嘴唇干裂脱皮，带着的那点干粮屑早已经吃完。在这山里的几天，桂花仿佛老了十岁。

她或许就要死在这里了，不过还好，没被抓住。桂花坐了下来，这一回她完全没有了力气，死在这儿也好了，只是看不见妈妈了，吃不到妈妈做的桂花糕还是有些遗憾。

都说人如果有心愿未了，死后会变成鬼，那她会不会变成鬼回去见妈妈呢？桂花倚在树干上，合上了眼。

这时，一道光晃了过去，桂花吃力地张开眼——是光！是车子！是路！是水泥马路！

桂花不知哪里生出了力气，连滚带爬地滚下去，她颤颤巍巍地伸出手放在冰凉粗糙的水泥上，脱水的身体竟有了可以流的眼泪。

桂花慢慢地抬起脚，慢慢地踩上水泥马路，每一步都十分小心，怕这是个梦一不小心就碎了。

桂花踩在水泥马路上，缓慢而郑重地张开双臂，阳光在眼前，大山在身后，脚下的路通往前方。

蔡奕扬

（2014 级汉语言文学）

022 / 捕蝇草 ●●●

老 派 头

黑夜里的深巷像被泼了墨，浓黑得不像话。几个肮脏的垃圾桶随意摆放着，里面的垃圾满得溢出来，落在地上，隐藏在黑色里。

一只暗黄色的流浪狗慢慢踱过来，鼻子一边仔细嗅着地面的恶臭，一边发着"哧哧"的喘息声。这只狗极丑，巷子斜对面的路灯打过来的灯光照在它细长瘦削的身体上，毛发脱落得厉害，露出粉嫩的皮肤，整个像一张破旧的毛毯。

黑色里突然传来一个声音，一个空酒瓶滚了过来。丑狗猛地往后缩了一下，对着巷子空吠了几声，转身跑了。

老朱躲在深巷里，听到狗叫声的时候被吓了一跳，背上渗出一层细细的冷汗。他停下手上的动作，往外探望，确保没人后，才继续拖着大麻袋往巷子更深处走去。

老朱脖子上青筋凸起，好几次麻袋险些从手上滑落，不得不每走两步就停下来歇口气。慢慢地老朱拖着麻袋走进完全没有灯光覆盖的地方。黑色像一张大口，毫不留情地把老朱和麻袋给吞掉，只留下麻袋在地上被拖出的一条深深的印迹，在昏黑的灯光下隐隐呈现着不悦的暗红色。

酒保问，老样子？

老朱点点头，酒保端上来一杯冰镇啤酒。看着酒杯里令人愉快的黄色,他一下喝了一大口,溅出来的啤酒打湿了他的衣襟,但老朱毫不在意。冷爽的啤酒顺着食道直下,令他忍不住打了个舒服的寒战。

这时候胖老汉推门进来。大家叫他胖老汉,因为他的身体是一层层叠起来的厚脂肪,从小腿叠到脖子。但在脂肪上的却是一颗小得出奇的脑袋,像生日蛋糕上放了一颗草莓。他进门后环顾下四周,然后跟平常任何时候一样,他直走到吧台。

胖老汉说:"干完大单子了?"

老朱回他一白眼,没搭话。

胖老汉说:"去你娘,还是死活打不出个闷屁来。"

胖老汉问:"兰芳怎么样了?"

老朱放下酒杯,摇摇头,叹口气。

胖老汉说:"唉,活不成也死不了,这才叫麻烦。"

老朱说:"钱都花她身上了。"

胖老汉说:"你把护工给辞了,不就省一大笔了?"

老朱说:"护工不靠谱。"

胖老汉嘟囔着:"都这地步了还瞎讲究……"

酒保把酒杯给满上,给胖老汉也倒了一杯。老朱盯着黄色上慢慢消融的白沫,没有喝,只是用手指摩挲着杯壁。他从夹克的口袋里翻出一张单子,递给酒保。后者接过,放进自己西服外套的内兜里,然后拿出一条毛巾开始擦拭吧台。

老朱看着酒保,心里犹豫着。

酒保注意到神情怪异的老朱,停下来。

酒保问:"咋?"

老朱说:"那个……这次的钱能不能预付?"

酒保说:"什么?你是老资格了,怎么还问这种问题?"

老朱说:"我现在急着用钱。"

酒保说："规矩就是规矩，必须等验货之后才能拿钱。"

老朱很失望，手指继续摩挲着杯壁。胖老汉看他一眼，没说话，继续喝着酒。

外面的天色暗了，酒馆也变得热闹起来，很快就被缭绕的烟雾和聒噪的人群填满，周围的碰杯声和划拳声大了不少，闹得老朱一阵心烦。他继续盯着手中的啤酒，看着酒杯里的黄色逐渐变得惆怅起来，里面一颗颗气泡奋力向上游动，撞击，破裂，消失。他一口都没喝。

酒保擦完吧台，回来看到老朱还在。他犹疑了一会儿，对老朱说，回去吧，这件事我帮不了你……记得代我向兰芳姨问好。

老朱垂下眼睛来掩饰眼中的失望，放下啤酒钱，起身走了。

胖老汉说："为酒馆干了几十年，连这点事都没法儿办。"

酒保说："这不关你的事。"

"喂。"胖老汉叫住老朱，然后对酒保说，"把单子给我。"

酒保蹲下来，打开吧台下方的储物柜，再打开储物柜的暗箱，从里面拿出一沓整齐的单子。胖老汉从这叠单子里抽出一张，递给老朱。

老朱接过，扫了一眼，诧异道："这是蓝单子。"

胖老汉说："眼没瞎。"

老朱说："我不接蓝单子。"

胖老汉说："别他娘废话。"

老朱说："你不认得我还是咋的？我不接蓝单子，不用枪，也不碰单子外的人。"

胖老汉说："接了，就有钱了。"

老朱没有继续争论，他把单子递回去。

老朱说："我不能被抓到。"

胖老汉给酒保使个眼色，酒保倒了一杯十分烈性的鸡尾酒，放在老朱面前。胖老汉说，喝下这杯酒，接下这张单子，完成它，然后拿钱付那婆娘的护工费。

老朱看着他。

胖老汉说:"我给你讲个故事。"

胖老汉喜欢讲故事,酒馆里的人都知道。每次他说服不了别人,就开始讲故事,经常是讲着讲着,对方就被讲通了。大家都不知道他哪儿来这么多故事,但是大家都爱听。酒保听到这句话立即凑过来。

胖老汉说:"当年老美的第一任总统……叫啥顿来着?算了,我们就叫他老顿。当年老顿带人跟英国佬干架,抢土地。可老顿手下人少,干不过人家。于是他就去求助当地的土著,土著……"

酒保提醒着:"印第安人。"

胖老汉说:"管他娘的什么人,反正这帮傻家伙不肯帮他去打仗,就因为他们不想用枪。"

胖老汉说罢大灌了一口酒。老朱还看着他,他也看着老朱。

胖老汉又说:"这几年酒馆不断进新人,这些小混蛋接起单子来一点顾虑都没有。下错手拍拍屁股就走,丫的比我还冷静。"

胖老汉又说:"当老美还是当土著,你自个儿想好了。"

他把装着鸡尾酒的杯子往前推了推。老朱看着面前的两个杯子,一杯装着他最常喝的生啤,另外一杯装着他之前从来没有尝试过的外国货,杯子里晶莹剔透的蓝色似乎在引诱着他。老朱感到自己面临着如此一个重大的抉择,突然觉得胃很难受,似乎自己的内脏也纠结成了一团。

终于,他鼓起勇气,用力把自己颤抖的右手提起来,伸向那杯透明的蓝色。

老朱走后,酒保倒掉了杯子里剩余的酒,把两个杯子洗干净。酒保说:"真能耐,把老朱给说服了。"

胖老汉说:"我是为他好。"

酒保说："看不出来你还懂美国历史，人不可貌相啊。"

胖老汉说："啥啊，都是我瞎编的。"

酒保说："啊？"

胖老汉说："反正老朱也不懂，说得清这理儿就行。"

酒保说："哈哈，有意思。"

晚上的月亮很圆，很大，把一切都映得分外亮堂，像在很认真地反驳着一切关于"月亮不是球体"的言论。

老朱找到一个隐蔽的位置，蹲下来，半个小时里一动不动，像一尊雕塑。银色的月光透过窗户照进房间，给里面的东西都打上了一层薄膜。虽然看上去很镇定，但老朱心里十分忐忑，毕竟以前他从来没有接过蓝单子。蓝单子的风险极大，酒馆里没有多少人敢接，因为没人敢接，蓝单子的报酬就高。老朱心里盘算着，一张蓝单子能顶得上好几个月住院费，现在钱对他来说很是要紧。他希望一切顺当。

有人来了。老朱听到外面有脚步声，节奏很乱，慢慢近了，然后又远了。看来只是另一个房间的房客，老朱心里想着。但很快脚步声又折了回来，然后传来窸窸窣窣掏房卡的声音。

来了！老朱虽然疑惑，还是立刻把神经绷紧了，握紧了手中的麻绳。房门被打开后，走廊的灯光马上挤了进来，在地板上映射出黑色的人影。老朱看不到人，只能盯住影子。影子被拉得很长，不住地左右摇晃着，在门口磨蹭着不肯进来。

老朱冒着风险伸出头去，看到对方依靠在门边，站都站不直。他嗅到了酒味，心里大喜。神志不清的目标最好下手。这下老朱胆儿壮了起来，他还是蹲着，等着对方进来开灯。老朱在细节处十分老到，挑了个好位置躲着，叫进来的人站在门口望不见他，去开灯的时候又肯定会背对着自己。

门口那人走进来，往里处走，但没有走到老朱预想的位置就倒下了。

老朱一愣，耐心等了一会儿。对方传来轻微的鼻鼾声。他睡着了。

又等了一会儿，老朱站起来去检查。果真是睡着了。那人身上还穿着蓝色的警服，在月光的照耀下显得如深海般幽邃。

这一次出奇的顺利，让老朱感觉有点不安。他蹲下来，把枪套里的枪掏出来。枪拿在手上沉甸甸，压得老朱的心头闷得慌。他把枪放在一旁，拿出麻绳套住对方的脖子。老朱很少会用刀，留下的血迹很难清理，不过他还是会随身带着。

有人在门口大喊了一声，惊得老朱抬起头，不知道什么时候门前站了个人，也是个警察。他看到自己的搭档躺在地上不省人事，吓得大喊出来，急着去掏套里的枪。

但是老朱比他更快一步。老朱拿起手边的枪对着那人扣下扳机，然后转身就跑，甚至没来得及看对方是否被击中，他已经一头扎进窗外的银色里。

接下来的几天老朱藏着，哪儿也不敢去。他心里又惊又怕，惊的不全是错杀了人，怕的也不全是错杀了警察，老朱怕的是第一次接蓝单子，不但用了枪，杀错了人，没有处理尸体，要命的是在慌忙逃脱的时候他还把警枪落在了半路。作为酒馆的老资格，他既恼着自己遇到突发事件像一个新人一样没分寸，又慌着警察会根据那把明明白白写着他是凶手的枪找上门来。老朱倒不在乎进牢子，他在酒馆里干了这么些年，进一百次牢子都抵不上。但如果他进了牢子，老伴兰芳就没人照顾，虽说他俩这一辈子过得糟心，但老朱依旧觉得兰芳是他肩上的担子，她一天没走，他就一天不能放下。最后老朱打定主意：把丢枪的事告诉酒馆，钱没拿到就算了，这担子可不能随手就撂下了。

于是他趁着夜色出了门，往酒馆走。路上人很少，人影在没有路灯的路边摇晃着，像鬼一样飘着。老朱心里没底，总觉得这些鬼的影子在注视着自己，不由得加快了脚步。

迎着对面走来俩人，步伐很随意，像在散步，不一会儿走到了路灯下面。老朱站住了，他不认识这两个人，但是他认识这两个人身上穿的衣服。蓝色的制服被路灯染了黄，依旧很好辨认。老朱身子调了方向，往来的地方走了，越走越急。

喂。站住！

两个警察注意到了举止怪异的老朱，他们喊了一句，但老朱听到这句话之后却是撒腿狂跑起来。他们大惊，连忙狂奔追上去，一边追，一边叫喊，一边掏枪。老朱感觉自己的体力渐渐不支，于是往人多的街区跑去，他心里慌乱，脑子倒是冷静，一下想出了好几个躲避警察追捕的好法子。很快他的心里也平静下来，继续跑着。

这几天老李被劝了好几次，但他死活不肯休假，老李觉得自己的儿子重伤住院，不代表他会死，既然不代表他会死，就不代表自己需要休息。而且儿子是在执勤时受的伤，是条汉子。既然儿子是条汉子，那么老子也不能低了一头。老李是个执拗的人，认定的事谁也拗不过。所以这几天老李还是像三十年来的任何一天一样，驾驶着公交车穿过城市夜间的街道，一直到末班。

车上人很少，只有一对年轻的情侣和一个刚下了夜班的白领。有个男人上了车，他站在车门前掏零钱，磨蹭着。车子关不上门。老李说，喂，站进来，别浪费别人的时间。男人瞥他一眼，嘴里嘟囔着，把硬币投进去。他环顾整个空荡荡的车厢，最后坐在那对年轻情侣的旁边。女孩往自己男朋友的方向靠了靠。

老李的手机响了，他扫了一眼屏幕，是医院打过来的。他接起来，说："喂……嗯，是我，咋了？"

男人在后面喊了一句："喂，开车的时候别接电话！"

老李没有理他，认真地把电话那头说的话听完。男人又喊了一句："做司机的能不能敬业点！"

那对情侣抱得更紧了。

若是平时，老李早就回嘴骂人了，性子拗的人嘴也拗，他和别人吵架，不占上风绝不停嘴，所以在认识他的人里面没一个能吵得过他。但是这次他一句没说，男人还在骂，老李一句不落承受下来，不过他一直等电话那头的人说完才挂断了电话。

车子平稳地经过两个站点，然后经过一条深巷，黑色的，像一个能吞噬城市的黑洞。老李每天都会经过这条巷子，平时的他一点没在意。但是这次经过时他扫了一眼这条深巷，黑洞面对着自己，黑色中像是隐藏着什么，但又什么也看不到。突然老李感觉到心脏一阵阵抽痛，握着方向盘的双手发着抖，双腿失去了动力，变得绵软起来。老李感到眩晕狠狠撞击着自己的脑袋，昏迷的感觉不断涌来。

坐在最前边的白领突然大叫，啊！

车灯力所能及照射到的前方突然蹿出来一个人影，他从旁边的路口冲出来，没注意到公交车。老李来不及踩刹车，然后他听见车头传来一声闷响，接着是底盘的声音，车身剧烈抖动着，车子十分轻易地把那人碾了过去，然后撞上路边唯一亮着的路灯，停了。

车厢里的人都吓坏了，女孩在刚才的事故中不慎撞到了前面座位的靠背上，额头血流不止，她大哭起来，她的男朋友在安慰她。男人站起来，走到车头。老李伏在方向盘上，不省人事。他晕过去了。

他们下了车，只看到暗红色的血流出来，顺着马路牙子往下延伸，如同一条溪流。

男人说："我们应该报警……"

他转过头，白领已经带着慌张逃了，那对年轻的情侣惊恐无措地站着。他叹口气，掏出手机。

两个穿着警服的人从相同的路口冲过来,看到现场后吃了一惊,问:"怎么回事?"

男人握着手机,也吃了一惊,一下不知作何回答。警察又问了一遍,他就把自己和老李吵架,老李晕倒,车子撞到人,有人逃跑这些事情一一说来。

两人面面相觑,然后绕到车尾处。其中一个警察蹲下来,边观察尸体,边说:"是个老人,大概……六十岁。这血把整张脸都糊住了。"

另一个警察也看了一眼,说:"是刚才那人,死得真惨啊。"

一只发着"哧哧"声的流浪狗从深巷里出来,它仔细找寻着垃圾里余剩的食物。这时刚刚被车子撞过的路灯闪了几下,灭了,周遭一切归于黑暗,再也没能亮起来。

李权熙

(2016 级文化产业管理)

独自等待的女人

　　窗外开始下起淅淅沥沥的斜雨了。本来已是五月的上旬,天气刚转热,一下雨倒好,南方的气温在湿度影响下又变得清凉起来,阳台上的柠檬草这下不免被打湿了。整个房间在阴暗天色的映衬下显得清冷而无聊。除了柠檬草算是一抹绿色,其他配置都是灰、黑的混杂体,这应该是主人公某种自恋的强迫症所导致。梅禾刚化了个淡淡的妆,弄了点三明治和脱脂牛奶算作早餐,听着窗外的雨声,正想着要不要去照料下柠檬草。她本来是不爱养些花花草草的,何况是香茅这类生僻的植物,但是它是禾本科,她就来了兴致。可是电话打来了,是那个男人的声音。他是个憨子,长得高高大大的,人却很蠢,梅禾喜欢他哪点?无非是帅和年轻呗。前不久是在大学同学聚会的时候,由于各自都三十好几了,十年一度的同学聚会一共也没来几个,又全是女性,大家都觉得无聊,不过梅禾倒是有点开心,见到了佳禾。梅禾大学上的是艺术系,女生多,玩在一块的却少,互相能看上的又少,佳禾是她那时候最为要好的朋友了。可能是因为名字的原因,也有可能是佳禾对经常臭脸的她施加了善意,总之那会聊聊美学设计和当代艺术,梅禾觉得生活是惬意的。佳禾大学毕业后做了个编辑,这是挺令梅禾唏嘘的。不过她也能理解,这是佳禾在有限范围内最好的选择了。当桌上的菜已经凉了,冷气使得鱼片上鲜嫩的油汁转化为有点黏稠的固体,桌边已经有零零散散的同学开始补妆,个别人还在喋喋不休说些家常，梅禾注意到这一点，她觉得有点恶心，给佳禾使眼色。不过佳禾没领会到她的意思，倒是提议大家可以转场去 KTV。梅禾立即反应道，就现在这些人，一起去也没有多大趣味。桌上其他人面面相觑，点子多的女人提议大家都多码点人，一些人开始掏出了手机。梅禾没什么好做的，她日子过得很单调，也没有太多朋友，认识的无非都是些策展的同事，佳禾一边打开微信界面一边安慰她道，她有一个表弟大学毕业刚到这座城市不久，人很有趣。故事就是这样开始的，手机那端传来那个男人略带点磁性又稚嫩的声音。

"你在干吗？"

"我在照料柠檬草。"梅禾舔了一口杯子上的奶渍，留下了她的口红印。

"柠檬草是什么？"

"是一种，很美丽的植物。"梅禾扬起她那略有些圆润的下颌。

"嚯，我发现了一个很不错的小酒吧，今晚一块吧。"

"你应聘工作不忙吗？"

"这种事不着急，我姐还说了，可以把我介绍到一家不错的小诊所。"

"没出息。"梅禾有点失了兴致。

"我还年轻嘛，不多说了，来不来？"手机那端的声音变得丰富又嘈杂起来。

"我今天很忙，不过，还是到时候再说吧。"梅禾再次扬起她的下颌。

"行，晚一点给你打电话，或者我来你家找你。"

梅禾还想说些什么的时候，电话已经被对方挂断。三明治已经变得没有味道了，更别说味道犹如白开水的脱脂牛奶。梅禾每次喝完脱脂牛奶，都会有一种想吐的感觉，如果不是为了恪守她的饮食清单,她是不会喝这些的,她会去尝试些其他饮料。梅禾托着腮帮子,想象那个男人的脸,不过又记不大清他的脸,只留下一个轮廓,算得上方正,但绝不是俊俏。他们才见过两面,第一次是在 KTV,第二次则是在醒来的早晨。梅禾记得比较清晰的是他的身材,她敢肯定的是他腰窝上有一个豆粒大的小黑痣,还有他起伏的姿势像是饥饿多年的老鹰正在捕食。梅禾的一只手撑得累了,换了一只手接着托起腮帮子。她继续想这个男人,他身材的线条令她着迷,但也有令她生厌的地方,就比如他说话的口吻。他刚见她不到五分钟时间,便告知他的英文名字"Bobby",这听上去像个愚蠢的穷光蛋。再就是,他,这位 Bobby,当着所有女同学的面,夸她的嘴很好看,像红辣椒,天知道当时她有多羞愧。她的脸开始涨红,不知情的佳禾只当她在害羞,并且得意于这位有趣的 Bobby 是她叫来的。更为过分的是他不止夸了她一次,还有第二次称赞她的耳垂很大,她已经顾不上这是不是夸赞了,忍不住动手去推搡他,旁人都觉得亲昵。等到第三次这样夸赞她的时候,他趁大家不注意,亲了她一口,然后他们就一同离开了那家俗气的 KTV。梅禾的两只手都已经撑太久,她起身收拾了桌子,接了通电话,告诉对方延迟策展会的时间至明天。窗外已经放晴了,钟表指向十一点,再过 60 分钟,就是正午,也是要去接舅舅的时间。梅禾临走前,迟疑了一会儿后又折返至梳妆台。这个决定注定是错误的,因为她发现镜子里的她竟然有点老气,她开始补妆,从柳叶眉到一字眉,从裸粉到玫红,从寡淡到精致,这些转变用不了一个女人十年的时间,对于她来说,现在只需要十五分钟。梅禾完成她的一系列的动作后,习惯性地抬起她的下颌,略微松弛的皮肉上冒出了零星的几颗小痘痘,她用手轻轻地抚摸了下它们,突然笑了,她觉得她的青春又回来了。

梅禾开车驶出小区门口的时候,发现那个常年屹立在门卫室外的小狮子石像碎了一半,从头顶到颈脖分裂开来,像是一条完美的分割线。梅禾故意开得慢一些,她仔细地留意到石像旁散落在地的石灰粉,映照着这是一次偶然的错误,但似乎又是完美的。按照她的品味,应该把这个石像搬进这次要开的当代艺术展里,但梅禾没有这个勇气,事实上,很多人都没有。梅禾拨通了舅舅的号码,好几年过去,她有所联系的唯一亲人便是这位开面馆的舅舅了。今天是母亲的忌日,母亲没有丈夫,只有一位住在乡下的哥哥,也是她口中的"大老粗"。大城市里的马路看似四通八达,像是绵延的河流,流经不同的国度和海域,实则它们水泄不通,只能从一条宽阔的马路通往另一条狭隘的马路,真正广袤的在马路的周遭,居民楼往上的电线杆,下水道往下的海洋。梅禾已经在这上下班的高峰期堵了近半个小时,她不一会儿就看看手机,等着舅舅催促的电话。近下午一点,她终于来到火车站。从不远处,梅禾便看到一个穿着花衬衫的、头发从未打理的老男人在马路口蹲着,他在进进出出的人群中,像是一个固定的斑点。梅禾把车停到老男人附近,老男人笑呵呵地上了车,并向她招了招手,他黝黑里泛着青筋的手腕上戴了串佛珠。

"嚯,你今天打扮得像个小姑娘似的哦。"

梅禾开着车出了火车站,她和舅舅一年见两面,这是一次,还有则是春节到了,没有恋情的时候只能去舅舅那里度过几天,也算是短暂的休眠了。舅舅是个话痨,她自从听他的邻居叫他"梅篓子",便再也记不起舅舅的名字了,逢人提起舅舅她便说"那个篓子",偶尔说到一半她不由得自己先笑出来,而旁人大多则觉得莫名其妙。

"你看,这梧桐像不像法国的梧桐。"

梅禾正开车驶向一条山路,越往前开,道越窄,一旁树木的枝干则变得又粗又大。梅禾观察着这些树的形状,有些像是握紧了拳头,有些像是敞开了怀抱。

"篓子,你去过法国吗?"

"去过。"

"什么时候啊?"

"年轻的时候,还做梦呢。"

梅禾不再搭理舅舅,一是觉得没意思,这样的聊天过程已经反复无数次了,二是她得在开车上集中注意力。水泥道路已经消失了,前方是一望无际的土坡。梅禾最开始和舅舅僵持不下,关于母亲遗体的处理,梅禾想火化,而舅舅坚持土葬。最终梅禾妥协了,她向来不愿意在这种事情上花费太多精力,只有一个要求,便是土葬的地点不能离她太远。谁能料到这个篓子找了一个寺庙五里开外的山上土坡呢?据他说,这块地有灵气,风水好,梅禾是不信这套鬼话的,但是也没得法子。"啪"的一声,车在行驶的过程中撞上了一个大土块,激起的灰尘散扬在空中。梅禾吓得停下了车。

"你看你看,这不是伦敦大雾嘛。"

"篓子,这车好像抛锚了。"

"没有没有,你往前开,是你的问题。"

"应该是开不动了。"

梅禾半信半疑地重新启动车子,又踏上了往前的路程。

"篓子,你平时不要说那些话。"

"什么话?伦敦巴黎吗?"

"嗯。"

"可是去过伦敦巴黎,和没去伦敦巴黎,伦敦巴黎不还是我心中的伦敦巴黎吗?"

梅禾听不懂舅舅的话,她偶尔会想带他去医院看看。终于抵达了,梅禾和舅舅下车。梅禾看了下时间,已经是两点过一刻了,她突然想起来她还没有吃饭,舅舅也是。

"篓子,快去拜吧,拜完了我带你去吃饭。"

"不行,得慢慢来。"

梅禾不管他,往山口随便走走,空气还是不错的。她扬起下颌往上看,那个寺庙就在她的不远处,她揉揉眼睛,寺庙好像变大了,就像在她眼前,像是要把她收进去似的。她收起下颌,母亲的墓碑清清楚楚地就在眼前,她心里默念了几句话,再转过身去帮舅舅拎东西。舅舅开始他一套的祭拜仪式了,梅禾一如既往地在旁边不知所措。直到舅舅开始像打坐一般地在墓前沉思,梅禾看了下时间,回头上了车,"嘟嘟"了两声催促舅舅。

"篓子,你不高兴了?"

舅舅没说话,看向窗外。

"我和你说,我今天下午还有事,你晚上的火车对吗?"

"嗯。"

"我先带你去吃点东西。"

"不用了,我去火车站吃点就好了。"

"怎么了,你在使性子吗?"

"我在火车站认识了一个搞安检的小姑娘,她觉得我挺有趣的。"

"哦,那你去吧。"

梅禾把舅舅送到火车站,她瞅见了篓子难以掩饰的失望。

"篓子,我过些天有时间就去你那里看你。"

篓子下了车。"今天都没来得及去帮你妈除干净那些杂草,你知道的,她不喜欢芦苇。"

篓子的身影渐渐消失在火车站里头,化成了梅禾眼光里的一颗小斑点。

梅禾吃过饭回到家中已是五点了,进小区前她去问了保安,暂时没有任何找她的来客。她将背包散在沙发上,进房间换了身衣服,敷上面膜,回到沙发,握着手机,没有一通来电,或是信息。梅禾打开了电视机,随意切换频道,多是嘈杂的无聊节目和一本正经的主持人。不知不觉中,她睡着了。梅禾梦见了Bobby,还有佳禾,还有篓子,他们都向她伸出了手。佳禾问她要不要一起去看个展,篓子告诉她阳台要涨水了,Bobby 请她一起去跳舞。梅禾在梦里面忙得天旋地转,醒来的时候已经是深夜了,她急忙拿起手机,界面只是多了几条垃圾信息,没有任何一条 Bobby 的问候,甚至没有一条篓子的报平安。梅禾突然变得失落起来,她想起了柠檬草,走到阳台,湿润的水分子告诉她在她不知情的时候,一场大雨来了又走了。柠檬草耷拉着,有几块地方的黄色印迹显示出它快要枯萎,梅禾觉得她应该去一场舞会了,或者去母亲墓旁的寺庙看看也不错。

罗 琪

(2015 级编剧)

与　渡

　　与渡朝圆缸里撒了鱼食，望向月亮。

　　圆月悬在山尖上，寒光下投，在水里映了个完整。

　　水中鱼儿浮上来。月影中央，一尾金鱼探出头，围着饵料跳跃打转。

　　月亮在水里破碎。从风里透来的水流声渐远了。

一

　　两周前，与渡从城里的大德寺搬出来。随身只带了一尊佛像和两件僧衣，还有两小袋子放生池里的金鱼。

　　寺里的师兄弟不解，小和尚与空跑过去拉拉与渡的袖子。

　　问他："与渡师兄，与渡师兄，在寺里待得不开心吗？"

　　与渡说："没有。你看放生池里的荷都败了，它们待在这池子里也没什么意思了。它们待得不开心，我就带它们出去快活一趟。"

　　与空一听，拳头攥紧了与渡的衣服。老实说，其实他也待得不甚开心。

　　近日来，凉亭头顶上那棵大树一天天地落叶子，师父就一天天地让与空去扫。天色常常阴沉无雨，与空站定在风里望着颤抖的枝干，埋怨这工作实在太难为人了。叶落无尽,扫一天也没法扫完。师父有时候会劝他说,落叶轻飘是秋季盛景,风在枯叶卷里打了个转呢喃过了,要共舞给他看。与空手里拿着大扫帚,背过身去撇起嘴。心想,那生命燃尽了,因为肉身轻盈微乎其微,死状被人称作好看。要是叶脉里也有一粒细细的心,不知道是做何感想。

与渡松开师弟的小手,摸摸他的头顶说:"等与空把庭院扫干净了,我就带金鱼回来,换与空出门。"说罢大步跨出门槛。与空无奈,使劲跺了跺脚:"反正这叶子不到落尽怕是扫不尽了!"

与渡抱着佛像一路走去,没回头。他手上拎着透明的水色金鱼袋,几条鱼在狭窄的空间里打了个回转,尾鳍摇曳。几对鱼眼朝向四方看着什么,也可能什么也没看着。

二

岚山顶上淌了条小流,源于离山顶不远的一汪岩缝里涌出来的泉水。泉水落地,从峰块石堆的两边流下来,或是从沿途的植物根茎里渗入地底。常常,秋风掠过城区,鲜少化雨。秋风涌入山间,却被勾引去,大大方方落了场好雨。

生于半空的雨水跟过去隐匿在地下的泉水在岩石边交汇流远。有时候秋风一个不节制,成堆的枯叶飞到水面上来,跟着水源向下流。有的被冲上沿边的岸,有的就一直顺着流下去了。即便是没有真正意义上的河床,在山川树草间,时常有水花撞击竖在中流的坚硬石块,那景致看来万物畅快,这趟相会也还算尽兴。这山间水声潺潺。

当然,旅途最后,它们到底都要归于山腰上的名为"忽而"的大池了。

与渡抱着佛像,拎着金鱼,到了岚山脚下。

岚山山麓往上,到山腰上的忽而池一段,地势规规矩矩,并不陡峭。一片毛竹林从南至北拔地而起,也不知道是哪个时代生长起来的一片翠色。人站在林里往上一望,风从四面八方围拢来。竹叶飘摇散落,你独独听得到哪里有鸟叫,却不知道那鸟在哪里冷眼望你。

要进入延绵的竹林,专有一条过去人祖祖辈辈砍伐毛竹踏下的小道。在这小道口,有一处荒废已久的民居。门前几亩废田,干枯的桔梗堆在田边,日晒风吹,雨打湿了又干。

幸好屋里还有口缸。与渡把佛像擦拭干净,安置好,然后就在这儿住下了。

他到山腰上取了忽而池的水放进水缸,然后将缸移至门外。金鱼从水袋里跳脱出来,"扑通"跃进大缸里。

与渡看着摇摆的金鱼,笑了笑:"也算是渡了你们吧。"

三

虽然岚山一带是绝世美景,但因为太过偏僻还没有被开发为景区,所以人烟罕至,几乎是鸟兽虫鱼的天堂。因为环境过于美好,时而有人过来观景散心。也有人专门过来寻死,大多是看中其偏僻。与渡想,也许有看中它的美丽的。

常常有上山游玩的人,一群人热热闹闹从田埂上相互搀扶着走来。与渡站在柴门前喂鱼,听着来者嬉笑,有时会觉得这人群来处,即山对面的人世,未必是苦海。偶尔,也会有一两个形单影只的人,在田埂上踱步。与渡会一边念经一边眯着眼观察。

一天傍晚,与渡正在念经。一个男子从门外走来。

男子问与渡:"山上有大池,为什么还要取了池水把金鱼养在缸里?"

与渡抬起头:"我不愿意。"

男子嬉笑:"你一个佛弟子,还有把玩生物的欲望。把几条生命困在小小水缸里而不放生野外。善心哪儿去了?"

与渡不响。

男子看与渡无动于衷,继而破口大骂:"你们这些骗子!我就知道,满口劝人向善四大皆空,实际自己内心也有轻蔑的欲望。"说罢男子走出门去,他乍来乍去的身影让与渡略有些惊愕。

与渡是不愿意。他在寺里时,常常会留一口饭给池中鱼儿。时间一长,每至傍晚,鱼儿就会群聚而来,在小桥边上等候与渡撒下的饭粒。自从城里一个公司老总老来得子,全家上下来这儿放生了一只大龟。与渡就发现,不仅是鱼儿,连之前放生进来的小乌龟也越来越少了。

这是只鳄龟啊,不吃素的。一位善信这样告诉与渡。

只是这龟是老总一家所放,对寺里建设诸多照顾。并且体形大过平常的龟,寺里师兄弟和来寺里的善信们都说这龟一定是有灵性,那么大一只不知道能活几百年呢,要好好养。

与渡其实不大明白。他想起师父教他渡人,说的话却是"命由己造,众生自渡"。他也不明白佛经说诸功德中,放生第一。常常有信徒带着乌龟金鱼来到寺里的放生池,不论大小,纵之池中,是以积德。那些小鱼小龟原本是野生野长的,要被捉了,再特地放来池里。如果要算功德,一捉一放,功过相抵,还有什么用处呢?小池也是池,金鱼圈在池里,就真有被放生的快活吗?还有,既是自渡,人要来来回回干预鱼的命途走向,渡己还是渡鱼?真渡得了那放生池里的鱼吗?太多不合理了。嘀,真不明白。

"我把金鱼养在缸里,让它们免遭龟之毒口,也算是渡了它一命了吧。寺里池是池,不自由,还多一灾难。山上池也是池,也不自由。

既然活在人间，永是局囿。还不如我养在这缸里，没有温饱性命之忧。"与渡起身面向水缸兀自澄清道，仿佛只是说给鱼儿听的。

四

那个奇怪的男子，走出门后就一直沿着山麓林道往上爬。天色已晚，山上潮湿的空气浸湿了泥土，男子的鞋踩了全是泥。他一路走一路想，这个世界真的是已经没有什么可留恋了，今天是非死不可了。

他来过这里。是在几年前，跟几个非常要好的朋友。那次他们一行年轻人带了不少吃食到岚山上露营野餐，玩乐扯淡食用愉快，末了还给他大声齐唱生日歌。当天是他十七岁生日，那些年轻的声音在山林间飘荡，穿过每一片叶子，飘远了。他非常高兴，以至于最后一个才睡去。地上一片狼藉，十几个空空的啤酒瓶有的瘫倒有的竖起。他躺下来，看看大水池，看树木，再看看顶上的星辰。他突然想到些什么。忽而池边那么美，回忆转瞬即逝，这一生可不能忽而就过了啊。过去人把水池命名为"忽而"，是不是早就想到后人游此地时，面向大池将有这样美好而开悟的一瞬间？管它呢。先快活过再说。

"几年过来，这竹林还是一样冷飕飕的啊。"外面的世界都变了几圈了，岚山上的这池水和这片竹林，却也没什么变化，还是自顾自地流动和生长着。

他走近了，边上有几个啤酒瓶倒在土上，隐隐约约的，草地上还看得见小堆的篝火痕迹。想必前不久，也有像他们当年一样的年轻人来过这里做同样的乐事了吧。他这样想，内心不由得难过起来。人生忽而来到二十六岁，池水冷，山风冷，当年那颗热切规划着如何畅快地生的心，或许也早已冷却了吧。秋天的岚山依然很美，枯叶停在水上,枝头的野果子饱满起来。峦间生气与腐朽交错,荡满了天然运作的气息,宇宙在寂静里流动。而此刻他只想死。

他只想死。也许死在池里也不错,这地方美不胜收。他这几年一直住在嘈杂不堪的地方,家徒四壁。住处人流众多,气味繁杂。最不能忍受的是,就算是这种不如人意的地方,也常有小偷光临,还常被房东催债。

池水月色凛凛,寒气逼人。月亮投到忽而池深处,完完整整映了个玉盘浮在水面上。他只想死。

过去难堪的生与即将到达的死之间,隔着一片竹林。荫翳空荡,人在林中自由而迷惘。徒步穿过来,背对来处,迎着清冷月光到达岸边。

"大概我本人的生死就在此地重叠了吧?"他发问。

月亮没应。

"是吧。"他自己应了一声。

苦海中当真是水吗?他觉得不是。反而身处池水边,才觉得自己几年来,在天地间看似无尽的游荡终于靠了岸。

五

与渡穿过竹林,一路随着泥土里男子的脚印跟上来,到了池边。

他没有往前走,停在一处石头后面。手里拎着金鱼袋。还是那几尾金鱼,回到袋子里继续摆尾打转。几对鱼眼也许浏览了上岚山的沿途风景。

他见男子坐在岸边望着池水中的月亮出神。月色凉得很,怎么会有人大晚上来山上散心?

与渡本来是想来放金鱼入忽而池的。男子走后,他去缸前看那些金鱼。"金鱼金鱼,难道是与渡错了?把你们从放生池里解救出来,真的解救到你们了吗?"金鱼游动着小口呼吸,没有应答。与渡想,自己的内心果然是被男子的话给影响了。

对小小一尾鱼来说,怎么样才算是自由呢?他想跟男子讨教,也想和他辩驳。这天地间,泉水入池,池水向溪流,溪水向河海,海水无涯。要说自由,哪里又有什么真正的自由呢?

一阵秋风扑面,坐在池边的男子率先打了个冷战。这阵风把男子和与渡的思绪都吹散了。男子站起身,朝水面大喊:"——活——够——啦!"

与渡以为他要投水了,当下冲到池边来拉住他。

然而,他没跳。他甚至一动不动。与渡用了非常大的力气用手掌勾住他的手臂,勾到时男子这边却并没有他设想中的这么大的拉扯力,害得他差点掉进池里。

与渡没懂。他调整了自己的姿势站稳。抬头的刹那,他也一动不动了。

想必万物都看到了这一幕。

河里的月亮从内部碎了,硕大的圆月上漂浮着一个人。宇宙静得只剩下泉水入池的声音。流水撞击池面,溅起每一朵水花都重新映着一个月亮。

"原来沉水而亡,死状这么惨啊。"男子吁了口气。

显然,这话水面上那个人已经听不到了,尽管他真的有一粒心。说来荒谬,这一刻与渡竟然只想尽快把这个场景描述给与空小师弟,枯叶落地与人死相似! 全凭人看,让人评价,自己是不会有什么感想的。不管有没有心。

男子对于与渡的出现,的确有些惊异。但没有什么比得上在自杀前,看到水面上浮起一个已死的人更让人惊异的了。

与渡率先开了口:"你刚才是准备投水?"

"现在不了。"

"为什么?"

"溺亡死状太丑,看起来临死前应该得有不少痛苦。我不能接受。"

"那活着美吗?"

与渡听见鱼儿撞了撞塑料袋,一阵预料中的安静。

六

"活着不美,也美。但无论如何,比溺亡稍微好一些吧。"男子想了良久,语气突然轻松起来。与渡望着他这副模样,想到一个成语,叫"如释重负"。

"为什么想死?"与渡特意问了问。其实不问也知道,一个人平白无故想死,内里必定是为求生。正因为生得无能无趣,生得不如己意,才想历经一个劫数,找点刺激。那决意寻死的姿态到底不过是想听人一句劝罢了。

"说起这个来,我似乎又不是很害怕自己变成这具尸体的样子了。我腐烂着生,跟水里月亮上那个被泡肿了的人没什么两样。其实谁又比谁好看多少。"

"你见过金鱼从水里浮上来吗?探头出水,周身摇曳,灵动轻巧。这美吗?"与渡问。

"见过吧。上山前我看过你的金鱼。好看。"

"同样是从水里浮上来,鱼探头是灵动,人漂浮是惊悚。枯叶随水是佳景,尸体浮水是惨象。这是何故?"

"我不知道。你这和尚,没完没了了还。反正我现在不死了。我要下山,回家睡觉。"

与渡把金鱼袋提到男子眼前,问道:"山腰上的大池更自由吗?"

男子本想摆手离开,看见金鱼后,两肩一松,似有似无地说:"管不到了。"他看看袋里的金鱼,又看看水面上的人。

那么大一个忽而池,池水清澈干净。月光普照,群山静谧。

满池尽是困惑。

七

站在岚山山腰上俯瞰。

天色暗黑,月亮孤灯。身前是茫茫竹海,身后是飘着枯叶的大池。手里的金鱼也许只是感知到了转身的晃荡,并不知道方向。

从竹缝里往下看山脚下那处民居。屋里灯火还亮着,屋外寒光照瓦砾。那扇门与右侧废田里的田埂来处和左边的登山小道好似连成一线,门口刚好对着两个去向的中点。那屋身有如空降,在来路和上山之间,不偏不倚占道一半。

恰好让出半条道来,让人通行。

门扉大开,那看起来明光四溢的穴口像是要把一切深夜的暗都吸进来。

与渡想,他大概明白师父所教的,如何渡人了。

贾维蓉

(2015 级汉语言文学)

红 与 白

一

　　十一月傍晚，秋风微动，大溪边白漫漫的芦苇似翻波雪浪，只听得哗啦的水声和衰弱的虫鸣，还有嗒嗒的脚步声。

　　吴有才拖脚走在直敞的水泥大路，歪着头，想从绿芜丛里找到溪边小径的岔道，去那清静清静，理理满头烦恼。

　　一会儿便到了。路口尽是各色的垃圾和发了白霉的柚子，滚落四处，散着熏臭味。路口处是光秃的红壤。他往前看，蓬乱的杂草左伏右倒，像是踏过一般。垂头瞥了眼，脚底正踩着几张枯黄褶皱的纸钱，只一惊，忙拔腿调头离开。

　　此时天边已是红光焰焰，他喘了几口气，望了眼前方新建不多时的殷色矩形砖房，等走近时，便能看清无数泼洒着水泥的痕迹，他只觉着那好似房子里挤出灰色的血。

　　这个中国南方的小村落，不复十几年前的破落样。崭新的红砖房砌起一排排方正的屏障。吴有才有时从后山高处俯瞰，常心下嫌弃，明晃晃就是横卧的红漆集装箱。这些新房说不上丑，但也绝不算好看。一次参观别人的新房时，他伸长脖子，仰头望高耸的天花板，感到里头荡着阴沉的冷气,墙面透着奇诡暗红色,寻思着有哪里不对劲。

思虑一会儿,他拐进另一径岔路,到榕树下,住了脚。拣了个面平的大石块,蹲坐成小小的一团,一双破迷彩胶鞋正左右地搓着地面。

天昏了,月亮了。路尽头的一点黄灯,在片片香蕉叶遮拂下,像头顶的星闪烁着。他的心也随着一突一跳。脸上两只眉头相促,绷着的嘴边凹出深深的两撇法令纹。还是回家吧,想着妻子的争执,他跺一下脚,恼自己没志气。他真不想离开现住的老房子,不想搬到主路边的新房。

他还是喜欢以前的房子。它们散落在山腰山脚,黑屋瓦袅起白烟,四面刷着粉墙,跟他在山里觅得的蘑菇一般,透着清新的香气,模样讨人喜爱。尽管它们现如今弃在原处,有的空洞洞地立着,用作果农的置物间,里头躺着锈色斑斑的锄把、漆黑的实木梯、各种喷药桶罐,或装化肥的大塑料编织袋。这些是它们的好归宿。其他旧房如同垃圾,先是被遗弃,渐渐地生霉腐烂,破的破,倒的倒。有的依稀可以认出门上如腐叶的褪色春联。再看焦色的屋瓦,被一口撕咬下一角,墙面尽是子弹射落般的坑坑孔孔。早先露着沙石,也渐渐塌了。

不多久,瓦房跟它门前的院子一起,被杂草魔障般覆满,蔓延,缠扯,囫囵吞个干净,好像这里从未有人存在生长过,却历经死亡的凌迟。吴有才最不想看的就是这般。

月亮愈亮,枝摇叶影,簌簌发声。吴有才哆嗦了一下。没想到才初秋便冷了。一骨碌爬起来,肚子咕噜咕噜地叫。不管不顾,快步碾得沙沙石响,悻悻地溜回家吃饭。

二

咯吱推门进去,照面便看到妻子眼圈泛红,蔫蔫地坐在桌旁等着他哩。桌上摆好了菜,热气扑腾,他铁着的脸一下子软下来。两人不言语,只管端起碗吃。吴有才心里想,今晚哄她一哄便好。

可这次情况似乎来得严峻些。晚了,两人无言睡下。

关灯后吴有才才开口道:"我知道你还在受气,不过我还是想你跟我一条心。房子不搬,有我的道理。不搬就是不搬,你听我的就好。"

妻子背着身,好一阵不说话,后没好气地念道:"真是奇怪,别人巴不得挣了钱赶紧盖新房搬进去。你倒好,钱只揣身上,继续住破房。"

吴有才一听就来气,反驳道:"这哪里是破房子!这里的生活真好啊!"

"那你看看别人,能住好几层。我们明明有能力盖新房,不建,让别人叫你和儿子窝囊废!"

吴有才万没想到妻子如此反应。他定心想了想,今晚要和她掏心肺谈谈。

他深叹一口气,粗粝的声音竟娓娓道来:"这个房子是我们两人结婚时和爸妈一起建的,咱们儿子也是这里出生长大的。二十多年过去了,它还是那么牢固,刮台风、发大水都让它给度过了。"说着,他笑出声来,复又说:"这里风水好,一家人靠它保佑才平安顺利。"

话一止,夫妻俩都陷入回忆的遐思。

他们家占着的确是少有的福地。山腰土地公庙石阶前的小径下来,出口便是一块平平坦坦的地。一侧是戏台;另一侧,隔着条一米宽的小径,缓坡上去便是他家。水泥地院子斜下淌着一条浅溪流,周边长满了黄色的野菊花和几株墙一样高的玉米。

或许真有福星高照。那块地上,榕树郁郁苍苍地伸耸,连成一片,间或几树龙眼木。炎热的夏季漫长得过不完,戏台边演戏不停,最是人潮沸腾。跟着老人们来看戏的小孩,拥拥簇簇,争着要擎特制的木棍夹举上树,嘎吱折下一串又一串比玻璃弹珠还大一倍的龙眼,掐开皮,噙嘴嗫着,"噗"地吐出黑亮的核。老辈的人都抓一把小竹椅,搬在地上就看起戏。台上咚咚锵锵,台下一片喧嚷,好不热闹。

想当时吴有才和妻子的儿子正六七岁。两人在家乐得手忙脚乱地给看戏或逛庙会的客人泡茶,听得叮当的茶杯声响,咔嚓的打火机声。屋内白烟缥缈,茶香缭绕。屋外已是亮堂堂一片。红幕布上攀着猴,飞着五色的鸟和金凤凰,腾着黄龙,台檐上飘着丝丝黄流苏。灯火辉煌,映着人们神采奕奕的脸。歌腔一唱一和,乐声锵锵大作,只看得儿子眼睁睁地盯着戏,端着碗,静坐在院前的石凳上,扒着饭,恨不得一口吞下,钻到人堆里,揣着母亲给的几毛钱买孙悟空泥人和鱼纸灯,或是买一团软黏黏的麦芽糖,缠在筷子上咬着吃,再和小朋友追逐游戏。

逢暴雨季,雨水汇成一股水涌下来,携沙走泥。门前小溪流发起大水,差点儿就要淹上来。雨一停,天便是大晴。戏台子下铺了一层柔软的红泥沙,踩过的脚印里便渗出水。小孩们躬身捡花色的小石子,宝贝似的兜在衣服下摆。小溪水位不多时便退了,水也澄清了,便看得三五成群的鱼四处摆尾,听得青蛙呱呱乱叫胡跳,被雨淋得萎蔫的紫茉莉挺起花骨朵。他和儿子在溪水里哗哗地带起水花,一会儿捉鱼赶蛙,一会儿泅水嬉闹。头裹花布的妇女埋头坐在一旁的石凳上,刷刷洗洗,握着棒槌,梆梆地敲着衣服,不时抬头和人说笑。他记得,日头光照在溪面,美好的生命好像在那时跟着波光闪耀,那光影在脑里怎么也淡不去。

忽然不知何处的猫哀号起来，直把两人从记忆里扯了回神。猫哼叫得起劲，只听得人毛骨悚然。

两人清了清神，再次说起话来。

妻子闷声说："现在跟以前不一样了。戏台子拆多久了，早成了荒草地，来看戏的老人早走不动了。门口的小溪边也没有小孩在玩了，只剩两条石桥板倒在那里。以前的东西都没了，一点也没了，连儿子也走了。"

吴有才回说："我还是愿意住在这。住在这，我就记得起以前的事。我要看着这些，我活在这里，死也要死在这里。"

妻子气不过他，摸着灯线一拉，用力撑起身，忍不住高声责怪道："那你也不为儿子想想，他将来娶妻生子住哪？"

吴有才愤然赌气起来，一把滚起，冲着脸说："你懂什么？他不会回来了！城里好着呢，这里好房破房、新房旧房都不会回来住了！"

妻子乍然间脸通红，簌簌滴泪，捶床叫嚷着："过不下去了，散了！散了！走了好，只当没了老公没了孩！"

吴有才被妻子的发作唬住了，心虚话说过了头，也不顾，只等她发泄一通作罢，自己佯作欲睡的样子躺下。

刚着床，砰砰砰，有人打着门。妻子顿住口，两人俱是一怔。

"阿才，开门！睡了吗，阿才？"

听声音是桥对岸的阿平，深夜找上门来，想是出了什么事情。吴有才一把掀开被子，蹬上拖鞋，披件粗布外套，张口喊了两声："来了来了！"

拉开门，迎面寒风透体。一看正是阿平，他攥着手电筒，似乎发着抖。吴有才再次疑心这似冬的初秋天气。不知是否真是天冷，他说话也有些抖："快让我进去，真是冷啊！"

"怎么了？这么晚了，什么事情啊？"

"哎呀！外面阿明家的儿子走了！听说是害的什么白血病，刚从城里的医院送到家,没多久,傍晚就走了。因为是早逝,明天就要出殡了。大家都乱成一锅了。我跟你说,咱们明天凌晨去帮忙。"阿平匆匆地说完,欲言又止。他放在大腿膝盖的手来回地擦着裤子。

吴有才当下惊骇得说不出话来,口里只道:"好⋯⋯好!"

阿平仰头又看了眼僵直不动的吴有才,继续道:"他家儿子好像才跟你的小孩差不多大,年纪轻轻才三十多岁,在外面打拼挣了不少钱,人又孝顺,就这样走了!人言,白发人送黑发人,真是惨啊!"

吴有才长叹了一声:"没法想啊!阿明夫妻跟我家一样,孩子有出息了,却⋯⋯不知道得哭成什么样。要是我们夫妻俩,早就受不住了。"

妻子躲在屋内,惊惶得不出一声。

阿平走后,夫妻俩辗转反侧,索性不睡了。想着阿明儿子离世的事,妻子就提起儿子和阿明儿子童年调皮捣蛋的趣事,越说越加感叹,把搬新房的事暂撇到一边。但又惦记起儿子,担心他在外吃苦受累,眼角不自禁地挂泪。吴有才安慰妻子,说一定给儿子打个电话,让他过年回家看看他俩。

三

天还没亮,哀乐声沙哑着从另外一个世界飘来。吴有才胡乱地咽了碗稀粥,惶惶不安,同阿平赶去葬礼。

路上黑魆魆的,什么也不见。星月隐身,虫蛙屏息,只他俩的一束手电筒光射向前路。突然,噔噔锣声传来,仿佛敲在心上,令人心惊。吴有才不知怎的,低低和阿平应几句话,便不作声,才想起还未把阿明儿子过世的消息给儿子知道。

锣声愈响,四处愈亮了起来。砖房下的铁门前,昏黄的灯光圈着一群人。穿着皮革外套、头发上缀着白丝的大爷一翕一动地凑着说话，有的挺着肚子夹着烟抽，有的坐那只出神地捏着瓷杯呷茶。裹着棉衣的大妈、大娘在手肘上束着深色的手套，擦桌摆椅，默默不语。每个人都皱着面，无名的伤情郁结在脸上。吴有才仿佛能看清他们脸上的每一条褶纹，他不知道，此刻他的脸上也是这番神情。

吴有才赶上去大溪边"乞水"的哭丧队伍。纸钱四散翻飞，披麻戴孝的队伍一路哭哭啼啼的声音不止。一踏进大溪边的径口，哭声停了。众人歪歪扭扭地往前，不忘提醒身边人小心走路。四处杂草丛生，觅不着路，只一脚便会踩空，一不小心就可能跌倒在旁边工厂的垃圾堆。闻着刺鼻的臭味，人人顾不得危险，有的蹦，有的跨，加紧步伐，一会儿便到了大溪边。

除了家属在溪里舀水参拜，其余人都跪在岸边祷告。吴有才起初目酸心痛，同情阿明的歹命。可当放眼溪面时，他有些恍惚。溪水泛着瘆人的绿，起泡的白沫和半露水面的石块聚一起，如同一粒粒肿起的结瘤。周边工厂的烟囱无声地吐出的烟几乎沉压在溪面，不忍触目。他本以为大溪不会同家门前的小溪一样干涸，却没想到大溪落得这样的下场。

幸好，仪式进行得很快。他几乎是和其他人一样，小跑出来，暗暗自醒，以后可别去大溪边晃悠了。

一众人"乞水"回来便有些精疲力竭了。几个人还说着上了年纪，经不起折腾的话来。

吃过午饭，他们都聚集在院子，站的站，坐的坐，容色灰沉。到了"哭丧"仪式，唱戏的女艺人套上一身白间红、镶银片的歌仔戏服，束好的乌发髻插着铜色的簪子。黛眉轻描，画了长丝的眼线；一张粉扑扑的桃面，越加炯炯有神。轻移莲步，拂袖翩翩，有板有眼，十分敬业。歌声悱恻，一声声激得鸡皮疙瘩全起来了，转而边号啕边演唱。阿明夫妻忙不迭地揾泪，哭成了泪人。

旁人看得也心酸。吴有才也蓄起泪来，开始是悲伤所致，但后来不知怎的，他只觉得戏唱得好，差点儿鼓起掌来，还好及时回过神来。

散场后，吴有才转身拉住退下的女艺人，和她聊了几句，讲说她长得面熟。

女艺人才道："您眼睛挺尖的。我以前经常来你们这里唱戏，就在这后面的戏台。"

吴有才啪地拍了下大腿："我就是戏台前面的那家。我儿子小时候最喜欢你唱的了，每次都认得你。唱得了千金小姐，也演得了嘴边贴一个胡须的丑角，真是厉害！"

女艺人笑脸说："多谢您还记得我！"

吴有才接着惋惜地问道："不过你现在怎么改行了？"

女艺人沉吟半晌，说："现在唱戏没位子也没人了，人也老了，不改行怎么有饭吃呢？"又自嘲说道："不过当初唱正旦，后来唱丑角，逗人笑，现在做起'哭丧'，弄人哭，算是做回老本行了。"他听后叹息起来，这时有人来催他去赶下一个仪式。

等忙完所有仪式时，吴有才有些头昏眼花。到了家，他回想着刚才出殡时，眼前蒙蒙的看不清，但却一眼瞟到漆蜡的长方红棺木被推上了车，往路的另一头缓缓杳去。他暗自感叹，原来人和小溪一样，会在世上消失得无踪无影，人命甚至比水面上一闪而过的光亮还要短暂。之后，那形状那抹颜色在他脑中频频闪现。

不过，那时他早已不在意了。因为他想了个好主意。他兴致盎然地告诉妻子，他要盖新房了，和大家一样住进红砖房里，一切方方正正、齐齐整整。更妙的是，他要请歌仔戏艺人来唱戏。妻子也欣然同意。

待吴有才把钉在墙上的红皮日历本撕去几页时，大路上立起一座新的长方红砖房。

一天傍晚，红灿灿金闪闪的幕布拉了起来。咚锵有声，歌调依旧,老女艺人尖细的嗓音拖扯着。舞台棚边喧哗声不停。红眼皮的阿嬷和阿公两两凑着白头咕哝,老叔双手环胸和老婶坐在一处,有时点着手指论起人物故事。

吴有才和妻子忙完倒茶送水的活,坐在门槛上看得有滋有味。他黝黑的面皮折起两条纹,哧呵地咧着嘴笑,把儿子搬新房时不归家的烦心事抛在一旁。

新房屋角边结蜘蛛丝的时候,妻子奔忙着扫扫洒洒,擎着修长的竹枝,用簇着竹叶的那一端,来回扫。她说,只要是新房,怎么干活都不嫌累,而且她还等着儿子回家呢。

不觉地,深冬时节临了。吴有才也不觉得冷冽,在大路上挪着步。又一次走到了大溪边的径口。他摆头看了看地下的草丛,叶片上凝着冰霜,工厂顶上似咕咕地滚着烟。暮霭沉沉,无风无声,但他好像听到了缥缈的泠泠声。他提起下巴,直挺挺地往路的另一方望去,念叨着:"我的儿,我的儿。"但什么也看不清。只能回头,倒见那赤色森森的长方房墙。

赖玥璇

(2014 级英语)

男大当婚

二哥的婚礼一天天临近了，家里的气氛也越来越沉重。

日子还是到了。十一那一天，天气阴沉沉的，一大早就没有看见爸妈的身影，只有大哥、二哥里里外外地忙活着。大嫂的脸上没有一点笑色，就像压在头顶上的那一大片乌云，随时会带来一场风雨。

吃过了早饭，前来贺喜的人渐渐的多了，爸和妈却仍旧没有回来。已经快十一点了，二哥已经拿着捧花，坐进迎亲的车里准备去接新娘子了。他今天一身笔挺的西装，头发梳得一丝不苟，皮鞋也擦得锃亮。自从过了 25 岁之后，这是他一直期待的时刻。可是二哥今天板着脸，就像他身上那笔挺严肃的西装，他的周围散发着愁苦的气息。他静静地坐在今天早上刚租好的车子里，听着外面嘈杂的人声与音乐声，看着外面忙碌的人群，不管是大人还是孩子都满脸喜色，脸上流露出一丝不解与自嘲。爸妈还没有回来，大哥更忙了，他刚把迎亲需要的半扇猪肉用红纸包好，把在路上撒的橘子、糖果、花生给装好，又催促做饭的师傅把馒头点上红点，鸡蛋染上红色，那边又来让他去准备下午上喜坟的祭品，一会儿又来了七大姑八大姨等着他去应酬。

忙着忙着就十一点多了。姑姑婶婶们都去看新装修的婚房了。打开婚房的门，喜庆的大红色扑面而来。天花板上结了一个大大的红绣球；婚床上铺着大红色的被子、被单，被窝里已经放好了红枣、花生、桂圆、橘子,被子面里已经塞好了红包;白色的地板砖也被映照成红色;镜子上、柜子上、门上都被贴上了大红的囍字。出了这个门,就看见堂屋的桌子上已经准备好了一桌酒席,必有八个冷菜、十二个热菜,红色的蜡烛也已经插上。堂屋的门外挂着一串长长的鞭炮,急待着爆出震人的响声。院子两边搭起来的大棚下摆了一桌桌的酒席,每个桌子上陆陆续续地坐满了人,四周人声鼎沸,这时又传来百鸟朝凤的唢呐声。一切都是那么的热闹,好像都在等待着什么。尤其是那块穿过院子的红毯急不可耐地直铺到二哥的脚下。二哥的头发竟有些乱了,他的脸上不知什么时候布满了焦急,他不断地抬手看看那块就要过门的二嫂送他的表,一会儿坐进车里,一会儿又下来,时而向西张望,时而向东张望,有时又抬头看看天,天色却好像更阴沉了。所有要去迎亲的车子也已经准备妥当,该去迎亲的人也已经戴好佩花,坐进了车子里。大哥不断地打着电话,他的汗衫都被汗水浸湿了一片。爷奶叔伯、姑姥姨舅们都出来询问,二哥脸上的急色也染上了他们的眉头,大家都心焦地等待着。

"来了! 来了!"不知是谁喊了一声,二哥忙放下手里的捧花,大哥收起手中的电话,姑奶姨婆们都冲到前面来。"啊! 是妈来了!"二哥赶快迎上去。等到西边那个瘦弱的身影越来越近的时候,大家看到了那张被岁月侵蚀的脸上眉头紧锁,眼睛布满了血丝,嘴唇起皮发白,手上什么也没有的时候,那阵欢呼雀跃瞬间没了踪迹。而接下来则是更压抑沉闷的气氛。院子里欢天喜地,而大门外则忧心如焚。

十一点已经过了一刻了,大哥坐在门口的椅子上一支接一支地抽着烟,姑姑们在一旁安慰着妈,二哥颓废地坐在车里用手捂住那不想让人发现的悲伤,但那轻微颤抖的身躯却泄露了他的情绪,那一丝不苟的头发塌了下来,结婚竟然让他这个七尺男儿在瞬间被现实所击垮,让这个本来已经伤痕累累的家庭再度雪上加霜。眼看时间就要来不及了,但那阵"及时雨"仍旧没有来,天空愈来愈阴沉,乌云压低了天幕,十月份的天好像隆冬时即将要降雪一样。

突然,从东边传来的一阵摩托车鸣笛声打碎了这沉闷的气氛。二哥快快地抬起了头,他的眼圈泛着红,眼神带着迷茫地看向鸣笛处,然后一跃打开车门,却有些迟疑而自责地走过去。是爸,他终于回来了!一大家子的人把爸围在中间,妈带着急切的声音问道:"咋样了? 借到了吗?"爸从他的怀里掏出一个黑色的塑料袋子,用颤抖的手把那层黑色的袋子给打开,露出里面用红纸包着的一角,全家这时都屏住呼吸,伸长脖子,睁大眼睛看向那红色的一角,终于,剥去了那层红纸,一打厚厚的百元大钞带着粉色的希望飞向每个人的心里,所有人都松了一口气。爸把这叠钱都塞给了二哥,并从口袋里拿出一张还带有他的体温的银行卡,也给了二哥。

"借钱难啊!借了一个上午才借到两万多块钱,外加这卡里凑的七万块,差不多补上了彩礼钱,你都拿去吧,家里再也没有啦!唉!"爸的这声长叹重重地砸在每个人的心里,二哥的眼泪当场落了下来,他重重地点了点头,然后在众人的注目下,坐进了迎亲的车里,亲戚们也都散了,该去迎亲都去迎亲了。慢腾腾地跟在后面的大嫂,脸色却更加难看了:"当初给我咋那么少,现在却能掏出那么多,这也太看不起人了!"但这声不满的嘟囔也被噼里啪啦的鞭炮声给掩盖了。唢呐、喇叭也"呜里哇啦"地吹起来了,迎亲的车队终于出发了。喇叭声渐渐地远了,车队也渐渐地消失在了视野中。

这时,刚好十二点,院里仍然喜气洋洋,大门外的村庄更加寂静,天上也不知什么时候飘起了蒙蒙细雨,在十月初就那么凉,那么凉!

孙 雪

[2013 级汉语言文学(涉外文秘方向)]

旧　　事

　　我初到上海的时候，是民国十六年，也就是 1927 年的秋天。表哥唐恩到车站来接我，同来的还有他报社一块工作的朋友楚泽。表哥穿着一件白色衬衫，上衣口袋上有个渗出的墨渍，头发很短，硬朗的短发向上竖着，很坚毅的模样。楚泽是穿长衫的——靛青色的长衫，戴着一副圆框眼镜，镜片后面的眼，狭长却透出温润，是个让人很想与之相处的上海男人，叫人觉得干净清爽。楚泽比表哥矮了一些，身高到他耳朵。不过即便如此，楚先生的个头在人群中也不算矮了。

　　表哥与楚泽一起住在东大街的一间公寓里。回去时，我与楚泽坐黄包车，表哥则是骑一辆旧脚踏车。楚泽在车上问我，杭州是如何，到上海来有什么打算。我一一作答了。他又说，我在上海的日子，姑且可以与他们同住。公寓有两个房间，他特地收拾了唐恩的那间出来给我。女士总该受到最好的对待的，他与唐恩也就随便挤挤。我想分担租金，被他拒绝了。

　　而后我听表哥说，那间公寓是楚泽的姑妈租给他们的。那对老夫妇随子女去了苏州，与其说是将房子租给了楚泽，不如说是拜托了这侄子给他们看房子了。

　　于是冬天快到的时候，我替表哥与楚先生各画了一张画像，以表谢意。

从杭州到上海,是有些许原因的。我那时刚从学堂里走出来,不懂人情世故,只会画一些西方画,但画得也上不了台面。父亲是想叫我与他一个同事的儿子多见面的,好发展发展些情谊。我没有接受,对此也感到万分别扭。恰巧那个时候,表哥写信给我说,他所在的报社正缺翻译。他听二姨说我在教会学校系统学习过英语,法文也稍微会一些,就问我愿不愿意到上海来。回信的时候,我就写了一句话:"上海的住所、工作都由你定,我悉事都听你的。"

东大街是一条十分热闹的街道,商贩把两幢楼房之间的巷子挤得满满当当的。我觉得他们是故意的,人在其间不大好走,自然就多了时间去看地上的商品了。

我的房间靠里,窗户朝东开,天一擦亮就有阳光照进来,冬天时极暖和,夏天就有些闷热了。表哥和楚泽就住在靠街的房间。表哥是知道我长久有失眠的症状的,因此让我住安静的那一间。不过临街的房间有个阳台,用铁栏杆围着,栏上是卷曲的玫瑰,典型英伦式的设计。平日他们去报社,我喜欢到阳台上去坐着,看着下面的东大街上,行人来来往往,叫人觉得很有生气。我搬了椅子,往往在那儿一坐就是大半天。工作的事不用我操心,有需要翻译的文章,表哥会从报社带回来给我。有的是些外文的小说、散文,但大多是些分析局势、议论性的文章。后者我是不大喜欢的。不过,翻译一篇有五角到一块的收入,这样子看,有时也就希望稿子多多益善了。

而表哥、楚泽的工作,我也是不大知晓,也没有刻意去探听的欲望。只知道他们同为报社工作,像是做不同工种。表哥是记者,楚泽先生我就不大清楚了。他在家休息的时间比较多,闲暇时也写些剧本、文章。我常能见他刊载。他若有文章刊载,我总是比他要高兴。我是敬佩能写出可以发表的东西的人的。楚泽先生倒是一副宠辱不惊的模样,拿到稿费了,就请我们去街头的餐馆里吃好吃的。就经济来说,我们三个倒极少有极窘迫的时日。从我搬入东大街的公寓,到民国二十二年随丈夫去广州,这八年之中,忍冻挨饿的事是从来没有的。倒也是极为幸福的一件事,至少那种食不果腹的苦难,我是不曾经历的。楚泽先生是个极为精明的人,我与表哥的钱都交由他保管,每个月,生活过得舒适,也常能省下一些钱。但省下的这些钱,不多时就花完了。我们三人买书的钱、日常用品的钱,还有付给药馆的钱。楚先生身子不大好,而表哥又是个爱较真的记者,犟脾气的他,与人打架的事常常发生。

在我还只搬入公寓不到两个月的时候,一个傍晚,表哥回来,大衣上脏兮兮的,又是水又是泥,左眼肿了,脸上一块青一块紫。我当时吓坏了,忙去叫在房间里看书的楚泽,他跑出来。我哥脱了大衣,把它丢在了地上,一屁股坐到沙发上去。楚泽又进屋去拿医药箱,再出来时,让我倒盆热水出来。家里的热水壶是空的,我只好去楼下一对夫妻那借,上楼的时候,门外就听见了表哥和楚泽的争执声。

"……你当是为了小逸,为了我,忍着些不行吗?"

"忍?你让我怎么忍,眼睁睁看着我国人遭受欺凌?这样麻木不仁的忍吗?"

"唐恩,我不是这个意思。"

"换作是你你也忍不了。"

"一次两次便也作罢,你是记者,可不代表租界那些混球就拿你没办法。做人不能意气用事。"

"我知道自己在干什么。"

我推开门,屋里的争吵便戛然而止。表哥别过了头,楚泽紧锁着眉,一副难过而苦恼的模样。他们之间的气氛紧张而微妙。我把水倒好从盥洗室端出来的时候,表哥对我说:"小逸,你去休息吧,我没事。"

我看了眼表哥,又看了看正十分娴熟地给表哥包扎的楚泽,点了点头:"好,你们也早些休息。"

楚泽是个脾性很好的人。那是我头一次听他用那么急的语气说话。平日里他讲话是十分平和的,带着些上海口音。我进了房间,把门关上,听见屋外楚泽和表哥在用上海话交谈。声音很轻,有几次听见表哥的声音拔高了起来,又被人喝住,重新低了下去。我不知道那一晚他们谈了些什么,一是他们的声音太轻,二是那时我还听不大懂上海话。

第二天一早起来,表哥和楚泽都出去了,留了几角钱,说是基本一天都不会回来,叫我自己去买些吃的解决。十分不好意思的是,作为家中唯一的女子,我是全然不会做菜的。此事便全权交由楚泽负责了。他是正宗上海人,烧得一手好沪菜,又耐心,没事了爱花些时间做些糕点。有一年冬天,表哥从郊外采访回来,带回一袋子山楂。山楂个大水润,泛着酸,我吃了两三颗就不要了。楚泽倒是很喜欢,第二日他起了早,问了表哥买山楂的地方,中午回来时又带了许多。中午边的时候,表哥不常在家吃,便只有我和楚泽。楚泽先生把山楂浸泡在水里,洗干净了以后,去房间里找出了一个钢笔盖子,用水冲洗过了,开始把山楂一颗颗地挑去核。

我那时忍不住称赞:"楚泽先生好厉害,钢笔盖子还可以这样用。"

楚泽也就腼腆地笑了笑,递了一颗洗干净了的山楂给我。我吃进嘴里,好像也不大酸了。楚先生是个手很巧的妙人,他用山楂做了山楂糕,照顾了我和表哥的口味,放了许多糖。这样一餐点心精致、美味,吃得我和表哥赞不绝口。后来多了的,楚先生晒干了切成片,用牛皮纸包着,平日里当零食吃。他还拿了一些,送给楼下那个怀孕的妇人。

楚泽先生的脾气当真是好的,表哥与我都十分欢喜他。我们三个人组成了一个有些奇怪的"家庭",而我们这个"家庭",假若少了楚泽,那是一定不行了的。

上海办报纸的人多,记者自然也很多。但诸多记者里,像表哥这样认死理驴脾气的,却是不多的。而且,当时的报社记者,写报道时多多少少会有政治偏侧,但表哥的报道是没有的。表哥写的报道,像是文字型的照片,真实到可怖的境界,竟又能将个人的情感摘离出去,把事件、受众放大到比作者大许多的地步。那一回楚先生坐在客厅的沙发上,他对我说:"唐恩的文章是写得很厉害的。假若他来写文章,许多人怕是没有饭吃的。"

我抬起头,楚先生又说:"不过他多半是不会的,他耐不住写文章的寂寞,你哥他这个人呀,太活了。"他脸上又是浅浅的笑容。放下了报纸,忽地咳嗽起来,我站起来忙去把窗关了。

楚泽先生后来渐渐不去报社了。天冷的日子,他总容易受风寒。听说是小的时候早产,身子骨弱,是先天不足,没有办法。我也常待在家,所以渐渐的,待他我比待表哥要熟了。楚先生是在北平念过书的,读的中文系,知道很多,见我能做翻译,托了租界的朋友借了许多书来,他说:"国内人士写的,看看,是好的。国外的,若有能力,看看也是好的。翻译了的文章有好坏,但那些大家的原文,是坏不到哪里去的。"

他比表哥小,却也比我大了四岁。我对他有种对于兄长式的崇拜与喜爱。唐恩表哥有次问我:"欢喜楚泽吗?"我说欢喜,楚泽对我好,我很欢喜。他又十分唐突地问我:"那爱他吗?"

我知道那是玩笑话,却还是慌张地从桌边站了起来,膝盖碰到了抽屉,疼得又马上坐了回去:"不,你别乱讲了。我是把楚泽当哥哥,当老师的。"

"可你与他亲近,都不与我亲近了。"表哥像是抱怨。我反驳他:

"你好忙，都不常看见你。可楚泽先生却偏心你好多。你平日回来迟了，赶不上饭点，楚先生从来都是挑出好的给你留下了，才开饭的。"

表哥不说话了，站起身从我房间出去，到厨房找楚泽去了。他们两个讲话，表哥喜欢用上海话和楚泽讲，只有逗他了，才说杭州话。其实这两种方言之间，差别不是特别大，只不过楚泽先生反应得会慢一点，慢了一点，就叫表哥讨去嘴上的便宜了。楚泽又不是会吵架的人，被讨了便宜去，也只是红着脸，张嘴想说又不说了。

我是对楚先生十分欢喜的。但也仅仅止于欢喜了。楚先生冬天容易受伤寒，他去洗菜，我抢着要替他洗，被他推拒了："手冻冻不要紧的。"他洗了菜回来，拿了小板凳和我坐在厨房里择菜时又说："手冻冻不要紧，寒了脚才生病。你步子碎，鞋里容易渗泥水，对你不大好。"他在冷水里浸过的手通红，择菜仍很利索。他是一个细致、温柔的人。择菜的时候常与我聊天，没什么忌讳。文学、政治，什么都会与我聊。和楚先生聊天是件叫人愉快的事。有时候楚先生说着说着会停，停下后多半会平和地说一句："但唐恩大多不这样认为的，你表哥觉得……"

其实不一定是因为表哥是对的，他才记得，只不过他总是很看重表哥的想法就是了。

说起来，楚先生在家里操持的这些事，俨然像是一家的女主人会做的。话又说回来，假若表哥真的娶了一位女主人回来，必然是没有楚先生优秀的。表哥应当上哪儿才能遇见一个能像楚先生一样，通情达理的女人呢？我又时常为这件事感到可惜。

表哥也很爱记楚泽说的话。我叫他给我带俄国小说家的书，他便道："楚泽说，《死魂灵》是不错的，《战争与和平》也很好。他提了托尔斯泰、果戈理，我帮你找一找。其实有许多，他那里也是有的。你可以去借借。"

表哥回来了，假若进门先看到我，便会问我："楚泽呢？在厨房/

书房忙吗?"但若是先看见楚泽,便会与他说许多见闻,基本不多问我的事。这大概是因为我的事都太好知晓了,或是因为他们之间的情谊着实太好了,我根本无法插进去分享分毫。

邵逸菲

(2015 级动画)

捕 蝇 草

　　虽然我对这个房子里的一切都不曾放在心上,可是,每当看到苍蝇这么无所事事地满屋子转悠时,我总有一种感觉,它的内心深处住着一个十分挑剔的铁匠,他手拿锤子,时刻都在为了某种完美而挥动他细弱的胳膊——击打,为了摆脱不确定的此刻。它看似自在而活跃地制造了所有动静,从柜子上飞到桌子上,一路上嗡嗡高歌,有时候又毫无顾忌地把玻璃窗撞得砰砰响。对此,我不得不怀疑它是真的如此冒失,还是出于一种积压于怀的痛苦情绪。

　　我曾就此困惑询问过蚊子先生,但对方对这个问题毫无兴趣,它用鼻子发出那招牌式的声音哼哼道:"你要清楚,在这里你只是个新房客,我也明白,无聊的注意力总会不顾主人的意思把'沙子'(傻子)当作金子看待。"我并不在意蚊子先生怪腔怪调的挖苦,我想了解它所观察到的苍蝇是怎样一种形象,遗憾的是它的嘴巴看起来太忙了,没有工夫继续搭理我。

　　我没日没夜地打量着苍蝇,它借由不断地更换位置来折腾自己,在我看来,往往在那时,它的翅膀对它来说更像是一种累赘,它们经常性地失控使它满身伤痕。不过,它看起来一点儿也不在乎。

　　直到有一天晚上,它在一个杯子上站住了脚,动作潇洒利落。浅淡的灰色月光穿透玻璃,它的影子像被车轮倾轧过似的紧紧贴在桌面上。苍蝇神情黯然地耷拉下脑袋,好像在念叨着什么。我的耳朵听不太清楚，可是有一点让人无法忽视，它反复嘟囔着的是同一句话。它似乎暴露了并不太想宣扬出来的心思，这种无法避免的发泄使它在无意中终于承认了这样一个事实，它呢喃着："我自己是个麻烦。"苍蝇就像一个疯子似的把自己搞得衰弱不堪。它不知道它们设定的答案是什么，而它渴望，因此，它急不可耐地否定自己。

我没胆子主动上前和它打声招呼，我对这里的情况还不太了解，我害怕我的鲁莽将会让自己今后陷入某种尴尬的处境。至少现在，我还是我。我既想靠近它，又抵触与它相似。同时也怕折磨着它的"怪物"就此缠上我，而我木头一般的身体却不足以应付它，更何况，我从不曾属于它们那个圈子——它们那利索而快活的身子一直都令我欣喜又悲伤。

让我有点沮丧的是，几个星期以来，苍蝇都没留意到房间里来了位新房客。我的视线似乎从来都没有到达过它，那看似别扭的大肚子，细如发丝的腿，极其怪异却又仿佛不容他人的想法做任何改变和破坏，难以接近。杯沿上，它不着痕迹地挺了挺身板，然后大声地叫唤了起来，突如其来，几近歇斯底里，我惊诧地绷紧了神经。

"喂，蚊子，你知道吗？那是为什么？你知道跳蚤先生为什么从来都不曾正眼看过我吗？它是否不喜欢我？它应该出来对我说句话，难道我连知道自己是否被厌恶的权利都没有吗？朋友，我恳求您把我渴望见它一面的愿望转告它。"

它看起来是否就要崩溃了？但是它转而又轻轻抬了抬头，映照进它眼中的那遥远之光很快抚慰了它，它认真地对蚊子先生说道：

"你不是常说它会以某种隐秘的方式和你交谈吗？难道它有什么难言之隐？烦请你告诉我。你一定知道的，我是多么需要它，我必须和它谈谈，我觉得只有它能理解我的内心！"

我也从蚊子先生那里听到过跳蚤先生的大名，也有些兴趣想认识它，但是蚊子先生对于将它介绍给我则缄口不谈，当我的注意力一从它与苍蝇的关系上集中到跳蚤先生本人时,蚊子先生就会转移话题。我没见过跳蚤先生,看来苍蝇也同样如此,但显然,它已被这个还没见上一面的陌生人折磨疯了。苍蝇扯着嗓子说出的话用尽了它几乎全部的力气,那种全力一般只有在极度的喜悦或者悲痛时才能爆发出来,接着一切就都耗尽了。自我来到这里后,我只听苍蝇说过一句话。几个星期过去了,这次,它又把十几天的话一口气都讲完了。它会因此而舒坦些吗?事与愿违,蚊子先生不耐烦地打发了它。

"有种认识你必须牢记于心。我们之间各有不同,跳蚤和你们也不一样,但是我和它很早之前就是有交情的兄弟了。因在于有些难以改变的东西维系着我们,那不是凭借任何本事就能够让它产生或者失去的。而你们没有。"蚊子先生转过它那纤细的身子,而后扭头对苍蝇说道,"你需要的是点心。"

蚊子先生使用"你们"的称呼令我费解,但即刻,我想到自己也曾隐隐期待过它能帮我引荐一下那位隐藏于附近的神秘人物(目前仍是如此)。很明确,这番话中有一部分的所指对象是我。可是,吸引我的不是那位神龙见首不见尾的跳蚤先生,而是眼前这位。苍蝇无奈地起飞,继续横冲直撞、念念有词,而我则呆愣地看着它,像个没有情绪的哑巴似的。

苍蝇又把自己的头撞在了玻璃窗上,那里有一小块斑驳的污渍。它撞击的力度犹如把自己当作一颗炸弹奋力扔出去,接着它掉下来,踉跄起身又飞悬起来。在无数次的撞击和跌落中,黄昏逐渐暗淡。

几个连续的日子重重叠叠地流逝,如丝线般系住其中一端,并将人流放得很远。但是,一个夜晚的迷失,这漂荡在海面上的空缺就被补上了。

昨晚,我睡了个好觉,早上醒来时全身通透凉爽,意犹未尽。我梦见苍蝇终于学会了如何优雅地漫步和谈吐,神情放松而平和,向我靠近。当它收敛了自己的声音时,我看到的不是它,我感到自己正被它邀请和牵引着进入一片净土——我的这个认知就像是直接从苍蝇那里无声地传递过来的。它的微笑中，散发出清浅和煦的气息，鼓励我睡得再沉一点、再沉一点，以便能更好地理解它的沉默，以便更加顺从地接受它决绝的靠近。我像一片花絮似的沉醉在周身的香味之中，香气迷人，纯净且强烈，这种陌生和奇异的味道仿佛交替变幻作我以往的所有渴望，直到慢慢凝聚成模糊的一团，模糊却熟悉。我的手握住它时，听见它说要脱离蓄满重量的身体——因为负重，它被一片永远空置的广袤所固定。在我什么也不想去想起的最后关头，梦的穹顶深处传来一阵嗡嗡响声，于是我醒了。

房间里光线明亮，一切家什都在极力反射着光亮，我被许多叠加在一起的洁白光片所包围，它们轻柔地将我覆盖。我颤抖着眼皮才能隐隐睁开双眼，嗡嗡声持续不断地回响在我的耳边，或轻或重。我的视线如翻山越岭般地穿梭在这些刺眼的碎块中，但却找不出声源。

当我醒来的时候我第一个想到的总是蚊子先生，它就像一位游荡在大街小巷的夜间巡警，每一个角落都在它的关注范围内。红色的警示灯被关上了声音，因为提醒是多余的，它需要别人就像别人需要它一样，它在寻找一切，响应所有陷入失落之中的呼唤。找到它们，然后嘲讽，或者训斥，无论对方说些什么、做些什么，蚊子先生总会用它的方式强势介入他人内心的脆弱。我有种错觉，无论对面的是谁，它与之交谈的对象只是那一个——它自己。因此，我想听它对我说话，把一些尖利刻薄的言辞砸到我的脸上，而我却不将它们放在心上。

这个时候，我的第一反应就是要先确定蚊子先生是否还在原来的位置，虽然看不见却离我很近的某个地方，只要一喊它的名字它就会即刻出现，并且脸上一定刻意带着几分不情愿和不耐烦的神色。

我喊道：

"蚊子先生，你在哪里？请问你是否听见了一阵阵搔耳的嗡嗡声?"

嗡嗡声——

"原本我心情舒畅,因为一个极好的梦。但是现在我被这个声音搅得头昏脑涨的,你知道是从哪里发出来的吗,蚊子先生?"

嗡嗡声——

"蚊子先生你在吗? 你能听见……"

嗡嗡声——

"你在哪里? 蚊子先生,你能帮帮我吗?"

嗡嗡声——

"蚊子先生? 蚊子先……"

我越说越小声,直到不敢再说话,我告诉自己:我不知道这个带着尖刺的小声音是从哪里发出来的,只是很刺耳,我要做的就是找到一个按钮,然后关掉它。蚊子先生不在这里,它若在的话,一定会回应我的,它的失踪使我感到恐慌。接着我又想到了苍蝇,但是这个声音和它平时折腾出来的那种由持续癫狂造成的呻吟有所不同,可多多少少有几分相似之处,苍蝇或许能提供一些经验? 我透过嗡嗡声去搜寻它,在时强时弱的嗡嗡声中穿梭就像在云层中和闪电较量,我得时刻避开迅疾而无意识的那一击。此刻,我最害怕的是我自己。

但是什么都没有找到,我自言自语,在这个嗡嗡声制造出的风暴中竟然只有我一个吗? 我感到疲累和虚弱之中萌生出放弃之意,内心深处的力量随着一切都已离开了这一事实正在流失,无法被遏制。我失去了我的必然性,没有阻碍,它从我的体内倾泻而出,在远处被湮没。我甚至都不能深深吸一口气,只为避免完全失去方向而尽力克制,以防我讲什么自己都不知道。这种压抑导致的后果就是想哭的冲动,与这一冲动对抗的又是另一种压抑,我仿佛一直处在不断对抗的重复之中。难道我是在折磨自己吗?

我说:"请让我睡上一觉吧。""或许,"我小心翼翼地猜想,"仅仅是或许，这只是我的一个梦境？"这种近乎罪恶的想法又使我欢呼雀跃起来，虽然仅仅是或许，但我把所有的注意力都集中在了如何破解这个梦境上面，并渴望成功逃脱出去。一个方向就这样形成了。我不再单单去呼唤别人的帮助，他们是不存在的，我告诉自己，得重新想办法，从房间的每一个细节入手。

我甚至不放过任何一处耀眼的光线，凝视它们直到被它们的强烈所啃噬，眼泪或许也是假的。

嗡嗡声——

啊，越来越清晰了，我不知道是怎么回事，等待着它更明确的变化。

我听见了，看来我的猜想很有可能是正确的，蚊子先生正在向这边赶来。我迫不及待，坚信这位仿佛跋山涉水而来的蚊子先生是我的自我救赎，我的意念产生了作用。满怀激动，哽咽着凝望着这位可敬的蚊子先生。我却没有说一句话，我没想到要对它说上一句话，它是我梦境的一部分。我不相信和它的对话会有任何可信之处，它是我一手造成的，我只将它作为一个暗藏着某种密语的出口。

不同于我欣喜而安慰的沉默，蚊子先生嘴里一直喃喃叨叨着：

"跳蚤是不存在的，我对你撒了谎。

"你一定是知道了，所以就将我抛弃在这里了，是吗？

"对不起，对不起，我不应该这样对你，我是否还能够请求你回来？"

……

我不懂，我的蚊子先生为什么是这个神神道道的样子？它对着我说话，令我感到莫名其妙的话。我问它你怎么了，它没有搭理我。一种被设定好了的模式使它专注，而对这种专注的冷静观察令我感到安全，我像是看到了事态发展的必然路线。我等待一个赦免落到我身上，没有纰漏也不应该怀疑，只是时间问题。无论怎样都否定不了，我感到某种维护着我的力量通过蚊子先生进入我，开始清扫我那些混乱不堪的惊慌。我不懂，因而我依赖自己。

蚊子先生像苍蝇曾经有过的那样满房间地乱飞乱窜，没完没了，我在想这是否就是一个能打破这个梦境的讯息。于是，我从早到晚盯紧它，盯着它，然后看见它哭了，一旦哭泣后就没有止住。它很痛苦，似乎在某个时刻之后就没有什么能够抓得住它了，它因此而号叫，哭嚷着扭曲起自己的身体。

我都看见了，可是它想让我知道的是什么？我的观察细致到位，由于害怕漏掉什么重要的线索，我的眼睛和脑子时刻处于记录状态。我可以轻轻松松地描述出蚊子先生飞行和降落的线路，也能够准确地从它飞行的姿态或失误上指出它的情绪变化。有时候，我专注到连自己在干吗都意识不到，但我想，就应该这样，唯有如此我才能走进我的心底去探查这个梦境的秘密。

蚊子先生那几条纤细的腿垂挂在半空中，跟随着它身体晃动的节奏左右摇摆，网状的翅膀全权掌控着它的身体要往哪儿去。它的活动看似没有时间限制，我是否可以毫无压力地去观察和思索？预留给我的时间是限定的吗？还是说我其实并不需要着急，它会一直活跃在我的视野之内，直到我找出线索为止？我多么希望自己能永远站在这幅画面之前，可以看着它猜谜，而事实上，我什么都不知道。

又是一天，我的眼神始终攀附着蚊子先生，从它行动的速度上丝毫看不出它有任何疲惫，我也是，精力充沛。我不太想睡觉，目前的环境已然将我融入了一种温和而放松的熟悉感之中，不过，也正因此，不知不觉中我就悄悄睡了过去。

当我再一次醒来，房间里一片寂静。我寻思着难道这又是一个梦境？我没有再像之前那样惊慌失措，我很清楚首先要做的就是找到蚊子先生。

我开始搜寻，一个夜晚又一个夜晚，我告诉自己：不要睡觉。

这样的重复漫漫无期。

是梦境吗？

或许是的。有一个线索必须找到。

易　岷

（2013 级汉语言文学）

追　　鱼

一

马郎总在赶路。

业从巡城马，一年由头至尾，他总带着人们的信件，辗转于各地乡镇之间，极少停歇。那些托他送信的人，大多不知他的名姓，不过取其职务，作便宜计，称他一声"马郎"。

其间，有亲近者不解。为何饱读诗书之人，却操了一份莽夫之业；又为何如此疲于奔命，不事歇息。言至终了，总要劝他尽早另谋别业。对此，马郎向来不加分辩，仅以谋生不易为辞。

孤身羁旅，是马郎自己的选择。路途寂寞，却是必要承受的现实。水穷云起，山尽路现，当一切都在漫长而不可期的时间里被不断拉伸，人总需要仰赖于某些过往的记忆，以作前行的支撑。

于是，明月高悬于头顶的千百次阴晴圆缺间，他也曾千百次地抚摩着项上所佩之物，千百次地回想起过去，回想起一切尚未鲜明的那个模糊的早晨。

二

那一年，马郎十六岁。

某天早晨，他照旧坐于家中温书，忽闻空中飘来河腥之气，见家人自市集而归，买来新鲜的河鱼。此鱼腹内漆黑如墨，冲洗后却洁白如雪，一经烹饪，便呈为极鲜美的味道。但奇怪的是，众人分明吃下不少，却纷纷在饭罢不久，便已感到腹中空空，仿若所食无物。

母亲告诉马郎，鱼是从寡妇处买来的。

寡妇人生得美极，银盘一般的脸上，翻着一双如波的眼，启着两瓣绣珠的唇，面带桃李之色，身如霜雪之姿，引得村人一时兴叹。所以，即便她卖的鱼难以饱腹，却仍有许多人竞相购买。其中，尤以男子居多。

如此美艳寡妇，并非本地人士，乃是从无名之地远嫁而来。马郎猜想，大抵她在嫁来之前，也未曾料到，她的丈夫，村中小有财富的员外郎，实则身患不治之症，在她嫁来当晚，竟病发暴毙于家中，自己顷刻间，便成了一名凄惨的寡妇。

丈夫死后，寡妇一度深居简出，极少有人能见她一面。村人猜测，她早已离开此地，折返娘家。但一年后的夏天，她却穿着朴素的布衣，乍现于街市之上，敛不住的艳光，宛若花仙跌落凡尘。只见她徒手掼起鲜活河鱼，敲头，剖腹，去鳞，切块，动作行云流水，仿若一气呵成，做起了卖鱼的营生。村人引以为奇观，每从旁经过，无不驻足一观。

村人如此，马郎亦如此。

三

　　世事一如古话，寡妇门前是非多，更何况是如此美艳的寡妇。自彼时起，少年马郎丢书弃卷，时常徘徊于鱼摊附近，见众男子与寡妇推揉而话，站在一旁，从来不敢上前。攀谈间，众人方晓，寡妇其实早在未嫁之先，就已知道丈夫性命危在旦夕，却仍然坚持出嫁。获悉此事，众男子仿佛得了什么许可，愈加放肆。往来间，频出非礼之举，寡妇亦无言而受。

　　其间，更有一名落魄乞丐日日上门，对寡妇极尽狎昵之辞。这名乞丐无父母、无手足、无妻无儿，无业而游，饿则食泔水，疲则寝荒寺，面如黑土，肮脏至极。飘零于街巷，时对村中妇女行言语之猥亵，乃村人最为鄙弃之徒。但寡妇并不在意，任谁前来，都一贯笑脸相迎。对于乞丐，同样温柔有加。

　　日复一日，寡妇曼妙如蜜桃、婀娜似垂柳的身姿，隐现于集市之间，蹿上村中男子的心头，亦跑入少年马郎的梦中。夜里，马郎悄然潜行至寡妇窗前，于朦胧纱窗外，观其沐浴更衣。一连多日，未曾为人所觉，遂夜夜行此一遭。隔着窗子，窥见一具完美无瑕的身子，淌着纯澈洁净的水珠，点点作闪，仿佛一团柔亮的白光，射入马郎的双眼。赤身裸体的寡妇，本该是一派放荡之态，却无端在水汽翻腾之间，显出一副宝相庄严的模样。

　　马郎望之入迷。

四

一夜,月明星稀,马郎照常前往寡妇住处,及至走近,忽闻屋内有男女交欢之声。向里看去,竟见一男子与寡妇同榻而合。

马郎藏在窗后,讶异而观,却见男子并非他人,正是混迹于村中的乞丐。然而此刻的乞丐,一改往日邋遢之形,周身洁白无垢,面如透玉,埋身动作于上,似登极乐之境。而寡妇则荡漾如水,纵身承欢于下,仿若绵软无骨。两人交颈而缠,竟见鱼水欢乐间,慈悲佛光,遍布华床。

马郎立在原地,久久不得动弹。直到寡妇抬头,看向窗台,一双无喜无悲的眼眸,直直地望到马郎面上,深深地射入马郎心内,马郎方才如梦初醒,仓皇而去,不知更深几许。

次日一早,马郎便得知,乞丐被人发现死于破庙之中。面前佛案上,摆着一碗浓白鱼汤,汤中仅剩半条鱼。正是寡妇所卖的河鱼。人们纷纷猜测,乞丐是被鱼骨头给噎死了,是日常调戏寡妇之报应。

此后夜里,马郎不再前往寡妇住处,却仍照常徘徊于鱼摊左右。

五

寡妇美极,成了村中男子的美梦,也成了村中妇女的噩梦。时日一久,积怨已深,便有勇莽者,前来打砸鱼摊。寡妇任打任骂,不置一词,第二天,收拾好鱼摊,照旧做生意。众男子见此,料定寡妇善极,便不顾家人阻挠,纷纷向寡妇求爱。

寡妇推说,一身无法事多夫,还需筛选一番。遂生一计,能于一夕之间背下《普门品》者，便成夫婿之选。众男子挑灯夜读，一夜过后，有二十个人背出了《普门品》。

寡妇又推说，一身无法事二十夫，请众男子改背《金刚经》。众人挑灯夜读，一夜过后，有十个人背出了《金刚经》。

寡妇再度推说，一身无法事十夫，请众男子改背《法华经》。众人挑灯夜读，一夜过后，仅有一人背出了《法华经》。

此人，正是少年马郎。

新婚当夜，大雨滂沱。

马郎暗启门扉，行至床边，将披于妻子面上的盖头一手掀开。却见妻子周身四散华光，悠然起立，置一物于马郎掌中。随即朝他慈悲一笑，顷刻间化作泡沫，消失于无形。夜雨急作，房中仅余马郎一人，摊开手掌，一片七彩鱼鳞静静躺在手中。翻转一看，只见背面写有"施屿"二字。

马郎默然无语，紧握鱼鳞，心内诵起《金刚经》：一切有为法，如梦幻泡影，如露亦如电……

六

多年后，马郎业从巡城马，借职务之便，作四方游历。无论人在何方，永不离身之物，除了受派的信件，仅有一片佩戴于项上的七彩鱼鳞。

一夕，行至某渔村。

渔村坐于大海之畔，尚未进村，阵阵咸苦的海风，便已向马郎身上拂来，似是要将外来的尘土洗去，又仿若要将海的味道，腌入来人之发肤。于此渔村内，马郎偶遇一渔妇，外貌身形，无一不似极他那消失于无形的妻子。马郎遂问事于渔妇。只见渔妇以一种不胜感激的口吻,对马郎诉说起一件改变她命运的往事。

多年前,渔妇尚为少女之时,曾被迫远嫁与一富人。此富人虽金银傍身,却患有不治之症,嫁与其人,不久便是守活寡的命。渔妇含泪上轿,不料出嫁途中,经过大海之畔,偶遇一婀娜少女,徘徊于砂石之间,模样与自己极为相似。听闻此事,少女竟愿代自己出嫁。渔妇猜想,马郎口中的故人,正是当初代嫁的少女。

渔妇言毕,感慨之容,溢于面上。

马郎遂向渔妇打听,能否忆及那处大海,究竟位居何方。渔妇摇摇头,表示时日已过甚久,早已忘了许多。且那日天色怪异,大雾迷蒙,难辨方位,只隐约记得,似是位于渔村之东南。马郎谢过渔妇,向东南方行去。

然而多番寻找,终究无果。

七

一日,马郎因务前往新地,不识路途,为免耽搁,便启程于清早,信步向前。当他身负信件,踏入旅道之时,一位老和尚正由路的彼端,缓缓向他行来。

老和尚立于马郎面前:“施主此去,所向何方?”

马郎回答:“东南方。”

老和尚摇摇头:“所向已错,此去必非正途。”

马郎不解:“师父何出此言?”

老和尚双手合十:“我佛在西,自当向西。”

马郎默然不语。

老和尚拈花一笑:“菩萨化身三千,点化世人。所授三部经书,句句箴言,何以弃之不用?”

马郎谦虚低头："大法精深,尚未领悟。红尘万丈,尚未望穿。"

老和尚听后,哈哈大笑,拂袖而去。

马郎抬头,只见眼前大道空无一人,老和尚早已不见踪影。

唯余夹道高树,因风作响,入耳催人欲眠。

八

马郎总在赶路。

以花甲之龄,业巡城之马,年复一年,遍游四地八方。自翩翩少年郎,至白头一老翁,人生年岁,不过抬腿一迈间。往来有家庭美满者,问于马郎,此一生无妻无儿,孤身走一遭,有何意思?

马郎窃窃作笑,此一生无妻无儿,便一生无牵无挂,正好做红尘一过客。

是夜,空中再兴河腥之味,马郎行于路上,隔着风纱雨帘,远远望见一豆飘摇的渔火,便仿若嗅到终结的气息一般,快步朝前赶去。只见大海之畔,泊着一艘渔船。船外风疾雨骤,船内无人语声,水波阵阵袭来,击打着斑驳的船身。

入得船内,马郎便随船而晃。浮沉间,项上佩戴多年的七彩鱼鳞,竟就此脱落而去,落于海中。马郎伸手入水,终究打捞不及,却见船底忽现一团温润白光,由暗及亮,渐自壮大。原是鱼鳞遇水,化作一尾庞然大鱼,浮出水面,四散华容。倏忽间,便拖着渔船漂流而去。

马郎坐于船中,只听见风声远了,雨声也远了,小船如履平地般,飞驰于大海之上。回头一望,只见大海一畔,立着一块古老的石碑,上面写的,正是"施屿"二字。

自那之后,马郎再未现于人世。

附近的渔民谈及那夜,仍有人如遇神迹一般地诉说,自己曾目击一白头老翁，立于一条白色大鱼的背上，朝着大海之南游去。为防听者不信，末了总要加上一句——大鱼翅膀激起的水花，足有三丈之高。

刘树东

（2014级汉语国际教育）

082 / 捕蝇草 ●●●

双杨乡记事

一

双杨乡发生了一件大事。

双杨乡发生了一件喜事。

双杨乡发生了一件怪事。

其实双杨乡只发生了一件事：田老汉的儿子田明达考上了北京大学。高考恢复以来，田明达还是第一个从双杨走出去的北大学生，这自是一件大事；喜事不用赘述，不管是三十年前还是今天考上北大都算得上是光耀门楣的事；可这怪的是，当时第一志愿明明填的是本省的师范大学，可怎么莫名其妙地收到了北大的通知书呢？

来道贺的街坊四邻这几天踏破了田家的门槛，田老汉一直乐呵呵地接待着，临走还把大把大把的瓜子、花生、水果糖往这些乡党兜里塞。跟土地打了一辈子交道，也窝囊了一辈子的田老汉这下可真的因为儿子扬眉吐气了一把，听着别人赞叹的话语，看着别人羡慕的眼神，心里甭提有多美了。节省了一辈子，被乡里人笑称连鼻涕都想攒下来当盐吃的田老汉也因为儿子阔绰了一把。他走七八里路去街上的供销社买上好的水果糖招待宾客，供销社的老伙计吃惊地说道：

"乖乖儿哟,你老田发横财了?捡着金元宝了?一下称十斤糖,我这一年还没几次这样的生意哩!"田老汉憨厚地笑笑,他终年遭受阳光洗礼的脸上布满皱纹,皱纹嵌着常年劳作积攒的黄土,这一笑使原来绷着的皱纹伸展开了,似乎能看到一个个土粒掉落。

就在田老汉沉浸在儿子考上大学的喜悦中的时候,准大学生田明达坐在双杨河旁的两棵大杨树旁眼神呆滞地朝水里一颗颗地扔石头。这里顺便提一下,双杨乡就是因这两棵大杨树得名,据说当年千里挺进大别山解放鄂豫皖之时,途经国兴乡(也就是现在的双杨乡)的杨师长说:"同志们,现在大家都是解放区的人民了!大家要爱我们的共产党,拥护我们的共产党!我们历经千难万险,冒着枪林弹雨和国民党打仗就是为了赶走蒋介石,赶走国民党,让大家不再受奴役,不再受压迫!我看嘛,这国兴国兴,不好听!国民党兴旺发达这怎么能行!我让战士们在你们乡的那条河边种了两棵杨树,今后那条河就叫双杨河,你们国兴乡就叫双杨乡!"这两棵大杨树还成为双杨乡的名片,每个来双杨的人都要来双杨河边看看这两棵杨树并合影纪念,据说《人民日报》在叙述鄂豫皖解放的报道中还特地提到了这两棵大杨树,说这是无产阶级战胜资产阶级、社会主义战胜资本主义的伟大标志。后来这位杨师长在"文革"时被打成走资派,双杨乡也改成红星乡,那两棵已长成参天大树的杨树也被县革委会的红卫兵小将们连根拔起运到了县委大院。据说后来被革委会主任做成了一套桌椅,现在还在使用。"文革"结束后,杨师长平反,红星乡重新改为双杨乡,可这叫双杨,河边连一片杨树叶都没有有些不像话,乡民们又凑了点钱去塑料厂定做了两棵塑料大树,"种"在了双杨河边。好了,扯远了,关于双杨的历史我们往下再说,现在我们来说说田明达。

田明达的内心是十分矛盾的,他又惊又喜又忧。这个惊自然是惊讶,自己第一志愿是师范大学,第二志愿是北大,怎么反倒被北大录取了？难不成北大的分数线比这师范大学要低？不过这也并非无先例可循,高考恢复的第二年,邻省安徽的一个青年也是第一志愿填的安徽师范大学,第二志愿填的北大,结果被北大录取了。北大燕园,有中国最好的中文系,里面不知多少文学大家、名师教授,能在那里求学当然是人生一大幸事、乐事,那也是田明达心驰神往之地。可李银萍啊李银萍,我的爱人,你为何就不相信我,为何觉得是我欺骗了你,说我背着你改了志愿,说我还是不愿意跟你一起去师范大学,我田明达对天发誓,谁要是改了志愿谁就是孬种！谁就是乌龟王八蛋！可我怎么知道就被北大录取了呢？当所有人都为我祝贺的时候,只有你,李银萍,我的爱人,你对我不理不睬,你在生我的气。可当所有人都看不起我,看不起我爹,嘲笑我爹再怎么省吃俭用也供不出一个大学生的时候,还是你,我的爱人,你相信我的才华,相信我的努力,把你爹给你的鸡蛋和牛奶塞给我补充营养。我的爱人不相信我,我真的是欲哭无泪,我真想跳进这双杨河里,一了百了。可我死了,我的北大又怎么办？

二

日落西山,绚丽的晚霞把双杨的一草一木、一砖一瓦都映衬得格外绯红,洒在双杨河上,伴随着阵阵涟漪好像一串串橙红色的珍珠项链在水面上飘荡。稻田里的稻子已有半人高,微风拂面就能闻到即将成熟的稻谷的清香。如果同时闻到燃烧秸秆的味道,抬头一定能看到家家户户的烟囱上飘着缕缕炊烟。不出两刻钟,就有女人扯着嗓子用乡野粗语叫骂着喊自己家孩子回家吃饭。

从田老汉家的三间土坯房一面土墙围成的院落出来,往西一直走,你会看到或是像田老汉家那样矮小的土坯房,或是用红砖红瓦搭建起的尖顶砖瓦房。走大约一公里,你会看到两扇红色的大铁门,大铁门和它旁边的用水泥钢筋围起来的是一栋两层小楼。在这四周的土坯房和砖瓦房之中,这两层小楼显得鹤立鸡群,格外气派。这便是乡长李富宽的家。

"妮儿,你就吃点吧,你看妈做了你最爱吃的芝麻叶面片。这都几天了你不吃东西怎么行嘛!要不我去供销社给你买点鸡蛋糕?"李富宽的老婆宋桂华对女儿李银萍说。李银萍呆呆地看着眼前的录取通知书,好像并没听到妈妈的话。宋桂华说:"银萍啊,今年全县参加高考的人有一千多,考上大学的不也就才几十人嘛!你能考上省城里的师范大学爸爸妈妈都很为你骄傲,你怎么心气儿这么高,还是不满足呢?放眼全县考得比你好的不也只有老田家的小子嘛!咱比上不足比下有余啊,你看村西头的老王家的儿子王进考了六年连个屁都没考上,现在跟他爸杀猪呢。"李银萍听到妈妈提到田明达忍不住啜泣,宋桂华看到女儿这般伤心也是无可奈何,叹了口气走出了女儿房间,可她又怎么会懂得女儿的心思呢?

夜色已晚,宋桂华听到一阵三八大杠丁零零的车铃声,就知道是丈夫从县城回来了,她赶紧盛了一大碗芝麻叶面片,浇上两大勺肉汤。李富宽回到家中把他的"坐骑"扎好,解开他那套崭新的中山装的第一颗纽扣。这时宋桂华已递来一双拖鞋,李富宽换上后洗了把脸,坐在椅子上出了口气,说:"这一天,可把我累坏了。"遂端起热腾腾的面片,咕噜咕噜吃了起来。

"事办得怎么样了?"宋桂华问。

"八九不离十吧。两条大重九、两瓶茅台都送出去了,估计有戏。"李富宽说。

"那就好,那就好。你这次要能调到县教育局当局长,咱家银萍毕业后你活动活动,看看能不能去市一级单位上班,最不济也能到县高中当个老师啊。"宋桂华说。

"八字还没一撇的事呢,可想到女儿的事了。哎,娃咋样了现在?"李富宽把空碗放下,问道。

"还不吃不喝呢。唉,可愁死人了。"宋桂华说。

李富宽走进女儿房间,故意装作很吃惊的样子说:"哎,银萍啊,今天我去县里开会碰到王书记了,他跟我说他儿子王连生今年也考上了师范大学! 今后你们可就是同学了啊!"

"哦,爸爸你出去吧,我要睡觉了。"李银萍冷冷地说。

王连生她当然认识,还很熟,他们在县一高就是同班同学。王连生在部队服役了几年退伍后准备参加高考便在县一高借读。他比同学们年岁都长一些,一米八的个子,身形很魁梧,皮肤的颜色是那种军人特有的诱人的古铜色。王连生学习刻苦,成绩也很好,也很热心帮助同学,是他们班的班长,在同学中威望颇高。大家都知道他是县里某干部子女,但很低调,从来没说过自己的家世,李银萍也是今天才知道他的爸爸居然是县委书记。李银萍自然知道爸爸故意提到王连生是什么意思,双方父母都是政府公职,年龄相仿,将来又可能会在同一所大学,这不就是门当户对吗? 可多少青年男女就是因为这所谓门当户对造就了婚姻的不幸。李银萍厌恶这在世俗看起来完美的爱情,家长们可能会把一切能考虑到的物质问题都考虑进去,可唯独不会考虑感情问题,也许他们认为只要有了良好的物质基础,感情是可以通过后天培养的。可我李银萍就是不喜欢那后天培养的感情,我就是喜欢罗曼蒂克式的一见钟情。你王连生家世再好,外在再好,再怎么成熟稳重,我李银萍也是不会多看你一眼的,我就是喜欢田明达,喜欢他诗人般的忧郁,喜欢他出众的文笔,喜欢他惊人的才华,可田明达,我的爱人,你为什么要欺骗我? 为什么答应我考同一所大学又改成了北大? 我知道北大是你的梦想,我应该理解你,原谅你,不过在你心目中梦想比我更重要吗?

三

县一高是全县最好的高中，也是大别山脚下南五县里最好的高中。在当地人中流传着一句顺口溜：考上县一高，大学随便挑。这当然有夸张的成分，不过也从侧面反映了县一高升学率之高。田明达考上北大那年，县一高五百考生，考上了八个本科、二十二个专科。这在当年可是了不起的数据，全县一千五百考生也不过是十一个本科、三十五个专科而已。你也许会问，录取率这么低，为什么还有那么多人去高考？在当年还是以农村为主的中国大地上，想被安排工作，想吃上皇粮，要么当兵，要么考大学。可当兵在那个年代可是个紧俏事，你家在部队里在政府里要有点什么关系，然后还得查你上三代，确定全都是贫下中农才能过政审。普通农民家的孩子要想改变命运只能通过高考。但那个年代大学稀少，招生严格，故有千军万马过独木桥之说，每年落榜复读者甚多。上文提到的王屠户家的儿子王进考了六年都没考上的并不少见。县一高里至今还流传着一个故事：一位双杨乡的朱姓小伙，考了七年，年年落榜，终于在第八年考上了省城大学的法律系，故人称其为"朱八届"。在那个时候很多农村家长对于高考的态度也分为两极：有的农民尊重知识，希望孩子能走出这黄土地，全力支持孩子高考，像田明达和"朱八届"的父母；有的家长觉得孩子上大学就是浪费时间，有这工夫早就可以娶妻生娃、成家立业了，如若一年考不上就不让其再考。听说双杨的一个赵姓青年第一年高考落榜后，其父母不支持其复读。他就在田间地头，抓住放牛的空隙苦学，终于在第二年考上了大学。这些从农村走出去的青年们进入大学，进入城市，毕业后为我国的现代化建设做出了不可磨灭的贡献，现在还是各行各业的中流砥柱。在实现了社会价值的同时也成就了个人，过上了体面的生活，融入了城市，成为新一代的城里人。

　　县一高的补习班只有四十人，都是全县落榜者里的"精英"，都是离大学的录取分数线相差十分以内的，而田明达和李银萍更是这些"精英"里的精英。田明达之前在双杨高中就读，第一年考北大差三分，第二年考北大差一分，第三年便免学费到县一高复读。李银萍外语成绩很好，第一年考清华外语系差八分，第二年考复旦外语系差十五分。

　　补习班开课第一天，田明达和李银萍成了同桌。其实那时并没有真正意义上的男女同桌，全班四十人被分为五横八纵，左右靠窗各两纵，中间面向讲台四纵。他二人因为是重点培养目标便被安排在了全班最好的位置，第三横面向讲台二三纵，也便成了同桌。因为是老乡，二人自幼相识，但并不相熟。

　　因为是复读班，学习很紧张，每个人都很用功，大家的交流很少。田李二人每天说话也很少，仅有的交谈也都是一些学习上的。每周六下午的两节阅读课是大家都比较期待的，只有在这时才能读读自己喜欢的书，并且可以自由讨论。一日阅读课上，田明达捧着一本《宋诗选注》读得津津有味，李银萍不经意间瞥见了田明达手上那本已经泛黄的书，问："钱先生的书你也读？"田明达双手双眼仍不离书卷，说道："钱先生学识渊博，思想广博，我只读个皮毛罢了。"李银萍说："中国古代文学当推唐宋，唐诗尚天，宋诗尚理，理趣自不如天趣，所以宋诗流传度不如唐诗，但钱先生所选宋诗崇尚天趣摈弃理趣，难道不是有失偏颇吗？"田明达说："钱先生其人豁达开明，不慕名利，自是认为天趣重于理趣，其选编宋诗有所偏爱也是正常，如果你想真正了解钱先生还得读他的《管锥编》。只是这套书实在艰涩，恐怕在我们这种小地方难以一见啊。"李银萍从书桌里抽出一套四册由中华书局出版的崭新的平装《管锥编》，说道："这是我爸爸从上海买给我的，希望我们可以共同阅读探讨。"

因为都奉钱先生为学术偶像,二人的话便多了起来。从《管锥编》谈到《谈艺录》,从《谈艺录》谈到《围城》,又谈到钱先生的生平,谈到了钱先生和杨先生的爱情。明达学识渊博,博览群书,四书五经倒背如流,对现代文学各个流派的代表作品也是如数家珍;银萍极具才情,对很多古代作品都能提出自己的见解,这点让明达十分佩服。明达对银萍说:"书读百遍,其义自见。我居前,你居后。"二人畅谈文学之余,又聊起了家乡往事,谈及双杨乡更是有了更多的共同话题。那段时间,田明达最开心的事是每天来到教室就能见到李银萍,李银萍亦是如此。

二人上课说话引起了班主任的注意。开始两人以讨论问题为由,班主任心想别的班的尖子都好比针尖麦芒,自己班的倒是相处融洽,也好也好,多交流交流也能促进共同进步。可不久,班主任察觉出端倪,二人上课有说有笑,根本不像讨论问题的样子,遂将二人座位分开。

分开之后的二人并未减少交流。田达明调到了第一排,为掩人耳目李银萍每次下课都拿一本书假装还给田明达,然后就在田达明旁边一直坐到上课才依依不舍地走开。田明达每天中午放学几乎是飞奔到食堂,等李银萍缓缓而来他已把饭打好了,然后两人在老地方一起吃饭,李银萍每次还会给他带来鸡蛋或是牛奶。正当青春的两个年轻人朝夕相处,互相欣赏,也许长时间的欣赏会产生爱慕,再加上共同的爱好,会产生什么呢? 或许那就是人世间最美好的花朵——爱情。有一天田明达对李银萍说:"钱先生和杨先生相识相爱于清华古月堂,我们相约北大燕园如何?"银萍点了点头,二人就这样正式确立关系了。

初尝爱滋味的年轻人对爱情充满向往,总是觉得只要有爱一切都算不得什么。他们每天一起上学,一起吃饭,一起散步,周末还会去逛逛街,爬爬山,或是小心翼翼地手牵着手漫步在河边。古语云:"士之耽兮,犹可说也。女之耽兮,不可说也。"农民的儿子田明达知道如果他想和李银萍继续下去一定要有足够的资本,因为她爸爸是乡长,如果他考不上一个好大学,没有一个好工作,她爸爸是不会同意他俩的,所以他更加发奋学习,除了上课更加专注,每晚回到寝室还会苦学至深夜。李银萍则不同,她整日沉浸在对美好爱情的幻想中。她想象着自己能和田明达一同考上北大,然后在博雅塔前、未名湖畔谈论着诗词歌赋、人生哲学,殊不知不经意间,她的学习成绩已落下田明达一大截。

第一次模考成绩出来,一向稳居全班第二的李银萍成了第三。周六下午放学,班主任把李银萍叫到了办公室。

"这次考试怎么回事,你看看你退步成什么样了?刚退伍回来的王连生基础可比你差多了,人家现在取代了你成了全班第二。再说你跟田明达,以前每次考试都只差个几分,这次呢?整整三十分!"班主任语气并不好。

"可,可能是我做题不细心……"李银萍喏喏道。

"银萍啊,有些事不是现在这个阶段该想的,知道吗?到了大学你想干什么干什么,没人管你。"班主任说。

从办公室走出来的李银萍看到正在等她的田明达,一头扑在他的怀里哭了。她是个十分骄傲、自尊心极强的女孩,她可以接受田明达在她之上,但绝不会容忍王连生在她上面,准确地说是任何人都不行,除了田明达。

田明达和李银萍在街上走着,他不断安慰着她,和她讲他的心事,他努力的原因。李银萍突然停下,站立在熙熙攘攘的人群中说:"田明达,我们可以去一个只有我们两个人的地方吗?这儿的人太多了。"

他们来到了一间旅馆,从老板娘会心且猥琐的微笑中接过了房间钥匙。

房间里，床上，李银萍躺在田明达的怀里，二人没有说话，空气异常安静，只能听到坏掉的水龙头滴滴答答漏水的声音。

田明达的身体里似乎有一团火，开始只是一个小火种，慢慢烧遍了全身，他大口大口地从鼻孔喘着粗气，有一股不可知的力量牵引着他。然后他几乎完全无意识地把嘴唇贴在了李银萍的嘴上，李银萍并没有拒绝，四片嘴唇贴在一起，两条龙在嘴里疯狂缠绕，谁也不愿意离开谁，然后……

四

高考结束，田明达当天就赶回了双杨。母亲早逝，家里田间只有爹爹一个劳力，十几亩的田，也是辛苦得很啊，平时他想帮爹干点活，可爹怕耽误他学习硬是不让。这下考完了终于可以帮帮爹了，所以他跟李银萍告别之后立刻回到了双杨。

李银萍留在寝室里收拾东西，她明天才回双杨。田明达走了，她考得也不是很好，所以情绪并不高。她正清理着书籍，舍友对她说："银萍，班长晚上组织了舞会，你去不去啊？""我不去了吧，我不会跳舞。"李银萍说。"去嘛去嘛，我们也不会，就是去玩玩，热闹热闹，考完了放松一下嘛。"舍友说。李银萍拗不过舍友，便跟她们一起去了。

王连生成了整个舞会的焦点，当天他的头发用发油梳成三七分，穿的是一件的确良白衬衫，与他的皮肤形成了鲜明对比，但却十分精神。他深情地跳着《莫斯科郊外的晚上》，班里的女同学眼睛都直了，只有李银萍没有抬头看他一眼。

"李银萍，可以邀请你跳个舞吗？"

说话者是王连生，他的声音浑厚且富有磁性。李银萍抬头看了他一眼，他已做绅士状，弯腰把手伸向了李银萍，李银萍尴尬地笑着说："我，我不会跳。""去嘛去嘛，快去。"舍友说着推搡着把李银萍拥进了舞池。

王连生搂着李银萍的腰，他俩十指交叉。李银萍感觉到王连生身上有一种诱人的男性荷尔蒙味道，这是田明达身上不具备的。

填志愿时李银萍和田明达有一点小小的不愉快，田明达还是想冲一下北大，李银萍已知道自己与北大无望，便想和田明达一起报省城的师范大学。田明达向李银萍妥协，第二志愿填了北大。

五

"什么?! 复读? 你疯了吗? 都考了三年还复读?!"李富宽怒不可遏地说道，因为女儿刚刚跟他说非北大不上。女儿的心思他是知道的，女儿的班主任其实是他以前在县一高任教时的同事，所以女儿和田明达的事他是多少知道一些的，但他知道女儿一直以来自尊心十分强便没有说破。

"萍儿，爸爸知道你的心思，今天爸爸也就明人不说暗话了，我知道你是为了田家那小子，可他就算是考上北大又能怎么样? 他连妈都没有，家里就一个穷得叮当响的老爹，他能给你们什么未来? 你也不是小孩子了，王书记的儿子对你有意，他今年考得可是比你高，本来可以报更好的学校，可得知你报了师大，他也报了师大。但田家那小子不还是自己报了北大吗? 这还不能说明问题吗? 再说田家那小子哪点比得上王书记的儿子? 说些自私的话，你要真能跟王书记的儿子好，爸爸调到县教育局去就是王书记一句话的事。不过话又说回来，我就你这一个女儿，说到底不还是为了你吗?"李富宽说。

"什么? 不去上北大了? 你考了三年终于考上了为什么不去上?

你脑子进水了吗,你个鳖孙!"田老汉听儿子说不去上北大,要复读考省里的师范大学,简直火冒三丈,他骂田明达的声音相隔两里外的李富宽家都能听见。

"明达啊,爹老了,五十多了,你娘走得早,爹把你拉扯大不易啊。爹就盼着你能出息,能考上大学,给爹争口气。爹这些年为供你上学是没日没夜地干活啊,好不容易给你供出来了,你考上大学了,爹高兴啊。爹逢人便说你听话懂事有出息,他们都说爹是先苦后甜,以后就享清福了。可你突然跟爹说你不想去北京了,想复读考那师范大学,那师范大学比北京大学还好吗?"田老汉说。

六

故事没有按小说或是戏剧的发展情节来。田明达去了北大,李银萍去了师范大学。他们没有立即分手,但再也回不到过去,经过一段时间书信往来,二人在大二时分道扬镳。李银萍在王连生热烈的追求下屈服,李富宽也如愿当上了教育局局长。不过田老汉没有立即享上福,儿子整日埋头书海,毕业后进了一家文史研究馆,至今仍买不起房。田老汉也一直在双杨守着他的十几亩稻田。什么? 你说生活就是这样平淡无奇吗? 我觉得是这样,我们设想的美好也许很难在现实生活中演绎。你说为何当年田明达能考上北大?

哦,不好意思,不好意思,忘了告诉诸君,当年全双杨的考生报考志愿单都会送到乡政府李富宽那里,李富宽为了拆散二人,将田明达的第一志愿改成了北大。

付 雷

(2017 级戏剧影视文学)

哑　贝

一

　　阿玖很久没有回到这个屋子。不,它算不上是屋子,顶多是一个小小的厢房,小小的,以至于它容不下几件像样的家具。

　　屋子的光线很弱,好不容易阿玖才看清屋内坐着几个老人。尽管每一个人都面带泪珠,但唯有一位,目光空洞,没有焦点,哪怕苍老的面颊早已容不下一滴泪珠子,她也好似从未知晓。

　　"外婆。"阿玖木木地走向老人,好不容易才入了她的视线。

　　"阿玖,再也没有外公了……"老人木讷的眼睛闪过一丝光,豆大的泪珠子再一次砸在水泥地上。阿玖哽咽着,扑进老人的怀里,她做不得安慰,只有流一样滚烫的泪。

二

　　阿玖从外婆的怀里退了出来,呆呆地盯着面前的木床,床栏处的红漆多数已经被人用指甲剥落,露出的木头,已经变成陈旧的深褐色。阿玖迟迟走不近木床，她只能死死盯着，似乎要将床板戳出一个窟窿。

木板上残留着数块深黑，又似乎仍散发着潮气的污迹，那是月月年年、年年月月里尿液不断浸染成的，早已入木三分，无法剔除。或许还有血，是用牙齿死死咬出的血，是用拳头捶打墙壁的血，是使劲抠床板被碎木扎伤的血？都有吧。阿玖心好疼，她似乎看到外公蜷缩在床板上，痛苦地只能转动他半边的身体，他不断挥打周边的一切物体，好似只有加重身体的疼，他才会忘记病的折磨。她似乎又听见他痛苦、无助的哀号。她知道他不想叫喊，她知道他不想没日没夜地叫喊，因为有太多的人都曾怨他，骂他。但他真的很疼，他止不住那种由心底蹿出的叫喊，或许是潜意识里，他想用声音告诉所有人，他还活着。

"阿玖，再也没有外公了。"

床上痛苦的身影已经消失，逼仄的空间里再也没有那痛苦地叫喊的余音。什么都没有了，因为，没有外公了。

三

我是哑贝，赐我名字的，不是阿玖，是那位已经不在的老人。

我原是一枚海螺，普普通通，并不圆滑，有许多的棱角。有一天，商贩将我带离大海，我还没来得及收完大海的声音，就被塞了一个红艳艳的长哨子。我在海边待了很久，直到遇到阿玖，她喜欢听我收集的大海的声音便将我带走，但她却极少吹响那红艳艳的长哨子。

我被她放在收纳盒里，又晃了许多年。突然有一个早晨，她兴冲冲地将我拿起，用竹纤维质地的毛巾小心翼翼地温柔地将我擦拭，然后轻轻吹起那红哨子。我不明白为什么当她听见哨声响起是那么的惊喜,直到我遇见我第二位主人,也是我最后的主人——阿玖的外公,我唤他,方老。

初见方老的时候,他已经患有严重的半边风,整个人斜靠在轮椅上,呈现一种极其古怪又不舒服的姿态。

"外公,这是海螺哨,你只要轻轻一吹,我听到就会过来。所以你乖乖吃饭,吃完饭,就吹海螺哨,我过来陪你聊天。"

"好。"方老将我紧紧地握在手里,好似握着世间最珍贵的物品。我的棱角划着他掌心厚厚的茧,意外感到舒适。"你只有阿玖的话才听。"方老的妻子很无奈地端着饭。她是很瘦的女人,娇小的骨架全部被皮所包裹,没有多少肉在支撑。

方老不说话,他很配合地吃着饭,一吃完,就赶紧吹起红哨子。很快,阿玖便赶过来,嘴角还有残留的米饭。

"你就这么急,阿玖饭都没吃完!"

"要你管!"方老狠狠瞪了他妻子一眼,然后发现阿玖在看他,努了努嘴,默默撇过头,不说话。

"外婆,你放心,我早就吃饱了,你看,我肚子都是圆的。你快去吃,我在这里陪外公。"阿玖故意摸了摸肚子,把外婆哄完后她就回头看向方老,极其有意思的是方老故意装作什么都不知道。

"外公,你不要总是乱凶外婆嘛,她对你多好,你怎么不心疼心疼她。小心外婆不理你了。"阿玖没有注意到,当她说最后一句话的时候,方老浑浊的眼里闪过一丝紧张,然后他小心地偷偷瞥了一眼在厨房里的老伴。

……

第一次见面的午后,就是阿玖一直陪着方老聊天,偶尔也有方老的几个子女或者其他孙辈过来陪聊,但是和方老聊得最开心的还是阿玖。

这样的午后是幸福的,也是不可多求的,至少对方老来说,是。

四

没有几天后，阿玖就回去了，因为她要中考。

所以在后来的日子里，方老经常捏着我，以至于我的几个棱角都破了。而方老发现后，他总会笨拙地像一个小孩想努力地将我拼接上，但他能便利活动的只有一只手。于是他会很伤心地吹着红哨子，吹得很响很响。

只是唤来的，却不是阿玖，而往往是他的老伴。

阿玖的外婆总会很无奈又很心疼地看着他，然后轻轻掰开他的手，将我与棱角一起取出来。这是一个心灵手巧的女人，她就坐在窗边最亮的地方，戴着老花镜，将头低得很低，小心翼翼地用 502 胶将我重新拼接完整，然后等上一会，再又将拴着红哨子的红绳，重新挂在方老的脖子上。

"阿玖要考试了，她考完就回来看你。我们的阿玖很有出息，她会考到最好的高中，然后考上最好的大学。她很小的时候就说，等她长大，她就送我们两个人，一人一箱大红皮……"

每次这个时候，方老都会安安静静地坐在那里，细细聆听他老伴的诉说。夫妻数十载，这样的时光却是前半生少有的，也许只有在那时候，方老才真正体会到，他是多么离不开，也是多么爱着这个一直在他身边，陪他走完一生的人。

五

晚间，是所有人的恶魔。

入夜时候，疼痛一直折磨着方老，他常常难以入眠。于是他开始抠床栏上的油漆，抠床板上的木屑，再忍不住的时候，方老就开始捶打床板，捶打墙壁，轻易地又把他的老伴吵醒。

那个瘦弱的女人总会过来看看他，有些时候会将他搀扶起来如厕。方老的骨架大、体量重，又岂是她能够扶住的。他们常常一起摔在地上，然后方老就开始捶打他的老伴，有些时候下手失了分寸，常常打得方奶奶出血。

我只是一个海螺，我不懂人间的情爱。但是每当看着瘦弱的方老太太，强忍着身上的伤不说话，一点点搀扶着她的男人起身如厕，我总会莫名地感动。

后半夜，方老常常会大声呼喊，那都是我不熟悉的名字，他们或多或少是方老的亲人朋友，那是来自心底的声音，穿透力不是泥墙能够阻挡的。方老太太总会在这时候再次起身，怒声告诫方老不要再喊，但是她的威严却鲜少有用。也是她心软，她心疼方老的疼痛。

他们两人一生未作恶，积德事倒有无数；方老太太是军官之后，方老也曾是乡镇骨干，两人在过去那个时代里也算是人物，却在老的时候落得被病痛缠身的凄苦。方老有些时候会咒骂一些东西，方老太太，也会陪着他彻夜难眠。

六

终有一天，方老太太病倒住院。我还记得在她晕倒的时候，方老立马想要扑过去接住她，但怎奈他坐在轮椅上，半边不能行动。他扯开嗓子拼命地大喊，拼命喊着隔壁住着的儿子，当看到方老太太被孩子们送往医院的时候，他才微微松了一口气。

……

也就在那之后，方老同意了住到一个原先照顾颇佳的保姆家。（原先也有许多个保姆，但都不如意，唯一一个满意的却要在家带新生的孙子）。

走的时候，方老没有带我，他将我从脖子上摘下，挂在床头。

我知道，他是怕这次唤不来阿玖，也唤不来他心爱的老伴。

只是这一走，却成了所有人心里的痛，永远也难被时间磨平。

……

保姆起先将方老安置在家，后来嫌方老晚上大喊大叫，就将他锁在山上的一个小屋子里，只有三餐过去送顿饭。

我不知道方老在那山上是怎么度过的，当我再次见到他的时候（虽然他的儿女在知道这样的情况后，第一时间将他接了回来，也过了月余），他已经不如初识的那般清醒，常常会不记得谁是谁。

他偶尔会看着我发呆，然后将我拿在手里，却很少去吹起。

……

阿玖其间也有来看过他，帮老太太喂他吃饭，给方老讲简单的故事与笑话，有时候又需要一遍又一遍地耐心回答方老，她是谁。

每一次她回答的声音都很轻柔，嘴角的弧度都恰到好处，但每一次她眼里都会划过刺痛。她是方老最疼爱的外孙女，却最终，他连她都忘了。

七

方老是在一个晚上走的。

那个夜间，特别的安静。他也不哭，也不闹。他的子女都匆匆赶来，除了一名在外地的没到，他的身边，站着都是他最亲近的人。

我就被挂在他的床栏上，看着他在最后回光返照的时候，默默地注视着每一个人，那是他对自己生病期间各种作为的歉意，那是他作为一位父亲对身边早已成家的子女最后的关怀，还有对一直陪着自己，不曾离弃的妻子最深沉的爱与感激。

方老临走前，一直仰着头，努力望着外面，他似乎在等待什么。

有人说，是他还未归来的儿子；有人说，是他未来的孙辈们；有人说……

我不知道会是什么，其实在太阳落山前，方老曾吹起过红哨子，悠远的声响，不再像从前那般雄浑、有力。

他对这个世界有太多的留恋，虽然病折磨着他几乎失去了自己，虽然他对子女吃力负担着他的医药保姆费用怀有歉意，但他从未有过放弃的念头，直到不得不离开。

他这一生，会做人，受尊敬，有傲骨，在病魔前，也未屈服。

只是他最愧对的，还是他的妻子。早年的包办婚姻，却幸运地赐予他这辈子最好的妻子。

那晚，他闭眼的时候，唤我为哑贝。

是呀，以后不会再有人吹响我，也不会再有人能够吹响我。海螺的身子里，装的不再是大海的回声，而是这家子，有关方老，所有的爱。

八

"外婆，那枚……海螺贝呢？"

在葬礼前的晚上，我被方老太太重新交回阿玖的手里。她的眼泪,狠狠砸落在我破碎的棱角上。

那晚,她和方老太太诉说着从前,有关方老的事。

终

洪　悦

(2016 级传播学)

十 三 巷

（一）搬　运

搬运肯定不真叫搬运这个名，但具体叫什么谁都不知道。

他来饮茶每次都是三块钱一碗茶一块钱一根油条，没活的时候在我这一坐就是大半天。他很沉默，不大爱说话，也不怎么和人交流，但是文化水平还是有的。帮人搬家，看别人把不要的旧书扔出来，他还拿个几块钱买回几本金庸古龙。

怎么看搬运也有五十多了，不知道为什么这把年纪了还混迹在十三巷里靠力气吃饭。重的东西他搬不动，轻的东西搬了也没几分钱，我有回问他，这一根油条一碗茶不会是他一天的吃食吧，他脸灰灰的，跟我说："那……不开张，有什么办法。"

我倒觉得搬运不是没见过世面的。

有人说搬运年轻的时候上过中专，学的 BP 机修理，一毕业出来BP 机就被淘汰了，好不容易混进一家药厂做工，厂长贪污，用料有问题，药厂也倒闭了。搬运有老婆孩子，跟别人跑了。

至于是不是因为搬运运气差，说不好。

搬运爱赌钱，十三巷的人都知道。来大来小都行，手能摸到牌就可以，不管筹码涨到多少，他眼睛都不眨一下，所以我说他应该是见过世面的人。

搬运有个女儿，他自己说的。有次喝醉了给人看他女儿的照片，人家开玩笑说："这姑娘漂亮得不像你啊！"原本好脾气唯唯诺诺的搬运忽然暴起，狠狠在那人脸上砸了一拳头。

搬运从来不赊账，有钱就来饮茶，没钱就不来。

他最后一次来饮茶，人看起来不大精神，很萎靡。上午来的，下午有个姑娘搬家，找搬运把一台冰箱从六楼背到一楼。很可惜这单生意搬运没做成，他搬到二楼的时候晕了。救护车把他拉走，听说他女儿把他接回去了。

十三巷就再也没见过这个会修 BP 机的搬运。

(二)小河北

小河北跑到我楼上来饮茶，她没钱，给我讲了一个蛋想当鸡的故事作为茶钱。

她说从前有颗蛋好想做鸡，于是费尽心思到处请教，结果不小心磕破了脑袋，临死之前看别的蛋里孵出了小鸡，这才恍然大悟自己其实从一开始就没必要急于求成离开鸡窝。

这个故事我没怎么懂，隐隐约约觉得小河北说的也有点哲学意味，我还是在她的欠账名下加了一笔。

小河北是妓女，我也不知道这个蛋和鸡是不是和她自己有关。她很不高兴我又记了她的账，说上来饮茶其实不是为饮茶，就是来看看我，与我聊聊天。

她说："男人花钱来找我聊天，我如果愿意听，他们都高兴得不得了。你可以这样免费与我聊天，为什么还要记钱呢？我还讲故事给你听。"

她好像很生气，茶都没饮干净。

有男人花钱找她聊天应该是很久以前的事了。那么多年过去，小河北还是没攒够钱，可是愿意只是聊聊天就花钱的男人也越来越少。小河北已经不适合那个"小"字，却固执地还要我们这么叫，她欠我的茶钱十天半个月才结一次，忘记了索性就不结。

她说赚钱难了，活变少了，是现在人浮躁了。小河北有时候挺会思考，她时间多，没活的时候就思考，有活的时候也能放空大脑思考。

我说也许不是人浮躁不浮躁，可能就是你不适合这一行了。

这句话说了一两次，小河北自己也意识到了。但是她不想承认，买的衣服越来越艳，假珠宝也越买越多。

听别人说小河北年轻的时候是真的漂亮，她说有人花钱找她聊天也是真的。以前她在市中心最大的夜总会里杠花牌，一个晚上入账多得很。后来不知道怎么，惹了哪个大人物的太太，沦落到十三巷来，成了个饮茶都要赖账的人。

也有人讲小河北以前的花名很雅，说出口都觉得唇齿间多增了几分风情。这倒在如今的女人身上看不出来了。如果说过去的奢靡生活勉强在小河北身上留下点什么痕迹的话，大概就是她对那些假珠宝的执念吧。

她每次来饮茶都把自己装点得像盏霓虹灯，十三巷的人都知道她满身穿戴的是假的，她自己也知道，就是戴着开心，好像戴着，过去的什么生活就又回来了。

那次饮茶欠账以后，小河北就很久没有再上茶楼来。月末，我才听人说小河北死了，有客人抢劫，为了她一抽屉的珠宝把她闷死在床上。

我看了眼账本上她上回欠的茶钱，想到那颗蛋，觉得那颗蛋自己最后其实想得挺明白的。

邵逸菲

（2015 级动画）

失

关外。

大漠孤烟。酒旗低垂，无从分辨。

长河落日，人影斜长。

老人独坐在酒店门口，眯着眼，看日光穿过一整片沙漠。他眼角堆起的皱纹恐怕比门口木头柱子上的纹路还要多些，而所有的皱纹都在额角一道一寸长的刀疤上戛然而止。他已经在这里看了三十多年了，日复一日，太阳东升西落，风沙来了又走。

大漠茫茫千里，不过眼前方寸；人生匆匆数十载，也不过昼夜。

大概人生本就如此寂寞荒凉吧？他想。

沙漠的另一边，走来一位白衣少年。老人缓缓直起身子，欲细细分辨，眼角的皱纹更深了。少年自日落的方向而来。漫漫黄沙，他白衣胜雪，虽步履维艰，却走得很挺，有种年少轻狂的孤傲。

老人笑了，又黄又稀的牙和他脸上的皱纹一样年代久远。那仿佛是他当年，一样的挺拔，一样的形影相吊。只是他，早已失了傲气。

少年走近，道："一坛酒。"

"好。"老人笑着起身，蹒跚至柜台前，拿来一坛酒，又慢慢挪回门口的躺椅上，以他舒服的姿势躺下。"岁月不饶人啊。老啦……老啦……"老人独自喃喃。

少年只当暮年之语，不做理会，拍碎泥封，也不取碗，径直灌入口中。酒沿嘴角流下，污了他的白衫。

老人似乎突然想起了自己还是个商人，撑起身子回头道："一两银子，先付钱，后喝酒。"

毕竟，这里很久没来人了，何况风这样烈，如同这里的酒一样，喝了总会让人忘了什么。但有时，却恰恰相反。

少年伸手往怀中取钱，触到的却是一片冰凉，透彻心扉的凉，虽说此物日日贴肉收藏，却彻骨寒心。他一阵寒战，急忙撒手，取了一锭银子丢在桌上，便再举起坛子，狠狠地灌了几口，又重重地放下。烈酒在坛中翻腾，溅了满桌。回忆在脑中翻腾。

他再次伸手入怀中，取出那枚玉环，寒光刺目。他修长的指节因用力而泛白，体温如何能温暖天人永隔的冰冷？

那日宋元交战，宋军溃败，元军直取汴梁。

城中硝烟四起。哀鸿遍野，惨绝人寰。

宋旗于元军铁骑之下，黯然失色。

那少年衣袂飘飘，手持慕容家祖传断龙剑与各大门派高手并肩抗敌，护送百姓逃亡。众人虽说都是武林高手，但所习之技均用于单打独斗，何况如今寡不敌众，又兼之护送百姓，更是力不从心，死伤者众。

众人只得且打且退，退至城外，关闭城门。欲拖延时间，等宋援军到来，再做打算。

城门关闭。众人心下稍宽，也不知城内是何情景。

万籁俱寂。仿佛盘古初开的未知。

"开门！慕容，开门……"柔弱女声从门那边传出。

众人警觉，面面相觑，手握兵器，蓄势待发。

"慕容……慕容，救我！"

众人目光落在白衣少年身上，他剑眉微蹙，低头不语。

"救我！慕容……我是涟儿……"她带着哭腔，一如当年他拥她入怀。

她偎着冰冷的门。万籁俱静，没有回音。

"慕容少侠，倘若此时开门，众人性命堪忧啊！"武当陈真人道。

峨眉静安师太一阵冷笑："那依陈真人之言，真人的命是命，那少女的命就不是命了？"

陈真人回道："事分轻重缓急，这不过是蒙古鞑子的苦肉之计。何况如今有几百灾民命悬一线，不能开门！"

慕容低头不语，挺直的脊梁微微颤抖，握着剑柄的指节白得苍凉。

百姓开始慌乱，高声道："不能开门！慕容少侠以大局为重啊！"

……

圆日已缺，残阳如血。

老人依旧坐着，侧着身子，看着少年。

少年眉头一皱，脸上柔情顿消，举起酒坛，将最后一点酒倒入口中，再次将酒坛重重放下。坛中无酒，再无波澜。他将玉环放回怀中，深吸一口气，目光坚定，欲出酒店。

"天要黑了，整个沙漠就这一家酒店。"老人轻笑，拿出了一副象棋，"这里就我们俩，陪老儿我下棋解解闷吧！"

双方朱雀玄武，持枪鹄立。

少年执红，过宫敛炮。

"好一着攻势。"老人摇头笑道，"可惜锋芒太露。"

"若不早布局，如何取胜？"少年眼中早已旌旗蔽日，杀气腾腾。

"胜与不胜有何分别？"老人叹道，"还是不要过早取胜的好，夜长着呢！"

三十年前。

雨夜。杜宅。

尸横遍野。

刀尖滴着血。

嗒……嗒……分不清是刀尖的血还是檐上的雨。

身着夜行衣的少年手握刀柄,雨水浸湿他的发梢,又顺着他额前轮廓融进他额角的伤口。

是新伤,一寸长的刀伤,还滴着血。

混着雨水的血,又顺着他胸前的肌肉落到地上。

地上也是血。混着雨水的血。

血腥味在空气中氤氲不散,弥漫着整个杜家巷。

少年的嘴角扯起一丝苍凉的笑。

苍白的唇,漆黑的夜。

"你们欠我司徒家的,今日算是结了!"

司徒忽觉有痰淤结于胸,呼吸不畅,用力咳嗽几声,不料胸口剧痛难忍,难以站稳,便将刀插在地上支撑身体。

他苍白的手在颤抖,刀在颤抖,血水在颤抖。

司徒用力一咳,将痰吐出。

痰中带血。血落到血里。

痰已咳出,胸中反觉空洞。

黑方飞象。

"胜就是胜,败就是败。"少年抬头,触上老人混浊的瞳,"若想取胜,便得步步为营!"

红方,马二进三。

"赶尽杀绝便是胜吗?"老者似在自问,"还是不要赶尽杀绝的好,长夜漫漫,总要找些事做。"

黑方,车九进一。

"何止赶尽杀绝,更要夺其王,斩其帅!"

蒙古营帐。

座上可汗威严,慕容一席白衣,傲然挺立。

"慕容少侠意欲何为?"可汗假意微笑,四下皆已伏兵。

"可汗何必如此戒备? 在下近日既敢只身前来必不会贸然出手。"

"哈哈。少侠豪爽,那咱们就明人不说暗话。"可汗笑曰,"赐坐。"

"既如此在下也不绕弯子,在下此番前来,实是无奈之举。宋朝将崩,民不聊生,诚宜退位让贤。在下甘为戎首,替天行道。"

"哈哈!"可汗面部肌肉抽动,心下起疑,佯装大喜,"有慕容少侠相助,入主中原是指日可待了!"

红方,车一平二。

"杀气太重,小心反伤自身。"老者摇头叹道,"你还不明白?"

"在下除了胜,别无他求!"

"那胜了以后呢?"老者喃喃,"棋子岂非废石了?"

雨未停。杜家巷。

司徒一人执刀而行。

苍白的手,漆黑的刀。

巷子静得瘆人。嗒……嗒……

他走得很慢。嗒……嗒……

"此仇既报,不该开心吗?"

他走得很慢。反正夜很长。

"我该去哪？该做什么？"

"此身既为复仇而生，如今大仇已报，生有何趣？"他低头，看了一眼手里的刀。

刀尖滴着雨。

夜这么长，大概不该胜得太快，否则，岂非无事可做？何况，漫长的又岂止是夜？

黑方，车九平四。

"所谓机不可失，胜得太慢岂非错失良机？"少年浅笑，"一步走错，满盘皆输。"

红方，马八进七。

姑苏。燕离亭。

群雄满座，皆是武林各大帮派之首。

慕容坐于主位，起身作揖道："在下不才，今日请诸位前辈至敝庄小聚，一来与诸位前辈叙旧，二来共商国家大事。

"如今蒙古残暴，我大宋山河破碎，身为大宋子民，自当为国捐躯。是以在下今日邀众前辈来，共抗外侮！"

"少侠果然少年英才，又心怀天下，佩服！"陈真人道，"只是蒙古铁骑十万，中原各大帮派弟子相加不过千人而已，如何能敌？"

"那便以命相搏！"静安师太冷笑道。

"众位前辈请听在下一言。"慕容起身道，"在下愿前往汴梁面圣，请朝廷出兵相助。"

黑方，马八进九。

少年敛眉沉思。

老人笑而不语。

　　人生岂非一局棋，有人苦心经营，一心求胜，有人将胜败看得重了，反怕赢得太快无趣。

　　本局棋胜了，还可以再开一局。怕只怕人生这局棋，一心求胜，目无其他，当真胜了，反倒了无生趣。

　　黄沙没过残缺的红日，风沙渐起。

　　天渐渐褪了猩红。

　　脑海里的猩红，何时才能淡却？

　　宋元交战。

　　慕容与中原豪杰护民杀敌。死伤者众。

　　血流成河。他白衣胜雪，衣袂飘飘。

　　手起刀落，尸横一片。

　　众豪杰且战且退，退至城外，紧闭城门，围困元兵。

　　"慕容……救我……"

　　"少侠当以大局为重！"

　　夕阳无限。

　　恍惚当年，姑苏城外，她语笑嫣然，环佩叮当。

　　"碧玉小家女，来嫁汝南王。莲花乱脸色，荷叶杂衣香。因持荐君子，愿袭芙蓉裳。"

　　……

　　他低头不语。

　　铁骑声声，踏破斜阳。

　　门内高声叫道："这个女妮子倒是标致得很呢！杀了当真是可惜啊！在下听闻她与慕容公子是旧识，公子可要相救？"

　　"慕容救我！"

　　蒙古刀尖抵在她咽喉。

城门默默无语。

断龙剑在他手中颤抖。

红方,车九平八。邀兑。

"当真舍得?"

"兑又何妨? 岂能因小小一车而毁我宏图霸业!"

黑方,车二进四。打车。

寂然。

归于远古洪荒的寂然。

暮色苍茫。城门默默无语。

断龙剑还在他手中颤抖。

蒙古刀刀尖向前一挥,士兵领命,冲车向前,欲破门而出。

车轮碾过她还温热的尸首,在地上拖起一道血渍。

断龙剑向后一挥,示意众人后退戒备。

战马嘶鸣,从城外几里传来。

宋军已至。

宋元交兵,兵戈扰攘,剑影刀光。

红方,炮六平八。兑。

黑方,炮一进四。打兵。

"好戏开始了。"少年眼露锋芒,勃勃野心昭然若揭。

旌旗遍地,白骨露野。

宋军再败,蒙古亦元气大伤。

是夜,慕容与众人逃至城郊树林,稍事休息,生火做饭。人多粥少,不过每人半碗,权且充饥。众人无话。

此时有百姓道手脚无力,又瘫软在地。静安大急,只道蒙古人下毒,欲施内力助其驱毒,谁知内力尽失,一时慌乱,手足无措。

陈真人见状,也催动内力,亦是徒劳,心下虽慌,仍强装镇静,道:"大家别慌,都聚集过来,以免再遭暗算。"

见众人聚集,陈真人便四下观察,看是否有可疑之人。

"众位别慌。"慕容轻笑,缓步从林外走来,"蒙古此时元气大伤,没工夫下药。"

"你什么意思?"静安欲起身上前,无奈浑身乏力,只得怒目而视。

"师太何必明知故问?"慕容低头把玩拇指上的锃亮的龙戒,"我慕容家世代以复国为志,鹬蚌相争,渔翁得利,师太难道不懂吗?"

"你!"陈真人也欲起身动手,亦是徒劳。

"只是可惜未能借众位之手找回我慕容家传龙目,倒是对不住了。"说罢,施展一招堂前飞燕离去。

红方,炮七平六。

蒙古营帐。

慕容着紧身黑衣,手持断龙剑潜入可汗帐中。

四下无人。可汗安睡榻上。

烛影摇曳。战马嘶鸣。

剑起。

烛光灭。

剑落。

剑声铿锵,打落烛台。

烛光明。

可汗安坐席上,嘴角带笑。四周蒙古勇士齐聚护主。

断龙剑在地。

战马嘶鸣。冷风凄凄。

黑方,炮一进三。照将。

"怎么会!"少年看着棋局,眼中锋芒锐减,"不可能! 不可能!"

"万般思后行,一失废前功。"老者眼神混浊,看着混沌棋局,"你走得太急。"

"一失……废前功……"他额角布满细密的汗珠,脸色苍白得如同月色,他的嘴唇在颤抖,"失? ……我不信! 我不信! 我还可以东山再起……"

月色微凉。

少年冲出酒店,往日出的方向跑去。

他怀中玉环落地,碎成两半。

风卷黄沙,遮天盖地。

少年一袭白衣,没入黄沙,无迹可寻。

"狂沙迷眼,还是停下歇脚的好。"不知何时,来了一个老乞丐,俯身拾起地上的碎玉,"失了玉竟不知,暴殄天物。可惜啊,可惜啊……"

"是可惜啊……这么一局好棋。"老人似在接他的话,又似在自言自语。

老丐似乎没听见,只在少年适才的位子上坐下,端详棋局。

黑方低兵围帅,一马一象分立左右,红方仅一车一兵,垂死挣扎。

老丐低头沉思。眼眸黑亮,棋局分明。

"'千里独行',何必再下?"老者抬头看他,混浊的眼球烛影摇曳。

举棋不定。

"未必。"

"莫非你能反败为胜?"

举棋不定。

"反败为胜?"老丐重复着他的话,"败? 胜?"

老者见他眼神犹豫。棋局暗淡。

风沙渐止。灯影忽明。

棋局分明。

"胜败何益?"老丐将手中的棋归位,"可惜啊,可惜啊……一盘好棋……"

"此话怎讲?"老者端详棋局,"若无胜败,棋局何用?"

"何苦呢?"老丐抬眼望向窗外。

风已止。

明月当头,银沙如雪。恍如蓬莱。

"别人笑我太疯癫……我笑他人看不穿……所谓得失……"

老丐踏歌而去,如痴似癫。

明月当头,沙白如雪。

老者目中混浊一片:"好棋?"

旭日东升。

老者依旧坐在门口的躺椅上,端详眼前棋局:"好棋?"

日光倾泻而下,照在棋子上,棋子周身通透,竟似江湖中人苦心寻找的慕容家传龙目。只可惜制棋之人篆刻时,在龙目上留下裂痕。

"果真是好棋。"老者笑道,"一失……废前功……我悟了三十年,还是失了……"

阳光照在他黝黑的脸上,那道伤疤被灼得生疼。恍如回到那个雨夜,那场厮杀。如果自己当年不急于复仇、一心练剑,那么这一生是不是会有趣很多? 就算不能陪着小师妹浪迹天涯,也至少,能赶上她的婚礼,亲眼看她身着凤冠霞帔的样子。就算不能亲眼看她出嫁,至少那年的杜家巷还有活口,那起码这辈子还有事可做。

语罢,闭目。

二十年后。

"一坛酒!"一白衣少年破门而入。老人似有似无地笑着,细细打量着他,比清早起床时打量镜子中的自己还要仔细。

老人将酒坛放在桌上,伸手:"二钱。先付账,后喝酒。"

少年注意到,老人手上戴的是慕容家传龙戒,也许是年代久远,也可能是它的主人没了野心勃勃,龙戒早已黯然无光。

庄舒蕾

(2016级数字技术与媒体)

寒 山 行

楔 子

昨天晚上我梦到我爱上了一个僧人,他眉眼柔顺,棱角和缓,轮廓稀疏,隐去在我的梦中。诀别时我问他,离开你我该如何去爱。他笑意阑珊:"天涯茫茫两相忘,不辜负自己,不辜负命运。"我说我无法参悟,他俯首,在我耳边喃喃低语:"那,就不要辜负我对你的,一见钟情。"

寒山正如其名,山顶高耸入云,山体常年被白茫茫的雾气笼罩,给人以肃杀阴冷之感,故得名寒山。在如此极寒而近乎与世隔绝的境地,伫立着一座小小的佛寺,名曰寒山寺。这一世,香火前诵经点灯的人法号虚云,十七八岁,无人知晓他的身世过往,只听说他有个师父虚空,在虚空圆寂后便只剩下了他一人。唯有山中猎人和前来参拜的虔诚信徒,三旬一进山,烧香礼佛,向他提供必要的白米菜蔬。

他就是这般毫无欲念地生活在这寒山之上,五更起,子夜歇。念经诵佛,砍柴烧饭。俊秀清朗的脸上无喜无悲,不曾,也不愿和这尘世有过多的牵连。

那日他转山归来，却见山门大开，匆匆赶回寺内竟与一人相撞。那男子威武挺拔，负伤累累，自称御前侍卫昭桀，因战乱流落至此。他怜此人，许他在此疗伤避世，那人却道只有一事相求。

"只求师父替我照料舍妹，待她伤势痊愈，让她能远离乱世纷争，无忧地生活就好。"

说罢，那男子便翻身上马，绝尘而去。

他入居室，槐花香气袭面，才知有人在此。陌生的女子躺在简陋的木床上，整个人因寒冷蜷缩成一团，姣好的容貌毫无血色，渗透出涔涔的冷汗。他对床上的人说声冒犯，一边伸出手探她的额头、脉搏，目光却牢牢望着地面，不肯多看她一眼。然而手中的温度是滚烫的，像是沸水在翻腾，几乎要灼伤他的手心。

他拾来山中草药熬煮，她所受风寒极重，又在来路上过于奔波，服下药后昏睡三日仍未醒来。第四夜，他在弥漫着苦涩气息的寺庙内诵经念佛，却听木门残喘，她披着破损的裘袄伫立在门外。

"子筠见过师父。"

黑色陶罐里气泡不断浮起，破碎。药材翻腾和火花迸裂的细微之声中，她好像说了什么，又好似从未开口，两人只是如此静默地相望，留一炉焰火独自燃烧。

数日过去，她已无大碍，只是所留疾症还需继续调养。她在这寒山寺内往来自如，续油添灯，翻阅经书。或是在庭院里和他偶然相遇，或是他每日将餐饭汤药送至她的居室门外，两人不过是点头示意，无须言语寒暄甚至是眼神交会，仿佛是有了某种默契，心有灵犀，通晓心意。

白露将至，他取来斗笠、背篓，打算去山下采些野果药材，临行前只觉有槐香拂过。

"师父要往何处去？"

"施主，贫僧正是下山采药。"

"子筠能否与师父一同前往？"

正午太阳竟在不知不觉中落了下来，天色昏暗，要落雨一般。

旁人看来寸草不生的境地，唯有他领悟其中玄妙所在。高山松常年屹立不倒，针叶坚实张扬。近山头的杜鹃，花瓣密布如鳞，盛夏桃色妖娆。半山下的银杏，四月开花，十月结果，秋意浓稠时一地金黄。蜡梅枝干纤细修长，星星点点都是弱不禁风的一朵，寒月却能熏润飞雪。

她体虚力弱，一路不得不走走歇歇，他耐心等待，毫无愠色，将这山中的自然万物向她娓娓道来。

一蒂二蕊的金银花，宣散风热，善清解血毒。三七形似绣球，主治外伤出血。水烛香蒲根茎匍匐，有多数须根，有止血化瘀等效。艾叶绒多且叶厚，可降湿杀虫，更是温经止血、散寒止痛的良品。

湿润的空气一点点沾湿他的僧袍，她的眉眼，她却听得入迷，并未察觉的样子。

"师父，这又是何种草药呢？"她举起手中的青色藤蔓。

他回头，眼含笑意："施主，我不过是个修行不精的佛门弟子，叫我虚云便可。你手中的这种草药，名为杂草。"

她倏地失声笑了出来，眉眼舒展笑声清澈，像一朵山茶盛放在山野之间。自相见以来从未看过她这样欣喜的样子，他一时感到些许恍惚。

返途之中两人初次交谈，然而没有陌生或隔阂，诗词歌赋，虫鱼鸟兽，他不记得上一次如此开怀是何年何月。

雨最终淅淅沥沥落了下来，幸而两人已抵达山门，在泥土上留下新鲜的脚印。衣物贴在皮肤上，不知是因雨水还是汗水，只是黏黏的一片。像某种挥之不去的愁绪,如此氤氲在了这寒山之上。

木鱼急促而空灵的敲击声回荡在整个佛堂,他跪在蒲团之上,神色虔诚,口中念念有词。

她在阴影中无声看他。瘦削的身形,清秀的面庞,还有此刻紧闭的双眼。那是她一生都难以忘记的眼睛,澄澈至极,浅淡的灰色倒映着不尽的落寞忧愁,仿佛一眼就看透自己的灵魂,从此无处遁形。

佛堂内一片昏暗,金色的佛像高高在上,俯瞰这芸芸众生,万物皆在它的掌控之中。可是,那样一双如泉的眼睛,为什么会溢满了悲伤呢?

慈悲的佛祖没有回答她的问题。她推门而出,外面却是明亮的天光,如同一阴一阳两个被割裂的世界,让她久久回不了神。

他做了一个梦。

梦里是师傅虚空的声音,反复诵读着那段他谙熟于心的《般若波罗蜜多心经》。"观自在菩萨,行深般若波罗蜜多时,照见五蕴皆空,度一切苦厄。舍利子,色不异空,空不异色,色即是空,空即是色。色不异空,空不异色,色即是空,空即是色……"

虚空的语速愈发急速,像是某种咒语一般,竟让他骤然惊醒过来。他披上僧袍,斟一杯茶,才发觉冷汗淌遍了全身。

门外亮起烛火,却迟迟未响起敲门声。

"虚云,你在里面吗?我在外面听到你的叫声,故前来探看,你可无恙?"

"劳烦施主了,我不过是梦疾,并无大碍。"他没由来地觉得心里一慌。

她并未说话,然而烛光的暖黄还停留在原地。

他想起那个相对无言的夜晚,也是这般静默无言的场景。门外纤弱温婉的女子,此时又该是怎样的表情呢?

"虚云,你多少岁?"

"舞象之年,十七岁。"

不过十七岁? 竟然比自己还要小两岁,整整十七个年头,他就是如此不谙世事地生活在这寒山之上吗?那澄澈的灰色瞳孔又在她脑海中浮现,她只觉得堵在胸口的气息更紧了些。

"无事便好。你早些休息罢。"

门外的烛光一点点暗淡,他只觉得一颗心也渐渐沉下来,昏沉中再次入眠。

梦里有槐花香。

霜降时节,山中枫叶红遍,万林尽染,看上去竟有盎然的生机。

两人下山赏叶,她着一件猩红色披风,仿若是要和一山一林的红融为一体,兴致甚高。

"虚云,这漫山枫叶,在你我眼中,是否是一样的颜色姿态?"

"万人赏叶自有万种红叶,枫叶本无不同,只随了各自的心境罢了。"

她渐渐放慢步伐,沉默许久,像是下定了决心一般,回头望他。

"虚云,你在这寒山十七余年,想必对于此处的一花一木,都已了若指掌罢。

"来到此处之前,我见过种种人间盛景。琉璃灯宴,万舟同竞,焰火齐升,满城金甲。

"我从未以之为奇,直至今日才明白,再繁华的景象,若是孑然一身,也便索然无味了。

"你自幼隐居,不曾涉世,其实红尘也未尝不是一个美丽的地方。江南的桃红柳绿、塞北的大漠斜阳,温婉的女子、蹁跹的少年……"

美人一笑,万林黯然。

"虚云,待那乱世平定,你同我一起下山,过最平凡的烟火人生。我们一起再看尽风景,不逐富贵显赫,只求相濡以沫。

"可好?"

他又觉恍惚,眼中的一切都模糊,唯有女子身着红裳,在自己眼前,又好像千里之外,难以触及。

"观自在菩萨,行深般若波罗蜜多时,照见五蕴皆空,度一切苦厄。"

那是你的世界,是我从未探寻,也无意探寻的世界。

"舍利子,色不异空,空不异色,色即是空,空即是色。"

江南流水,大漠苍茫,一切不过是心生幻境,滚滚红尘,缥缈如此,虚无如此。

"我虽不曾离开此地,但寒山和世间万物并无区别。佛道五蕴皆空,我心有寒山,便身居寒山,心有万物,便眼见万物。施主,虚云定不负你兄长嘱托,为你诵经祈福,佑你在红尘远离纷争,无忧生活。"

女子眼中的光骤然熄灭。

"五蕴皆空?无忧生活?呵,师父佛法至深,是子筠浅薄,让师父见笑了。"

她径自前去,不再回头,留他在原地独守背影,犹如初识般谨慎疏离。

大风忽起,他抬首,瞥见群雁南飞的掠影。

我没有开口的是,有你相伴,纵然万物萧条零落,也是人间盛景。哪怕幻境虚无缥缈,我也愿意交托此生。

雪落寒山。

她旧疾复发,终日卧在床榻,咳嗽不止。他念经诵佛,不分昼夜地守着一炉汤药。

然而他们终是再没交谈过。

那日他照例在佛堂礼佛，她却走了进来。愈加瘦弱，步履摇晃，随时都要跌落一般。他不敢大意，目光追随她的一举一动，心中有莫名的不安。

她跪于蒲团，双手合十，面色惨白，额头紧蹙。进而拿起签筒，用力摇晃。

那签条晃动的声音仿佛击打在他的心上，他想走过去让她停下来，却迈不开步伐，发不出声音。像是被硬生生哽住，只能旁观命运的裁决。终于，有签条掉落。他无法看清上面的内容，只见她指节泛白，缓慢拾起，霎时间昏倒在地，如同一片在寒风中凋零的落叶。

他飞奔过去将她抱起，拿起签条，映入眼中的是早有预料的答案。

下下签。

怀中的女子似在低语，他将头埋下，听到她微弱的声音。

"虚云……"

她在笑，是那日采药时明媚的笑，山茶般倾城的笑。

槐花的香气包裹着他，他因这笑容慌了神，只能够怔怔看着她，不觉有大滴大滴的泪水从眼角滑落，碎在她的脸上。

"有没有人说过你的眼睛很好看？真的，我从来都没有见过这般明亮的双眼。以前我的身边有好多人，但他们的眼睛，是浑浊的，充满了仇恨、欲望，他们的眼里，没有光。他们对我很好，我的每一句话都是他们的圣旨，我有这世间最美的衣裳，吃最珍贵难得的佳肴，戴最珍奇稀罕的首饰，只是缺了心意相通的人。

"曾经也有一个人说过爱我，愿意陪我生生世世，可时日一长，他便忘记了所有诺言，我如同囚徒般不得逃脱，只能在度日如年的等待中期冀他能把我想起。来到这里之后我才懂得，原来那不过是他想占有一切的欲望罢了，真正的爱，应该是自由而没有拘束的，两人灵犀自通，无须讨好，无须忍让。"

她又开始剧烈地咳嗽，嘴角渗出血丝。

他将她抱得更紧，身体难以自制地颤抖着。她抹去他脸上的泪，指尖冰凉，脸上却仍是挂着笑。

"虚云啊，我可能熬不过这次了，但你要记得，我的魂魄也会在这寒山寺里与你相伴，你不是一个人。以后，你的眼睛里，不要再有那么多的哀伤了，好不好？"

他终于失声痛哭，才明白，她那日的邀约，并非留恋红尘的凤愿，而是早已深知的，她此生再无法得到的幸福。

大寒迫近，他手执念珠，无言凝视着眼前熟睡的女子。

寺门传来巨大的声响，有人强行闯入，脚步匆忙，却像是朝居室走来。

他惶然，只见她被惊醒，眸光动荡，如同被搅乱的潭水。

门开，来人却是昭桀，风尘仆仆，神色焦灼。

"子筠！快和我走，叛军已查到你的下落，正往此处赶来！"

他大惊，然而她却没有丝毫的惧色，惨淡一笑："来又如何，我不过前朝遗孀，即便被俘，也毫无价值。"

"你在胡言乱语什么！现在叛党夺位，要歼灭全族，你快同我下山免遭杀身之祸啊！"

"乱世如此，你我就算免去死劫，也难逃活罪。隐姓埋名，在恐惧和窜逃中度过余生？子筠不甘苟且如此。再者子筠重病在身，于哥哥而言也是累赘。哥哥还是速速下山罢，莫要耽误了时辰。"

"子筠！"

"我心意已决，哥哥无须多言。"她背过脸去，不愿再语。

他缓缓起身，叹一声："阿弥陀佛。"一边以眼神示意昭桀，让他随自己来到佛堂。

"施主,今日正逢山中猎人前来予我供养。他对这寒山之路了若指掌,待他来后,你们便随他从小道下山,从此以后定要小心谨慎,保全自身。"

"谢师父救命之恩! 可是子筠她……"

"你在此安心等待便是。贫僧自会劝说那位女施主。"

他推开房门,她仍是背对自己,不愿与他对视。

他在床前蹲下身子,轻声言语。

"我深知你不愿苟且偷生,然而这世间有许多东西是比所谓自尊更加难得。

"我从未想象过寒山之外的境界,听你一言,我才懂原来凡尘也绝伦如此。往来熙攘,风景各异,让出世之人也心生向往。

"你要替我看遍桃红柳绿、大漠斜阳,安然无恙地生活下去。若是此生有缘,还能相遇……"

她不可置信地看他。那浅灰的双眸里满含笑意,如同刚刚融化的春水,柔美至极。

"再把所见所闻都一一描述给我,可好?"

他紧紧握住她的手,一声轻唤,让她泪如雨下。

"子筠。"

寒山正如其名,山顶高耸入云,山体常年被白茫茫的雾气笼罩,给人以肃杀阴冷之感,故得名寒山。在如此极寒而近乎与世隔绝的境地,伫立着一座小小的佛寺,名曰寒山寺。这一世,香火前诵经点灯的人法号虚云,在此供奉佛祖已有二十余载。

又是一年春分,寒山冰雪消融,万物苏醒。

他转山而归,清晨的露水润湿斗笠,背篓中有新鲜的野蕨菜蔬。回到佛堂,他双手合十,仰视着佛像,神色虔诚,双目清澈。

"南无阿弥陀佛,南无阿弥陀佛……"

木门似乎被谁轻启,背后明媚的天光透进,佛堂内一片敞亮。

恍若隔世,他静默在原地,不敢回望。

槐香扑鼻。

有清亮的声音从门外传来。

"子筠见过虚云师父。"

陈　作

〔2014 级汉语言文学(涉外文秘方向)〕

迁　坟

　　村支书胡友发庆幸一天前在自家坟山上多磕了几个头，这次的干部选举，竟又让他选上了。当天下午，他挎着竹篮，里面装了两大沓花花绿绿的冥币，走到浅水湾边的山头上，蹲在两棺水泥浇筑的坟前，将纸钱点了，看着面前篆体刻字的石碑，轻声说：

　　"老头子、老娘，我又来看你们了，你们在地底下保佑我，保佑家里的人。哎，说起来，世上真没多少钱解决不了的事。这不，我又给你们烧钱了，你们在地底下别省，吃喝穿用什么都买最好的，不够用了就给我托个梦……"

　　过了一盏茶的工夫，胡友发捡起一根树枝捣灭了火堆，冥币烧起的残灰碎片在山头上纷乱飞舞。

　　拍拍腿，缓缓站起身，看着山下青油油的大片稻田在夕阳的照耀下显得辉煌壮阔，不由出神片刻。想来，他已经在紫樟村住了五十二年之久，更是当了三十年的村支书，经风历雨自不必多说，黑白斑驳的寸发诉尽了一切。

　　胡友发并非土生土长的紫樟村人，九岁时，随父母逃荒到这里，与村里人一起开荒垦田，有了自己的地。成年后，在村里娶妻生子，从此定居。

　　如今，他的孙子胡光头也快六岁，后脑勺扎着一条细长的福寿辫。胡友发爱揪胡光头的辫子，揪住了，胡光头就作势要哭，胡友发不慌不忙地把孙子抱在怀里，变戏法似的在手上现出了块儿童手表或是精致的小玩具。胡光头就乐了，拿头蹭爷爷的胸膛，爷孙俩欢笑一堂。他的玩具，向来在同龄人中最多、最新奇，大都是胡友发买的，因此胡光头就爱和爷爷闹。

一天傍晚，胡友发匆匆回到家，脱下皮大衣，坐在院子的青石板上，从"普皖"的烟盒里捻出一根"中华"，点燃了，缓缓地抽着，面色凝重。

胡光头跑过来，要和爷爷玩。胡友发笑着摸了摸孙子的辫子，说："爷爷想事情呢，乖，去和你的变形金刚玩。"这时，胡光头的母亲也走过来，把胡光头拉去写作业。

胡友发刚刚参加了县里的会议，县委副书记传达了最近的指示和信息，其中一则信息让他动了心思——有条高速公路即将拨款修建，途经紫樟村，拆迁自然是免不了的。

自从十几年前国家大兴土木工程开始，"拆迁富三代"的说法早就传遍了，农村的人大多盼着拆迁，拆迁的安置费足以让庄稼人放下手中的活计，儿孙辈至少可以少打拼几十年。

胡友发也不例外。可按县里的意思，高速应该在省道国道附近修建，而胡友发家的田地和房子都在村里偏深的地带，与省道国道相去甚远，拆迁恐怕轮不到胡家。

胡友发有点不甘心，好不容易拆迁这桩美事落在了紫樟村，到嘴边的鸭子，难道让它飞了不成？

手上的烟抽毕，胡友发坐不住了，披起皮大衣，骑着黑色电瓶车去村部。他要找村文书好好商量一下这件事。

村文书檀山谷今年四十有六，宽额大脸，鼻子红糟糟的，与胡支书搭档近十年。胡友发刚走进村部的办公室，檀山谷就站起身笑着迎上前。

"山谷啊，村里拆迁的事听说了吗？"胡友发接过檀山谷的烟，坐在椅子上说。

"有风声,听说国道附近会拆迁,好像是要修高速。"檀山谷坐在胡支书斜对面,拿打火机给支书的烟点着。

"可惜,国道附近,只有梁嘉轩和梁嘉豪两兄弟家,不好惹。"胡友发喷出烟雾,皱着眉头。

檀山谷沉吟片刻,一拍大腿,说:"哎!国道边的田埂上,不是有棺无碑坟么!"

又犹豫:"不过,高湾大队的老杨头逢年过节去烧纸,应该是他家的坟口。"

"你这么一提,我倒是想起来了。"胡友发曲指弹了弹烟灰,说:"那块地皮,他也没地契啊,这还不是归村里?"

"可要是归村里,迁坟赔偿说不定很少,估计就象征性的一点钱。"

"有道理,嗯……那就划在我家户头上吧,以村里的名义开具证明。等钱到账了——"

两人对视,会心一笑。

胡友发说:"老杨那儿,到时候你去一下,买两条烟,烟钱记在村里的账本上。事情做得利索点,别像上回李家那样,捅到县里,差点我俩都下岗。"

"得,老杨是个好说话的人,我多劝劝。"檀山谷也有些兴奋,说,"那坟呢?"

胡友发躺在椅子的靠背上,淡淡地说:"先拍几张照片存档,等上面测量检查的人来这看了后,就让推土机给推掉。"

放在十年前,听到这话,檀山谷肯定要惊讶得站起来。而在与胡支书合作了近十年的今天,他只是点了点头,捎带从烟盒里再掏出一根烟给自己续上。

只等拆迁的事情落实。

高湾大队的老杨头是个独竿光棍,脸上有道浅浅的疤痕,九十多岁,是村里岁数最大的寿星,可一点也看不出来老相,照样精神十足地打理自家门前的两分菜地,大多时候是去棋牌室看人打牌。虽没子女,但靠着低保,日子也能勉强过得下去。

听老杨头说,他原也是地主家的儿子,家境殷实,只因父亲爱赌,输得财地两空,连母亲都输给了别家地主做小妾。他也被父亲卖给了村里另一家地主做工,身边只有一条狗做伴……

"幸亏党救了我。"逢说到少年时的伤心事,老杨就感恩党和毛主席。

十月的一天,老杨没有去村里的棋牌室看牌,而是随众人一起去国道旁看迁坟。这天,老杨心里五味杂陈,眼睁睁看着国道旁的老坟被胡支书找人迁到了自家坟山上,连连摇头,直说:"作孽,作孽啊。"

原来,今年的政策变严了,上面检查的人得亲眼看着房子拆掉,坟迁走。胡友发见来人满面严肃,通融不了,只好把坟迁到自家山头上。

"十五万哪,"胡友发对家里人说,"就当收那棺坟里老人的房租了。"

儿子儿媳妇和老伴一想,天上掉下来的钱,山头上的地皮空着也是空着,就一致同意了胡友发的做法。于是就发生了迁坟的事。

迁坟之前,檀山谷找到老杨,带去了两条"普皖"。

老杨当时正给白菜地锄草,见檀山谷来了,手里还提着两条烟,不由愣神。

"老杨叔,今天来看看您老。"檀山谷笑容满面地走到老杨面前。

"进屋说,进屋说。"老杨虽好奇,但活了那么久,不是傻子,明白檀文书找自己肯定有事。

老杨翻箱倒柜找出纸杯,给檀山谷泡了杯碎末茶,檀山谷也不嫌弃,嘬了一口,说:"杨叔,国道旁的老坟被村里征收了,过几天要迁走。那棺坟里是您老的亲人吧？不过没契，法律上，只能算村里的。这两条烟，是支书和我私人掏的钱，就当是补偿啦，您老抽着。"

说完，檀山谷忙起身准备离开。

老杨急忙站起来，颤颤巍巍地说道："不，不能迁走啊……"

"您老怎么就不明事理呢！"檀山谷就怕老人纠缠，到时候闹到上面，又是一桩烦心事。这些年他经历了不少，要不是有利可图，早就撒手不干了。

"不能迁啊……我……你们……那里面……"

"别说了。"檀山谷一抬手，"杨叔，给不给我这后生一个面子？我再给您加两百块钱。"

檀山谷又从口袋里摸出两张红钞放在桌上。

"不是钱不钱的事，只是那……"老杨苦着脸。

檀山谷有些急了，打断了老杨的话："杨叔，我仁至义尽了，您要再缠着不放手，大家都落不到好。"

老杨毕竟耄耋之年，受不了长久的拉扯争辩，只好坐在竹椅上，偏过头，摆摆手，说："迁吧，迁吧。"

"您老到时候可别到处说话。"檀山谷不放心，又提了句。

老杨只摆了摆手。

檀山谷舒了口气，脚步颇为轻快地离了老杨的家。

迁坟的时候，胡友发请了几个壮汉挖开表层土，露出一具虽陈朽但仍可窥得大气奢华的高顶黑棺，应是裹了多尺布刷了多层油，时隔数十年，竟只烂了一些表皮。拖到货车上，能感受到棺身的坚固。

胡友发心想，这老杨还真没吹牛，当年若非生在地主家，谁能用得起这种棺材？想到老杨九十多岁，孤苦伶仃，现在连常年祭拜的坟都没了，胡友发心中不由闪过一丝愧疚，可也只是一闪而逝。

老杨看到拖着黑棺的货车朝后山头愈行愈远，哀叹一声，佝偻着身子，朝家的方向走去，看起来似乎老了很多。

走到半路上,遇到胡友发的孙子胡光头。胡光头蹦蹦跳跳到老杨身边,问:"杨太爷,今天怎么这么热闹呀?好多人都去公路边了,我妈不让我去……"

老杨无子无女,向来对孩子特别喜爱,笑呵呵地摸着胡光头的小辫子,说:"到杨太爷家来,有糖,和你好好讲讲公路边的事。"

胡光头爱吃糖,也好奇公路边的事,于是欢快地随老杨一起回了家。

老杨拿出了一包大白兔奶糖,胡光头甜甜地道了声谢谢,就拆开吃了。

"公路边,是在迁坟。应该会迁到你家的坟头,真是作孽啊,以后你可别去拜那棺坟。"老杨许久没对人说过心里话,这时的听众是个孩子,因此也不用顾虑太多,就当个故事讲了:

"我爹当时把家产输光了,只剩一间厅堂和一具黑棺,黑棺是我杨家世代花钱打造的,是我们杨家的脸面,出殡的时候全村最风光。要不是人嫌晦气,估计连黑棺都被我爹赌掉了。我也被我爹卖给了村里另一家地主做长工。年轻气盛啊!家业还在的时候,我和那家地主的儿子争一个俊俏的姑娘,闹了许多矛盾,互相打架不下十回,现在好了,给人当牛做马。"

老杨对胡光头说故事的时候,胡光头的爷爷正在山头上新落的坟前,照礼节烧纸磕头。

胡友发边磕头,心里边念:"老人家,这边的风水好,您就好好住着。日后也多保佑我和胡家。"

老杨喝口茶润润嗓子,接着说:

"还是被那家地主的儿子抓到了尾巴,有次地没犁好,他就拿鞭子抽我,抽得我皮开肉绽呀,你看这里。"

老杨指着脸上的疤,叹道:

"他没敢把我打死,毕竟指着我做工。可他辱我,打死了那条和我相依为命的狗,花钱从我那死鬼爹的手里买下黑棺,把死狗放进去,就埋在现在那公路边。可怜那条忠心的黄狗,我只有它一个朋友了……"

"作孽啊,作孽……"

陈　行

（2017 级汉语言文学）

桃　天

　　那年秋天，我和父亲的关系彻底恶化。之前父母二人工作忙，常年我一人来去的房子，因为父亲推掉了工作，准备一心督促我上大学，骤然有点挤。倒不是房子小，我家房子从我有记忆起就越换越大，只是我不习惯这样，我不喜欢这样的日子——为了让我不用整天在外面吃饭，而日复一日地吃着父亲做的蛋炒饭。两人对坐无言，相见不欢。父亲一支接着一支地抽同一种烟，我想抽又不敢抽。

　　我至今想起那段日子，都觉得有一股蛋炒饭的味道，放了太多的油，鸡蛋软而粘，饭总是夹生的，就像是没有带伞，走在湿漉漉的路上，黏稠又带着一股腥气，阴暗又晦涩。真是无奈的人生啊！何况，父亲不擅长做饭，每做一次饭，都要废一包烟。这一切都可能是我和父亲关系恶化的原因。

　　我还是一样上学，父亲在做了七十三次蛋炒饭后，放弃了这样的日子。我与他见面越发少，开始的时候，他会做好蛋炒饭放在桌上，再后来，他放了些钱在桌上，再再后来，杳无音信，空山无人。但我知道他在房子里，因为总是能见到他收快递的样子，收完后又立即躲回房间里，不再露面。我试着做了饭喊他吃，他不予回应，屡屡见到我放在他门前的饭菜馊掉，我便放弃了这样对父亲的寒暄式做派。

　　最先觉得父亲有问题的人，是母亲。母亲敲房门，一次，两次，都只能听到父亲敷衍的应声和拧不开反锁的门的咿呀声。是日夜晚，母亲第一次睡在了客房。她从垃圾桶里寻寻觅觅，发现了许多与栽培有关的快递盒。她彻夜未眠，在房间每个角落来来回回，从每个寄件人那里闻出狐狸精的味道。

次日，她找来开锁匠，撬开了那扇门。父亲形容枯槁，合目躺在地上，身旁是一株新芽。我没有听到他们的争吵。我放学回家的时候，她一脸通红坐在客厅，房门依然紧闭。我试图去了解，失败了。这天晚上，我梦见一棵参天大树，花自飘零，我坐一旁，烧着一些旧的信件。

我那段时间过得不好，但我是那段时间认识老李的。老李不老，她总是在我睡着的时候，喜欢摸摸我的头，凑着脸瞧我，眼睛像是春天刚睡醒的熊，惺忪又对一切未知充满兴趣。我也不知道她为什么老是请我吃桃子。我小时候特别喜欢吃桃子，因为喜欢孙悟空，总觉得吃桃子能沾点仙气。麻烦的是，我对桃子上面那层绒毛有点过敏，每次吃个桃子外婆都要里里外外洗个三四次，才略嗔地递给我。

以前我家的桃子总吃不完，每逢桃子成熟的时候，就会有个大爷从乡下带桃子给我们。我喊他孙爷爷，他是外公的棋友，外公外婆还住在乡下的时候，他住隔壁，种了不少果树。知道我喜欢吃桃子，哪怕我们家搬来了城里，仍专程带来给我吃，顺便和外公聚聚。他常用一个细竹条编的篓子，装满满一篓，放在自行车后座，因为太满了，不得不一手扶自行车，一手扶篓子。外婆家那时候还是石板铺的路，自行车磕磕碰碰的，中轴被撞会发出清脆的叮叮咚咚的响声，隔着老远我都能听到，至今我觉得那才是桃子的味道。

几年前，孙爷爷去世了。外公打电话给我，用一种很慢很沉的声音说，老东西走了，去天上给王母娘娘种桃子喽。再后来，外公外婆也去世了，我就几乎没吃过桃子了。

我父母都不给我买水果，我家门口卖水果的大叔总板着脸，我便非常不喜欢去他那买桃子。再后来，我就在网上买了很多黄桃罐头，每天放几罐在书包里，下了晚自习也不回家，就在学校的操场上饮风吸露，一罐接着一罐地吃黄桃罐头，不想说一句话。理由何在，至今不清楚。

我也不是一个人。有时候会觉得有人来看我了，有时候是喜欢的乐队的主唱，我能清楚认出他的声音，有时候是小时候暗恋过的女同学，还有时候是几年前的自己。当然，我和他们都没有说话，我们见了一面，就离开了。

认识老李后，这项活动就中止了。老李会很多我做不到的事情，比如跟板着脸的大叔讲价，比如把奇怪的材料煮成好喝的汤，让我一口气喝到肚子鼓鼓的，又比如带我憋着一口气穿越学校后面那条长长的巷。

可是在家里我还是睡不着，我还是依然能听见母亲断断续续、抽抽搭搭的哭声，像一整晚的雨水打在屋檐上。我有时候也会醒过来，赤脚走在地板上，像醉了酒的优伶，看着月光发愣。

印象里有一次，我晚上被尿憋醒，尿完尿看见父亲坐在客厅。父亲瘦了很多，满脸都是污泥，手上、衣服上，也都是乌漆漆一大片，唯独头发白了一点。他皱着眉点起烟，烟圈氤氲在他周围，像是仙气缭绕。他像是一个独自跋涉的朝圣者，这一个屋子没有一个人是他的同伴。客厅的时钟在这一刻，吵闹得出奇。我不知道要不要和他说些什么。

出乎意料的，父亲带我看了看他的房间。我无法理解他为什么会有这样的异想天开，他的房间里堆满了肥料和泥土，地上都是叶子，中间是一株较大的树，较小的在这棵树四周散开。我痴痴地看着，也不知道是因为父亲的疯狂还是因为眼前景象的诡异，我有点恍惚，像是看到一朵接着一朵的桃花绽开身姿，然后结果，然后枯萎。就那么一瞬间，生命开始又结束，循环无端。我不知道是不是我脑袋出了问题。

"我想种一棵桃树。"他说。

那夜之后,我再没有见过他和他的王国。母亲辞了工作,日夜像个猎手一样,追寻着脚印和气味,试图找出那只狐狸。在她看来,父亲的这些所作所为,都是为了躲避她。她哭哭啼啼又坚决果断,给父亲做饭,打扫房间,清理泥土,两个人偶尔荒唐得像麦克白夫妇。

不久,因为楼漏水,引来了物业管理,父亲的疯狂行径被邻居左右接踵知晓。他疯了,大家都说。厌恶,嫌弃,人们总是习惯把这一切给予异类。母亲阻止了所有人把父亲送去精神病院,她只是披头散发地坐在父亲门口,来回踱步,眼神有时候会突然警觉得像一头母狮子。

冬天没多久就来了。我和母亲不一样,我受不了流言,因为这座城市又小又拥挤,在学校的人眼里,我已经成了一个疯子的儿子。这意味着,大家在厕所撒尿的时候,会突然发现,哎,是你,然后笑得尿撒一地。我不知道能说些什么,我开始逃课,开始用睡眠抵抗一切看得见的烦恼。我没有和母亲交谈,尽管她终日喋喋不休。"我退学了。"我和老李说,我想退学,或者休学,反正暂时不想读了。老李点了一支烟,那是我第一次见她吸烟,然后她说,好,我陪你。

接着,我们暂时找了份无聊的工作,我在一个婚纱摄影机构做摄影助理,老李在一个儿童乐园看小孩,毕竟我过了疯狂迷恋村上春树的年纪,不然可能会选择打劫面包店。我们预支了工资,第一件事,就是租房子。房子是一座阁楼,我跟老李仅有一间房,楼下是另一户租客。阁楼自然小,连着的天台荒着,房东便一并许了给我们,从天台看出去,就是整个市区。屋子很小,几乎添不进家具,唯一的一件家具是我跟老李通过电视购物买的一台小鸭牌洗衣机。在那之前洗衣服都是手洗,冬日越深,也就越发艰难。可这台洗衣机也就真和小鸭一样,洗起衣服便蹦蹦跳跳响个不停,好几次被楼下的租客投诉。

没办法,我们只好轮流在大中午租客基本都出去上班的时候跑回家洗衣服,坐在天台边上边等边晒太阳。那是冬天最温暖的时候,选取一块最干净的阳光,淋上芝士,放入烤箱烘焙,吸罢一支烟,拿出来就刚好外焦里嫩,咬一口,里面的阳光便流淌出来。

帮我们搬东西入住的朋友,来到这屋子,着实吓了一跳,想不到还有这种地方。

"很像我们小时候住的那种楼,破旧,隔壁说什么话都听得见。"他说。

"对。好像走下楼去,还是以前那种石板铺的路。"我说。

不过,我就是像喜欢以前的老房子一样喜欢这里。

房子当真糟透了,许多裂缝,连着天台的门关不牢,而且高处不胜寒,整个冬天都在嘎吱嘎吱地叫唤。一入夜,我和老李就钻进被窝里,名副其实的日落而息。半夜憋着尿都冷得不想去厕所。不仅如此,闹市太过吵闹,我俩只好大声地唱歌来抵抗,唱穷且益坚,唱安贫乐道。

到了春天,都会好转吧。我想。

后来,是母亲打电话给我的。她说,她还是决定放弃了。寥寥数语,我们最后决定在一家咖啡厅碰头。

母亲老了,这种不是年纪上的老,而是她整个人的状态。她坐在那,我像是与她隔着一段很长很长的时光,像是亘古不变的苍凉。她说决定带父亲回乡下,到外婆家去住,父亲要种桃树或是其他什么树,都由他好了。

我没有说话,我不知道,母亲所谓回去,是回哪里?又或许母亲是知道的,只是我不知道我那个想回去就回去的地方在哪。

"你父亲想要见见你,想让你帮他和他的树拍些照片。"

我没有回答。我第一次当着母亲的面抽烟,一支又一支,不知道说什么。我很想抱抱她,但是直到她离去也没有。我想起父亲曾经有一次要带我去孙爷爷家摘桃子,但记不清到底摘了没有,我只记得父亲带我骑着自行车,颠簸了很长一段路,途中车子坏了,父亲一时也修不好,我便坐在路边一直哭,再后来的事情,我也记不清了。

老李坐在天台的边上,我和她隔着一段距离。她托着腮,望向更远的地方。"我有没有给你说过水果店那个大叔的事情?"她忽然问我。

"没有。"

"我听人说起过,挺有意思的。不过听人说,本来就带一点添油加醋。"

我看着老李,她忽然也看着我,笑了。"什么事情啊?"我问她。

"听说是,那个大叔虽然看着又胖又丑,但是结过婚了,妻子特别漂亮(这点我倒不认同,我看过他们的婚纱照,就挂在水果店店中央,女人长得一般,不过但凡传言总要带点艳情色彩)。结婚第一年,他妻子便怀孕了,但怀孕了两年多仍未临盆。后来,去医院剖腹产,生出来的是一堆水果。"

"水果?要是榴梿可真有点难受。"

老李被我逗笑了。"别打岔,还听不听我说了。"

我报以一笑,歪着脑袋示意她继续说。月亮从这个时候升了上来,高高地挂在老李的头上,背后是城市的各种高楼大厦,这些闹市我都看不到,我只是看着老李。

"之后,因为各种传闻,大叔的水果店生意惨淡,甚至有人到他们店里贴符咒、泼红漆,他妻子便离开了,过了一年,店才重新开起来。"

我想其实未必真的如传闻那么玄乎,可以解释的理由很多,但这些都不重要。"那大叔呢,他怎么想?"我问。

"他还在等她。"

就这样,我们坐在天台,我拿了啤酒,我们听着一个远处商场功放的音乐,凤凰传奇的还是别的什么,谈论那些人,接着又谈论到了月亮和星星。我们跳了舞,像《春光乍泄》里的何宝荣和黎耀辉,不过我比较笨拙。我们完全没有提及接下来该怎么办。月亮高悬，寒风凛冽，我们像两个亡命天涯的人，彼此相依为命。天快亮时，因为太冷了，我们躲回了被子里。我的心还没能长好茧子，歌声里暗藏的窝心，让我叹了口气。

春天快来的时候，我投稿的一个杂志社意外地寄来了稿费。我揣着钱，走在路上，感觉自己陡增了勇气，趾高气扬起来。要知道，我前不久喝酒都配不起花生，只能读读萧红写的文字和萧军的贫困。

我买了香肠、青椒、青豆、玉米、胡萝卜，细细切碎。先不要钱似的淋一遍花生油，花生油太香，只放油都让人食欲大振，用一只手敲碎鸡蛋，轻轻放下去，看着它们起泡，香味顿时就出来，再放油，倒饭，另一只手用铲子把饭给弄散，让鸡蛋和饭粒交流好，鸡蛋自觉裹起米饭，再放一次油、香肠、青豆、玉米、胡萝卜，还有许多不开心和望眼欲穿，全都一股脑地放下去，噼噼啪啪，起火，翻炒，待到香味浓郁，眼看要焦时，关火，起锅。刚放鸡蛋的时候，老李就凑在旁边伸着鼻子，我把炒饭装了一大盆，装完摸了摸她的头。

我们端着炒饭，席地坐在天台上，两个决定天不怕地不怕地过穷日子的人，边晒太阳边吃蛋炒饭，简直像卖完血的许三观。

当日半夜，我又醒了，长夜无明，只好炒了一大锅蛋炒饭。夹生的饭，鸡蛋稀烂，当真比月亮勉强挂着的夜色还要惨淡。

我吃了一碗又一碗，咬牙切齿地不像是在吃蛋炒饭，而是吃掉某一段阴郁的时光，把整段不愉快都放在肚子里消化，然后在身体里溶解掉，成为我的一部分。我突然就想掉眼泪，像《天下无贼》里面的刘若英，掉了两滴眼泪，刚好两滴，不多不少。

第二天，我收拾好了行李，跟老李交代好一切。那天是惊蛰，惊蛰到了，春天坐稳了江山。

"我会一直等你。"老李说。

"我知道。"

　　我坐了很久的车子，从这座城市回到一个开始的地方，我坐在大巴后座，开着车窗抽烟。暖暖的阳光打在我的脸上，有一股子鸡蛋的味道。烟是母亲那天给我的，父亲爱抽的是一种家乡产的烟。风从窗口呼啸，烟燃得很快，沿途的桃花都开了，春天真的到了。烟圈往后飘着，像是一朵朵微小的云彩。到终点的时候，天已经黑了，我不知道父亲到底种了桃树没有。我站在门口，轻轻敲了敲门。

　　"爸，我回来了。"

　　"嗯。回来就好。"

严昊天

［2015 级戏剧影视文学（编剧与策划）］

芊　泽

芊泽，是一种野花。它只生长在山野的一处，孤孤单单的一枝。传说，芊泽花若漫山遍野，便如仙境般绚烂。只是，谁也没有看到过漫山遍野的芊泽花。生如夏花，死若秋叶。

生如夏花之绚烂。

我是一个芭蕾舞者。

一抹白光打在我的身上，白色面纱的天鹅裙在灯光下闪闪发光。我穿着爱丽丝的芭蕾舞鞋，伴着第一个音符，脚尖轻点，迎上安东尼的手，和他一起跳跃、旋转。一曲终，安东尼的手绕过我的腰间，用他深邃的蓝瞳看着我。我微微踮脚，和他对视，右手在空中划出一道完美的弧线。

一个小女孩跑上舞台，将她手中的一束白花递给我——是芊泽。湿漉漉的花瓣带着新翻的泥土的气息，它只有简单的六片花瓣，简简单单的白色，素雅却不璀璨，美丽却不妖娆。我握着这一束芊泽，目光却停留在离舞台最近的那个座位上，他没有来，在这座无虚席的演播厅里，那个空空如也的座位显得如此扎眼。

他曾是我的舞伴。他伴我从《天鹅湖》到《胡桃夹子》，从台下到台上，青梅竹马，两小无猜。高三的最后一次比赛，他受到了法国芭蕾舞团的邀请，却选择了学业。

受到邀请的是他，最后去的却是我。

我接到通知的时候，满心以为他会和我一起去，得到的却只是他一声冰冷的"我不去"。

"为什么？"

"我说过，这是我高三最后的比赛。"

"这个机会很难得。"

"可我们高三了，很抱歉，我不得不放弃。你愿意放弃你的学业去法国，可我做不到。"

"好。"沉默了良久，我继续道，"我只愿你今日做的决定，给你的是幸福，而不是日后悔不该当初的锥心懊恼。"

"我想我不会后悔。"说罢，他从衣袋里取出一枝白花，放在我手边，"我随手采了枝野花，不知道为什么，觉得它像你。"六片白色的花瓣微微张开，在日光下显得美丽而高贵。

后来，我把这枝野花带到了法国，没过几天便枯萎了，大概是因为水土不服吧。

这些年来我慢慢发现，法国——这个我曾以为充斥着罗曼蒂克的国度，已经一点一点被时间消磨成了残酷。

那天，爱丽丝并没有像往常一样提前一个小时出现在舞蹈房。当女孩子们都开始热身的时候，安东尼推门进来。他是爱丽丝的舞伴，他们将一起担任这次演出的领舞。我看到他却有些气不打一处来，因为他的"钦定"，我成了爱丽丝的替补。替补，意味着也许没有登上舞台的机会，也意味着我的练习量将会是别人的两倍，倒不是说我不肯吃苦，只是不甘心，就算不是领舞，也不至于连登上舞台的机会都没有。

安东尼的眼神晃了晃，最后看着我，道："你过来一下。"我有些僵硬地站起来，跟上他的脚步，他什么都没有说，却带我去了爱丽丝的家。

白色素雅的欧式建筑坐落在一片花园上,窗口,一个女孩坐在轮椅上,脚上缠着白色的纱布,金色的长发被放下来,憔悴的脸庞冲淡了昔日的骄傲。她双眼放空地望着窗外草地上的一枝白花。那白花——孤孤单单的一枝,伫立在一片绿色中,六片白色的花瓣在微风的吹拂下微微颤动,反倒显得素雅而又璀璨。似曾相识。

"你喜欢这朵白花?"爱丽丝回过神来,却见我望得出神。

"嗯。"我的眼前浮现出一个少年,他曾在我离开前也送给我一枝白花。

"这是芊泽花。"爱丽丝又回头望着窗外,"它们总是不经意间从草丛中钻出来,却不多,只有几枝。"

"小时候我曾把它们养在花瓶里,可总是没过多久就枯萎了。后来,园丁取了它的种子,把它种下,却没有发芽。"

"我才知道,芊泽是一种野花,如果你有了它的种子,你可以尝试埋下它,但它永远不会发芽,更没有人知道如何去种,如何去养。"

语毕,她把轮椅掉了个头,苦笑了一下,道:"安东尼曾说我像一枝芊泽花,不过我觉得,你更像。"

"我?"

"是的,是你。"她牵起我的手,"你知道为什么安东尼选你做替补吗?"

我摇头,茫然。

"因为你优秀,你全面,因为不论是领舞还是伴舞,所有的位置你都能跳,所以才选你做替补。"

我笑了笑,不知是自嘲还是欣慰,道:"但我还是不如你。"

她摇摇头。"我也当过替补,我知道这种事情让谁接受起来都很困难。但演出那天即使你没有登上舞台的机会,你也必须随时待命,和我们一起完成演出,这是你光荣而艰巨的任务。"

"我知道。我也很想上舞台。可一旦我上台,就意味着你们当中有人上不了,我不想这样。"

"没办法。"爱丽丝低头抚摸着膝上一双白色的舞鞋,低语,"这双鞋是安东尼送给我的,遗憾的是,我恐怕不能穿着它上舞台了。"

"你的脚……"

"不过幸运的是,它还能被你穿上舞台。"她挤出一个笑脸,把那双舞鞋递给我。

我不敢伸手去接,瞟了一眼她身旁满柜子的舞鞋,心生羡慕。

从爱丽丝家里出来,回到舞蹈房,和安东尼的第一次正式练习却以失败告终,我看着爱丽丝送给我的舞鞋,有些失神。安东尼道:"不需要羡慕她满柜的足尖鞋,还不是要一双一双染上自己的鲜血。"

安东尼向我伸手,道:"来吧,我们再来一次。"我摇头,瘫坐在地上。

"再试一次。"

"不要。"

"起来。"

"不。"

安东尼有些无奈地看着我,低头问我:"你能跟我说你尽力了吗?"

"嗯,我能。"

"努力到自己不觉得羞愧,才可以说是尽力。"安东尼叹了口气,"我从来没对自己说这是尽力,真羡慕你,因为你能这么说。"

我没有回答他,他侧身看着墙上爱丽丝的照片。"你以为那么多人的群舞里,摄影师为什么独独拍她。她比你优秀,还比你努力。你记住,我选择你,纯粹是我的冒险精神,并不是因为你多有实力,有多了不起。"

我把头埋在腿上,眼眶有些湿润,安东尼的脚步声在耳边渐行渐远。我拭了眼角，站起来，冲着他的背影道："再试一次吧。虽然我不能说这是尽力了，但我想被你认可。"

舞台上，我依然紧握着那一束芊泽花，安东尼为我戴上象征着胜利的皇冠，我问他："一开始，为什么选我做替补。"

他蓝色的瞳孔看着我，双眸深邃，在我耳边轻语："因为你优秀。"

死若秋叶之静美。

我曾是一个芭蕾舞者。

八岁，我一个人在舞蹈房练习，母亲叩开了舞蹈房的门。她的身后钻出一个女孩，目瞪口呆地看着我，颤巍巍地竖起她的大拇指，对我说："你跳得真好。"

这个世界上有两种人，一种是有天赋的人，他们轻而易举就能站上巅峰；一种是勤奋的人，他们靠勤奋和努力，弥补和天才之间的差距。如果像大人所说，我属于前者的话，我想她大概不属于前者，也不属于后者。

芭蕾，肉体和舞姿一样重要。她的婴儿肥和她颔首时微微积起的双下巴，暴露了她没有天赋。她会在我帮她压腿时嗷嗷大哭，我无奈地问她："你一个女孩子柔韧性怎么比我还差。"她不觉得羞愧，倒反过来问我："那你一个男孩子怎么比我还软。"我竟无言以对。

她从天赋到勤勉程度，都跟我差了十万八千里，从初中到高中，从舞蹈队到舞团，从幕后到台前，那么多物竞天择优胜劣汰的坎儿，这个既没有天赋也并不那么勤奋的姑娘，居然都"优哉游哉"地跨过了。她就这样一直跟着我，久而久之，居然成了习惯。

然而十八岁，当母亲送给我一张国际芭蕾舞大赛报名表的时候，我开始害怕。因为我目睹了母亲在鸟巢参加彩排时，从三米高的舞台上摔下来，半身不遂。那之后，我常看见母亲一个人坐在轮椅上，盯着窗外草地上的一枝白花出神良久。

"什么都不要想,去试试吧。如果你不想和她一起的话,那……"

"不,我会和她一起参加的。"我打断母亲。与其说是让她做我的舞伴,不如说是我想逃避对舞台的恐惧。我一直都不知道,原来习惯是一种很可怕的东西,因为习惯,会觉得理所当然。

登上舞台的那一刻,我果然害怕了。炫目的白光变得刺眼而寒冷,闪得我睁不开眼。我不自觉地握紧她的手,她侧身问我:"你……怎么了?"

"没事。"我慌张地放开她的手,想要落荒而逃,她却抓住了我的手,怯生生地问我:"你是不是……不想和我一起跳这支舞?"

"不是。"只是我害怕了,"我们开始吧。"我深吸了一口气,勉强挤出一个笑容。

大概是因为有她的陪伴,我在台上依然完美完成了表演。可下了台,却一个人心有余悸地大声喘息,汗水花了妆容,紧握的双手挤出了水渍。我的脑袋一片空白,脑海里只有母亲从舞台上摔下来的画面。我意识到,我得了舞台恐惧症。

"法国芭蕾舞团好像有邀请你的意思,你……会去吗?"她试探性地问道。

我慌忙收了呼吸,回道:"不会。这是我高三的最后一场比赛了。"

她刚想说什么,看了一眼门外,便改口道:"我先出去,你再想想吧。"她迎了在门口等候的法国代表进来,关门出去。

"如果你担心学业的话,你可以在法国留学。"显然,法国代表听到了我们的对话。

"那她呢?"

"我们需要你。"他没有正面回答我。

"那么,我可以把这个机会让给她吗?"我看着他,他的脸上出现了难色，"我自愿放弃去法国的机会。"

"为什么要拿自己的前途开玩笑呢？"

"前途吗？"我笑笑，"很抱歉，志不在此。倒是那个女孩，她很有潜力。"我向他道了谢，打算离开。

"为什么？真的志不在此，还是……有别的原因？"他似乎看出了什么，叫住了我。

"因为她值得。"因为她值得，也因为我的恐惧吧。

现在，我是一个园林设计师。

我为上海世博会做设计的时候，曾向老园丁求一种只有六片花瓣的白花，才知道，那朵花——母亲窗口的那朵花，我曾送她的那朵花，是芊泽。

七年前，我赠她一枝芊泽送她一路前行；七年后，她送我一张门票赠我一席美梦。她说，希望我在距离中国四千米的地方看到最了不起的她。

马来西亚吉隆坡的国家大剧院，她的海报被贴在宣传窗上，乌黑亮丽的头发被挽起来，白色面纱的天鹅裙，仿佛她的骄傲是与生俱来的。她轻踮脚尖，和身边那个蓝色瞳孔的男孩子对视，羡慕得我发恨。

我的身边，一个婴儿肥的小女孩正注视着宣传窗里的那幅照片。然后踮起脚尖，在门口张望着。

"对不起，小妹妹，请出示你的门票。"门卫阻止了她。

"我……没有门票。"小女孩有些支支吾吾，"我就在门口望一下。"

"对不起，你不能进去。"他把她挡在外面，见我走近，又对我道，"先生，演出马上就要开始了。"然后向我伸手，示意我把门票交给他检票。

"不，我是来给我妹妹送票的。"我笑了笑，把门票递给了那个小姑娘。

她有些诧异，我低下身来，从口袋里掏出一枝芊泽花，递给她，嘱咐她道："记得把这枝花送给台上领舞的姐姐。"

我没有看到她的表演，一个人径自回到机场。航班误机，我等了很久。

"等一下，安东尼。"一个清澈而熟悉的声音在身后响起，转头，一个女孩正蹲下来拾起掉落在地上的一枝芊泽花——是她。褪去了少女时的青涩，多了一分成熟的风韵。

"各位旅客请注意，飞往中国北京的 MH370 航班现在开始登机……"

我低头看了看登机牌，再抬头时，她已消失在人流中。

有幸遇到了你，最了不起的你。

我在三千米的高空，做了一个梦，我梦见一个女孩站在漫山遍野的芊泽花中，待到山花烂漫时，她还在丛中笑。

后　记

她是寒窗苦读的理科生，她是日夜颠倒的美术生；她沉浸题海，她炭黑为伴。她们选择了不同道路，却选择了同一个终点。

很遗憾在你一贫如洗寒窗苦读时与你分道扬镳，但很荣幸金榜题名功成名就时能和你一起到达终点。我只愿我今日做的决定，是给我的幸福，而不是日后悔不该当初的锥心懊恼。

芊泽花开，向来不悔一梦痴狂。

章清莲

（2016 级数字媒体技术）

流浪汉和骗子

一

我已经无法用语言来表达我内心的激动了。

你能想象吗？前一天我还盯着手机里的电视剧，一脸花痴地看着我最欣赏的演员；就在明天，我要去看他演的话剧了，他就那么活生生地出现在我的面前，我会离他那么近，那么近。

其实，听说他的话剧票在开票的那天，几分钟就被一抢而空，而我，当然是没有抢到的那一个。从开票到现在，我一直都在努力说服自己，压抑住内心的遗憾和噪动。但内心深处的渴望，就像香烟上的小火星一样，在完全沉寂之前其实是不灭的，稍微一引，就又会蹿出火苗来，吐出撩人的烟雾。

今天是话剧首演，他的话剧刷爆了朋友圈，我突然下定决心，这场话剧盛宴，说什么我也要去赴约。于是像是魔怔了一般，我开始在微博刷转票信息。一个个私信，等待一个个回复。

很快地，一个人回复我，有票。

我到现在都还记得自己当时咚咚咚的心跳声。

二

我是一个骗子。

曾经的我是一名保安，工资很低，常常要加班，要命的是我还爱赌博。现在的我是一个失业的中年男人，欠了一屁股债，离婚了，前妻带走了我们的孩子，一个刚刚上小学的男孩。我常常被生活压得喘不过气来，你也许想象不到，我的世界里已经没有了色彩。

我离开家乡，在一个陌生城市的郊外租了一个十几平方米的房子，一边躲债一边过着麻木而颓废的生活，网络成了我唯一与外界相通的工具。渐渐地，我发现我连吃方便面的钱都没了，可是我总得想办法活下去。

相比之下，现在的年轻人，生活得真是多姿多彩。我常常看他们在微博上刷某一个歌手的演唱会、某一个演员的粉丝见面会，真是狂热，甚至失去了生活的理智。一张演唱会的门票，动辄上千，花钱大手大脚，真是"不当家不知柴米贵"。

与此同时，我还看到了很多没买到票到处求转票的人。巧的是，我今天刷微博的时候看到了一些粉丝晒的票根，就顺手保存了。你知道的，一个穷疯了的人好像随时随地都能感受到金钱的气息。

我开始在每个求转票的微博下点赞，等着他们的私信，就像姜子牙等着那条鱼。

说粉丝执着不是没有理由的，因为太过痴迷某一场演唱会或某一场表演，他们真的会愿意相信我有转票，甚至愿意出几倍的价钱。但是同时他们又很精明，他们太熟悉一张票的细节，问得很细，我常常被问得语塞答不出来。有些人会冷嘲热讽一通，有些人则是有点失望地没有了音讯。而我的收获是，我也已经对票证的细节足够了解,可以应对上钩的鱼的任何挣扎。

很快地,我收到一条私信:"请问你有明天晚上的话剧票是吗?"

我没有马上回复,晾了她一会儿。这一次,她抛过来的每个问题我都对答如流。我出了两倍的价格,她说她只是个学生,还跟我讨价还价,最后我还是以票面上的原价"卖"给了她。看得出,她还有满腹的怀疑,但当我晒出票根的时候,她说她愿意相信我,马上就转账给我了。

是的,鱼上钩了。

我开始不去搭理她的任何回复。她问我,你是不是骗子。

我说,我不是,我马上给你电子票。于是,我编了一串数字发给她,她信了,还说谢谢我。

三

其实我也在不断问自己,如果手里的票是假的,我该怎么办?

但是我告诉自己,这个时候只有赌一把了,冒一下险,说不定能看到这场精彩的话剧表演,这将是我第一部走进剧场看的话剧。如果这张票真是假的,那也只能归结于自己的轻信和愚蠢,但这场话剧之约,我一定要赴。哪怕行程如此匆忙,在看完话剧之后只能睡公园,但是我心甘情愿。

晚上,我脑子里想了很多乱七八糟的事情,有点睡不着觉。

第二天傍晚,我整理好了背包,急匆匆地赶去剧院,哪怕这个时候离话剧开演还有整整4个小时。我坐在公交车上,双眼盯着窗外,票的真假未知,我或许马上就能见到自己喜欢的演员了,我脑子里很乱,有点慌张,又有点期待。

一对明显刚刚经历了长途奔波的年轻夫妻问我,还有几站到剧场。我问他们,你们也是来看戏的吗?他们亲密地依偎在一起,我觉得能看到优秀的戏本身是一种幸福,能和自己最亲爱的人一同来看戏,简直是人世间最幸福的事了。我以后,也要和自己最爱的人一起来看戏,我也要做最幸福的人。

车好像开了很久很久,久到我的思绪飘得太远,一下子有点拉不回来。当我就站在剧场门口的时候,脚下轻飘飘的,感受不到一点真实。

我战战兢兢地走近取票口,前面是一对小情侣在取票,他们输入一串数字,无效,票取不出来。我无法否认,我真的害怕了。他们试了三四次,然后放弃了,那个女生挽着男生的手臂,眼神里写满了失望。

轮到我了,果然不出意外,我的票也取不出来。心脏突然跳得很剧烈,我到现在都还记得自己当时咚咚咚的心跳声。

我走出售票大厅,晚上的风很大,吹在身上很冷。

我打开微博,我说,你是不是知道,我会来找你。

四

我知道,她会来找我。

这年头,谁愿意吃这个哑巴亏啊。是的,她很单纯也很可怜,我很同情她,但是她一定没有我可怜,没有谁比我更需要那几百块钱。钱在我手上,这笔交易已经结束了,我根本不想再搭理她。

她说,她只是个想看话剧的学生。她说,这是她下了很大的决心,才省下半个月饭钱来看一场戏的。她说,她的行程太匆忙,她只能睡公园了。她说,拜托我把真正的电子票号码告诉她,她愿意加钱。

真是个傻姑娘，我哪来的票啊。

但是我大概真的是穷疯了吧，我说，双倍，否则免谈。我的内心也是纠结的，一方面希望她明白我只是个骗子，能知难而退；一方面又希望她能相信我，这几百块钱，于我而言，可能是一个月的伙食费。

她沉默了。许久，她发来一段语音，夹杂着哭腔，她说，你是不是根本就没有票，那就不要再骗她了。

真的，知道她哭了，我差点都要心软了，要把钱退给她的念头大概在脑海中闪了一下，就一下。

我可怜她？那么谁来可怜我呢！

五

被骗了，这个结果不是没有想过。

我之前问过自己，如果被骗了，能接受这个事实吗？我认为自己可以坦然接受。但是此时此刻，当我亲自确认了这个事实之后，我还是会觉得很心痛，因为自己的愚蠢，因为自己一时间失去了理智，因为第一次知道原来这个世界上真的有那么多的人是不善良不真诚的。

骗子已经不再回复我了，我在自己的手机上删除了那条可耻的带着哭腔的语音，我最后一字一句打了一段话给他：

虽然这次你骗了我，但是请不要觉得现在的学生好骗，我们只是愿意为自己喜欢的艺术冒一下险。也谢谢你让我懂得了"防人之心不可无"这句话，都说"举头三尺有神明"，也许你不信这些，愿你花着我们省吃俭用攒的钱也能心安。

我还是不争气地流了眼泪。话剧已经开演了，而我看不到那场心心念念的话剧，我没有订好住的地方，回去的末班车也已经没有了。我拎着包,孤独地坐在剧场门口的石凳上,看着来来往往的人们热烈地谈论着刚刚结束或者即将要去看的话剧。我低着头,步履匆匆的人从我身边走过。

我哭得有些虚脱了。我走到公园的长椅旁,紧紧抱着自己的背包,蜷缩着躺下想睡觉。但是我睡不着,从一开始由于被骗而感觉到的伤心渐渐演化成世界观崩塌的绝望。在此之前,我也是温室里的小花,我也是爹妈的心头肉,我不曾见过大风大浪,从来没有怀疑过每个人的怜悯之心。我知道社会是现实的,但是却不知道它这般残忍。

夜深了,冷风吹在身上会让人有些发抖。我侧躺着缩在躺椅上,真的很不舒服,但是我还是闭着眼睛尽力什么都不去想,尽力去入睡,让时间过得快一点。隐隐约约,我听到有个小孩问妈妈:"这个人为什么躺在这儿啊?""她大概是个流浪汉吧。"妈妈说。

是呀,我就像一个流浪汉,全世界都是我的,只是这个世界里只有我一个人。

六

当我以骗子的身份得到了这一笔钱,我已经蒙住了自己的良心,我没有不安。所以这个天真的小姑娘说的这一番话我完全不在意,什么"举头三尺有神明",我真的完全不信!

过了没多久,我又收到了一条私信:请问你有明天晚上的话剧票是吗?

熟悉的开场白,但是陌生的昵称和头像告诉我,这不是同一个人。我还是没有马上回复,过了很久,我才回复:你好,有票。

她没有像很多小姑娘一样,立即兴奋地来询问下文,这难免让我有点小失落。过了很久,她才发来一条私信:你怎么才回复我,我刚刚买了其他人的票,被骗了……

说真的,当下我脑子里真的就是"嗡"地一下。觉得惭愧,觉得同情,同时又莫名减轻了一点点罪恶感,原来像我这样的骗子也不在少数嘛。我安慰她,表示很遗憾。

她说,你真是个好人,你有空吗,能陪我聊聊天吗?

她开始发送一大段一大段的文字,看得出她情绪很激动,她激烈地控诉着她被骗的过程,她讲得那么详细,那么生动。看得我内心也非常不平静,这个女孩的经历和被我骗的那个女孩的经历那么相像,一瞬间竟让我产生了错觉,以为是我骗的她。

我问她,找好住的地方了吗?她说没有,她打算在公园里逛一晚,坐最早的一班车回去。可能是有些愧疚吧,我跟她说,哪怕找个网吧也总比在外面冷着要好,可以趴着睡会,但是要把手机、钱包放好,网吧手脚不干净的人很多。她说她这就去找个地方睡个觉,熬过今晚就好了。她还说,谢谢我。

我开始担心那个被我骗了门票钱的女孩了,她也心灰意冷地说要睡公园,要是没有好心人帮她,她不会真睡公园了吧!

七

我,真的睡了公园。

我躺在公园的长椅上,像一个无家可归的流浪汉。我拿出手机,点开了另一个微博账号,去私信他:请问你有明天晚上的话剧票是吗?我,只是想戏弄戏弄这个骗子,像个幼稚的孩子一样为自己出口气,在言语上逞逞强。

我觉得,告诉一个骗子自己被骗了,然后再告诉骗子你也被骗了,应该会非常有意思。但是出乎意料的是,他的字里行间,居然让我感受到了来自陌生人的那种关怀与温暖。他就这样静静地听我倾诉跟他完全一模一样的罪行,还像个旁观者一样开导我,劝告我,提醒我。他建议我去找个网吧休息一下,要是睡公园,怕是会冻感冒了。很长一段时间里,我几乎忘了他就是那个让我恨得牙痒痒的骗子。

尽管我还是在那个长椅上躺下了,但是换了一个身份和他聊天了之后,我觉得心里舒坦多了。终究也是有点乏了,我搂紧背包,竟然也昏昏沉沉很快睡着了。

次日清晨,被公园里的鸟叫声唤醒。我找了洗手间,用冷水简单清洗了一下脸,我看到了我一生中最浓重的黑眼圈,但是我还是对着镜子里的自己挤出了一个微笑。

手机里有了一条新消息:回去了么?

嗯嗯,正在回去的公交车上,谢谢你的关心。

这个流浪汉和骗子的故事让我懂得了,世界上的人不全是白色的,也不全是黑色的,往往大多数人,他们是灰色的。

徐佳颖

(2015 级戏剧影视文学)

芳草萋萋

这世界上最无法原谅的人，是我们自己。

（一）

我叫小七，因为是家里的第七个孩子，直接取名小七。我生活在一个幸福的村庄，大家熟悉得像亲人一样，随时随地都能坐到一起聊家长里短。村里的老人常讲：生于此，死于此。一代代的年轻人在外闯荡之后，都会回到这里，魂归于此，这是他们的夙愿。人之所愿，是乡土情结，或是祖祖辈辈都在这里，所以希望人生末尾是大团圆。

村里有个和我同日出生的女孩，叫小芳。她是一个很漂亮的姑娘，见着人就笑。有一次我在门口吃棒棒糖，她走过来直勾勾地看着我，嘻嘻地笑着。我觉得她的笑让我有点害怕，是那种呆滞的笑。我知道她想吃我手里的糖，我没有理她，转身跑回屋里，关上门，从门缝里看着她离开了。

小芳的妈妈是个童养媳，没有什么文化，从小在婆家当牛做马的，他们家唯一值钱的东西是她丈夫收破烂得到的一个录音机和一盘磁带，磁带里能听的只有一首歌——《小芳》。路过她家时，总会听到院子里飘出嘈杂的歌声来——"村里有个姑娘叫小芳，长得好看又善良，一双美丽的大眼睛……"所以他们一家就觉得小芳这个名字是上天专门赐予他们家孩子的"圣物"。

十二岁那年，村里就再也听不到这首歌了。小芳的妈妈逃跑了，带着录音机在一个雨夜天不知所终。村里人议论纷纷，有人说，小芳妈是被小芳爸的鬼魂招走了；有人说，小芳妈去寻好日子了；还有人说，小芳妈算是为自己活了一次。可是小芳还只是嘻嘻地笑着，好像离开的不是自己的妈妈。时间一久，这件事被淡忘，只是偶尔成为茶余饭后的谈资。我没见小芳哭过，被人欺负，爸爸去世，妈妈逃走，我都没在她脸上看到过一丝伤心难过，所以每次看见她笑，我都害怕。

我和其他所有孩子一样，都不愿和小芳玩，我是因为她的笑，别人是因为嫌弃她，嫌弃她爸妈，嫌弃她太笨，甚至有小女孩嫉妒她长得太漂亮。被孤立的孩子，最容易被欺负。村里有个孩子王，总是带头欺负小芳，揪她的辫子，割破她的书包，抢她的午饭来给自家的狗狗吃，骂她是"白痴"……

有一次，别人抢她的书包，把她的书扔到水沟里，那次，我在场，我只是看着，但我好像隐约感到她在向我求助，她看着我，眼里少了几许笑意，或许，是我的错觉。那群孩子肆无忌惮地看着她的窘迫样，我喊了一句："快走吧，她奶奶来了。"这群孩子还是会怕她奶奶，所以都逃之夭夭了。我没有帮她，我真的看见远处她的小脚奶奶迈着小碎步走过来，手上拿着扁担。她奶奶是个重男轻女的封建迷信者，其实这个村子大部分人都迷信。小脚奶奶不待见小芳，将她儿子的死归咎在小芳身上，说她和她母亲一样是个贱货，天生克夫克父，这是我亲耳听见的。我问妈妈，什么是贱货。妈妈震惊地问我从哪里听来的，然后告诫我再也不要去小脚奶奶家。我不知道为什么，但是妈妈这么告诉我后，我就再也没从他们家那条路走过。我也怕，怕小芳的笑，怕小脚奶奶。

我对小芳充满了好奇。比如说，她到四年级的时候就辍学了，每天骑着三轮车和她的小脚奶奶去集市上卖菜。我问奶奶："为什么小芳不读书了。"奶奶叹了一口气，说："造孽了。"从奶奶口中，我又知道了一件事。小芳在十岁的时候，生了一场大病，高烧不断，家里没钱去大医院，在村里的小诊所开了几副药，便整天蒙在被窝里。她的小脚奶奶说："小孩子家家的，哪有什么毛病，在被窝里焐几天，出一身汗就好了。"过了半个月，小芳果然好起来了。但是，她的脑子被烧坏了，智力出现了问题。她的妈妈彻底绝望了，哭了好几天。望女成凤，她不想孩子的一生和她一样，唯一的希望都破灭了。所以她好像疯了，还是逃走了。

　　十四岁，我遇见了一个噩梦。那天傍晚，我从老师家开完小灶回来，为了更快地回家，我选择抄近道，这条路很幽静，平常少有人走。走出小路后，我看见微暗的路灯下坐着一个人，打着呼，一股酒气扑鼻而来。这时，小芳刚从田里打完菜回来，与我迎面碰上。那条路，是她回家的必经之路。她看见我，一如既往地脸上挂着傻傻的笑容，不知怎的，我居然回了她一个微笑，然后匆匆离去。没走几步路，我隐约听见那个醉汉嗯嗯啊啊的，好像醒了；我隐约听见菜篮子掉地的声音；我隐约听见脚与地快速的摩擦声。但我确切地，听见了醉汉的奸笑，听见了小芳的喊叫声。我一转身，看见前面两个身影交织在一起。我看见，小芳被捂着嘴，被拖着进了小路里，挣扎着。我不知道发生了什么，我跑了，用了全身最大的力气往前跑。回到家，关上房门，把自己闷在被窝里，一股巨大的恐惧感一直在我身边。

　　第二天，这件事传遍了整个村子。那个人是村支书的侄子，昨晚喝醉了，不省人事，看见小芳便起了色意。村支书的侄子怕事，村支书也怕事，怕传到上头自己的职位不保，所以村支书动用私权把这件事情压了下去。大家可怜小芳，但是谁也不敢得罪权威。我也没有告诉任何人我目睹了这件事。从那以后，我再也没有见过小芳，是我一直躲着她。只听奶奶说，小芳现在好像也疯了，越来越傻了，每天就只会往村子里的那座山上跑,有时一天都不回来。那座山叫阴阳山,阳面都是坟墓,阴面太过阴森,没人敢去,但那一面的树木却出乎意料地长得很茂盛,这更使得大家对它充满了恐惧。大家都不知道她去干什么,大家都过着自己的生活,小芳的事,就只是一个故事。

有一次,我给自己壮了壮胆,走到那座山脚下,隐隐约约听见一阵熟悉的旋律。我跟着哼了哼,嘴里竟然不自觉地唱出来了——"村里有个姑娘叫小芳,长得好看又善良,一双美丽的大眼睛……"

我不再觉得,这是一个幸福的村子。

(二)

我叫小芳,大家都说我长得好看,他们看见我,就会摇摇头说:多水灵的一个姑娘呀。我不知道他们为什么要摇头。但我觉得,他们在夸我,就是喜欢我。

我所生活的地方,是一个幸福的地方,我的家庭也是一个幸福的家庭。爸妈和奶奶都很爱我,爸爸出去工作总会带好玩的回来,比如说有一个会唱歌的玩意,妈妈每天都会听歌,我也很喜欢听歌;妈妈会在家做好吃的,还会给我做新衣服。爸爸妈妈都不识字,但是没关系,我上小学了,会认字,还会算术,晚上的时候我就会告诉他们我今天学了些什么,这个时候,他们就边哭边笑,我帮他们擦去眼泪,但他们的泪水却越来越多。我问妈妈,为什么我叫小芳,妈妈说,因为爸妈希望你像花儿一样芬芳美丽。原来我的名字那么好听,我一直很羡慕村里一个和我一样大的叫小七的女孩,我记得老师说过北斗七星,所以我觉得"七"是一个很美丽的字,比我的"芳"还要美。

有一次,我看见小七在她家门口蹲着吃棒棒糖,她吧唧嘴的样子真好看,棒棒糖一定很甜吧,我也想吃,但我看看就好了,妈妈说吃糖对牙齿不好，我想告诉她，但是我还没开口她就转身进屋了。我边笑边想，她一定是发现自己的作业还没写完，得赶紧去做。我也得赶紧回家写作业了。

小七很聪明，每次都考第一，我很想让她教教我，但是她每次看见我都会离得远远的。村里的小朋友都喜欢捉弄我，但我觉得他们是在逗我玩，没有什么恶意。但有一次，他们把我的书扔到了水沟里，我有点难过，这些书都是我爸爸辛苦赚钱买的，当时小七也在，我向她示意，希望她能够帮帮我。她果然明白了我的意思，大喊了一声，他们都害怕我的奶奶，所以都逃走了。我知道小七会帮我。

十岁，我病了，病好之后，妈妈却整天以泪洗面。自从爸爸离开之后，妈妈就再也没有笑过。后来妈妈不再让我去学校，我不知道为什么，只知道妈妈做什么都是对的。我就在家每天跟着妈妈做事，听着那首有我名字的歌儿。只要和妈妈、奶奶在一起，这样的生活也挺好的。但是，有一天晚上，外面下着很大的雨，妈妈哄着我睡觉，我在睡眼蒙眬中，听见妈妈哽咽："孩子，对不起。"那天晚上，我梦到了一个很奇怪的人。第二天早上，我找不到妈妈了，连桌上的那台会唱歌的玩意儿也不见了。我没有哭，我知道妈妈不会丢下我，她总有一天会回来的。我还是整天笑嘻嘻的，骑着三轮车载着奶奶去集市卖菜。大家都说，我是个傻子，只会傻乎乎地笑。

十四岁，我遇到了一个坏蛋叔叔。那天，天要黑了，我从地里回来，在路上碰到了小七，她居然对我笑了一下。我走到小路口那，一个人突然冲上来抱住了我，他浑身充满了酒味，我有点害怕，我想大叫，但是他捂住了我的嘴，并发出了可怕的笑声，拖着我进了一间无人的破屋子里，坏叔叔把我按在地上，在我身上摸来摸去，手上还拿着棍子，只要我一叫，棍子就会狠狠地落在我身上，我害怕，恐惧，挣脱不了，就不敢再乱叫。我想，小七一定会叫人来救我，她刚才就在不远处。第二天早上，坏叔叔走了，我在一片混乱不堪中醒来，拖着沉重的身体走在路上，在大家异样的目光中走回了家。从此，我再没见过小七。我不知道坏叔叔为什么要那么对我，我想让警察叔叔抓他，但是没有人帮我，连奶奶也说我不知廉耻。大家看见我，只是叹叹气，摇摇头，嘴里说着："多水灵的一个姑娘啊……"

后来，我经常去爸爸的墓地，只有那里最安全，有时不知不觉就在墓前睡着了。山的另一面是一个很好玩的地方，那里有山有水，有鸟兽虫鱼，就是没有人。那里有一片柿子林，有一次，我在摘柿子，突然有一个声音冒出："你是谁，为什么要偷我的柿子。"我有点害怕，支支吾吾地说："我……我……"他从树上跳下来，从头到尾地扫视了我一遍。我也看着他，他和山下的那些人不一样，他的上半身是人，下半身是一匹马的样子。我的害怕荡然无存，我在梦中梦到过他。我想摸摸他的头，他快速地闪了一下，说："这样会长不高的。"说着，一个跳跃，便摘了一个柿子下来给我。他告诉我，他是这里的山神，我问什么是山神，他说就是保护这座山的神仙。他叫溪风。

我每天都会来溪风这里，有时候一待就是一整天。

"溪风，今天吃什么？""吃烤番薯吧，我们去挖番薯。"

"溪风，我想吃鱼。""好。"话音刚落，便听见扑通一声，溅起的水花很漂亮。

"溪风，我们来捉迷……"话没说完，溪风已不见人影。我找了好久都找不到，最后只得耍赖皮，假装号啕大哭，溪风对这招最没主意了。

"溪风，你会保护我吗？""当然了！"

溪风有时让我骑在他的背上，带我到山顶上去看日出日落；有时会变幻成一条大鱼，带我到水下去与鱼儿玩闹；有时会变出很多好玩的玩意，像是那个会唱歌的玩意。溪风常对我说：以溪水为饮，以山风为被，无求无欲，至死山中。但是我听不懂什么意思。

溪风问我为什么叫小芳，我教他唱了一首歌："村里有个姑娘叫小芳,长得好看又善良,一双美丽的大眼睛……"溪风笑笑说,对啊,你真好看,眼睛又大又美丽。

有一天,我和溪风在草地上抓蚂蚱玩,玩着玩着就困了。醒来之后,发现自己在爸爸的墓前,溪风不在了,我以为他在和我玩捉迷藏,我大哭,可是这一招没用了,就连那片柿子林也消失了。我醒了。

我再也没有下过山。

（三）

二十七岁,我成了一名律师。我将当年的那个人告上了法庭,我去求村子里的每个人给我做证。判决下来,三年有期徒刑。但我还是充满了悔恨,恨当年的自己,也恨现在的自己。

我来到山脚下,却再也听不到那首歌。

你应该是一场梦,我应该是一阵风。
是吧。

郑卓妍

（2015 级汉语国际教育）

夕 阳 图

　　医院的病房里,一个白发老人,握着一只没有力气的手,凝望着面前的人。病床上,躺着一位年近七旬的老妇人,眼睛看着坐在旁边的老头子,隐隐露出一丝满足,脸上,挂着一种看不出来的微笑。夕阳的余晖,从窗户洒进来,落在了这对老夫妻的身上,落在了雪白的床单上。

　　不知过了多久,老太婆打破了安静:"扶我起来,老头子。"

　　"可以吗?"老头似乎不愿这样做。

　　"可以的,扶我起来。我有话对你说。"

　　丈夫慢慢地将妻子扶起来,尽量仔细,好像是扶着一个名贵的古董,一不小心就会碎了。他知道,这个人比古董要珍贵。

　　给她垫好靠背,盖好被子,他笑呵呵地说道:"说吧,老太婆。"

　　"我——我是不是就快要死了?"

　　"怎么会呢,哪里的话。医生说了,你还可以活好几年呢。"

　　"再说了,你就舍得扔下我这糟老头子一个?"似乎有些不放心,他补充道。

　　"怎么会舍得。咳咳——什么样我自己也有数,你也不用瞒我了。"

　　他不知道说什么,抓起她的手,紧紧地放在了胸口。她透过窗户,看了看窗外的夕阳。夕阳好美,那片天被染上了颜色,显得那样神秘,那样美好。看着看着,眼角不自觉地流出了眼泪。

"怎么了,怎么哭了,老太婆。这辈子风风雨雨,也没见你哭过。"

"没事,没什么。看着那夕阳太美好了。只可惜——"

他明白了。轻轻地放下她的手,走到了窗边,要把厚厚的窗帘拉上了。

"别,咳咳——这么好的夕阳,别拉窗帘,我想看看。"

他看看她,无奈地摇摇头,回到她身边坐下。

"老头子,我们一起多少年了?"

"50 来年了,快半个世纪了。怎么想起问这个?"

"还记得我们第一次相见的情景吗?"她问。

"呵呵,记得记得,怎么会不记得。那天我在田径场边的小路上,正好看见你骑着单车从面前过去。一头长发飘飘,淡灰色短裙。正好那会也是黄昏啊,夕阳下的你真美!"

"是啊,要不是后来我的单车车链子掉了,不知道现在坐在我旁边的会不会是你啊。老头子,我们真要感谢那辆单车啊!呵呵——咳咳——"

他拍拍她的后背,帮她顺顺气。"是啊是啊,不然你就不会崴到脚,我也不会送你回家了。"

"后来我就常常在黄昏到那条小路上,看看能不能再遇到你。结果你让我等了一周呢。"

"对啊,本来我每天都会去图书馆,那恰好是回宿舍的路,不过我那一周刚好回家了。最后还不是被你逮到了,紧紧地抓了一辈子么?"

"还说呢,如果我等了几天就不去了,那你可就错过我了!"

"是啊,是啊。不然就错过你了。"他拿起她的手,放在唇边吻了一下,然后,说道:"不过如果在你车祸后我就放弃了你,那可就真的错过了。"

"你倒是敢啊。老头子，如果没有车祸，说不定到死我爸妈都不会同意我嫁给你的！"

"是啊。如果不是最后老刘告诉我你是因为车祸才没有到达约会地点，也许我就不会再去找你，就不会求你父母把你嫁给我，现在就不会坐在这了。"

"是啊，为了不迟到，我就使劲骑使劲骑，结果到路口刹车不及时，被转弯的汽车撞了。"

"你说你也是的嘛，那么急干吗？"

"怎么会不急，我们说好了，如果那天我没去的话，就是彻底被我父母控制住了，我们只好分手。所以我从窗户爬出去的，好歹也是二楼啊！结果出逃没事，半路就……"

"时间到了，你没到。我以为真的就如你所说。然后我就去了酒吧，连续在那喝了好几个晚上。"

"最后老刘找到了倒在宿舍床上喝得烂醉的你，告诉了你原委，是不？"

"对啊，然后我立马洗了一把脸，稍微清醒一下，直接奔你家去了，都没管衣服脏得不像样子。"

"你说老刘，我还告诉他别告诉你。我都这个样子了，就怕你不要我了。不如让你以为我们是分手了的好。"

"他如果不说，我可能就会喝死了。"

"然后你就半夜跑到我家见我父母问我在哪家医院，吓坏了我父母。跪着求了一个多小时才问出来，又急匆匆赶到我的病房。"

"我当时都傻了，看到你的那个样子。然后，然后我转身就跑了……"

"我当时以为你真的不要我了，连句话都不多说，转身就走。谁知道，过了两天你就找我爸妈，死活要他们把我嫁给你。"

"嘿嘿。"他乐得像个孩子，"我估计，那时候你父母觉得我是他们见过最不要脸的人了。"

"不过最后，你还是如愿了。"

"我求了半年，终于感动了二老。那时候我也已经毕业了，有了份小工作，起码能养你了。"

"咳咳——老头子——那时候你为啥非得要娶我啊，我都这个样子了，你正是不该有太多负担的时候。你要创业啊。"

"我也不知道，当时就是一股脑想要娶你。没有你我都已经感觉世界也变了。然后就奇迹般地把你娶回了家。"

"要不是我最终同意，你也美梦成不了。"

"对，对。但你同意了。"他笑了，笑得很开心，躺在了她的怀里。

"都这把年纪了，还腻乎，不嫌害臊。"说着，把她的手放到他的肩上。

"你看，老头子，夕阳多美啊。"

"是啊，多美的夕阳。还记得，我们经常一起去海边看日出，看夕阳的。一路上，我们说说笑笑。周围的人，多么的羡慕我们啊。老太婆，你可得赶快好起来，我们还要一起看日出，看日落，一起走小树林，一起喂鸽子……"

"我说，公园那些鸽子一定都想我们了。好久没去了。老太婆，它们就像我们的孩子，对不对？我们看着它们长大。一年年，一批一批。"

"还有……"

天空渐渐暗了，夕阳消失了。

他还在不停地说。"你怎么不说话了，都不记得了吗？"

肩上的手，突然滑落。

他的心一紧，慢慢地起身。

她脸上凝着微笑，靠在垫背上，眼睛一眨不眨盯着窗外，显得那样幸福。

"你还是走了，老太婆。你带着夕阳走了。"

黄昏，太阳还有半边脸，那片天被染成神秘的金色，格外美丽。几朵云彩，换了一身华美的服装，也呈现出奇异的模样。整个世界，似乎在那一刻都变成了金黄色的。

公园喷池边，一位戴着鸭舌帽的老人坐在那。旁边是一盒鸽食，一根拐杖。他前面的地上，有数十只白色的鸽子。

"以后就只有我自己来了。老太婆走了，再也不会来了。你们就由我照顾吧，小家伙们。

"我没有先你而去，留下你一个人。老太婆，你一个人在那边会不会孤单呢？没有我陪你，能习惯吗？这么多年，我最了解你了。都是我在照顾你，到了那儿，谁来照顾你？

"老太婆，这一辈子咱俩相依为命。娶了你以后，我加倍努力工作。后来自己开公司，你老是提醒我注意用人。最后果然因为人员问题破产了。再后来，我也就没什么成就了。凭着那点积蓄我们活了一辈子，虽然简简单单，每天都过得很幸福啊。

"公园里哪棵树最先冒芽我们最先知道，小路的路砖坏了我们最先发现，鸽子们少了我们会担心……

"这些鸽子啊，就是我们的孩子。一辈子我们没有儿女，也没有领养。浪漫地过了一辈子的二人世界。不过，我们也没有什么遗憾。看这些鸽子，一个个多精神啊！

"老太婆啊，我还是按你的遗愿把你的眼角膜捐了。你说大半辈子都没有完全的身体，走了你还要再让它受伤。图个什么啊？

"老太婆啊……"

鸽食喂光了。

"我得走了，小家伙们。

"老太婆，回家了。"

拿起拐杖,他沿着小路慢慢往回走。夕阳在渐渐消失,他在残霞中成了一道风景。

吕红涛

(2015 级广播电视学)

命字山河

不大不小的城市，生活总是那样毫无波澜，人们每天安分地做着自己的工作，很少涉他，很少过线。

平凡的小城平凡的小街不知何时迎来了一对祖孙。老人满面沧桑，少年面容沉静。身着款式相同的青色布衣，端坐在小街的一方空地。宽大的木桌，祖父作画写意山水，少年书绘华文正楷。

祖父手持粗杆狼毫，三尺的生宣平铺于桌。砚台在桌边散发出阵阵幽香。祖父手挥如流水清风，狼毫在宣纸上快速游走着。然而却是辱了白纸，毫无章法的写意山水犹如雪地里的泥潭一样令人皱眉。路过的人都哧哧地嘲笑着，口中还吐出各式各样的"字垢"来，竟使得同伴更加得意。祖父无任何言语，将大半的宣纸都染上墨汁后，落笔静静凝视一会，折好放入旁边的麻袋中。又拿出另一张干净的纸来。

很相似的，少年的书法也是烂得不成样子。宣纸被裁减到一尺见方，在杂乱的笔法下很快便面目全非。没有一点楷书的觉悟。但由于他年岁不大，并未有很多人发出嗤笑来，少年将两面都写上"命"字后，在新的纸上练习起来。

这祖孙俩给小街添上些许不一样的气氛，他们好像不为生活。没有丝毫卖艺的意思，虽然以他们的水平……他们就是单单在那里凭兴趣去爱好感悟。这引得路人不时近前来看，甚至看过的也会驻足一下,看看他们的水平有没有提高。两人起早贪黑,天蒙蒙亮时那少年就已经提着装满宣纸的小袋跟着祖父来到小街,开始书画。进食等杂事也是非常少,一瓶白水就让他们从清晨一直画到夜幕四合。两人完全隔世而活,不理会外界的干扰。有人好奇出口,只有祖父会友好地笑笑,并不回话。久之也无人打扰了。

些许天之后,祖孙俩的技艺飞涨了许多。祖父浓墨挥画间,勉强写意出一方绝壁,半山密林。少年落笔提勾处,小得神韵,已有大气之势。人们惊奇不已,前来围观的人络绎不绝。这也仅仅是祖父那里,少年只书一字,着实无趣,并无太多人来观。

再过数天,祖孙俩已是小有名气了,不只是小街上的人,周围听说的也忍不住赶来一观。小街热热闹闹的,车水马龙,川流不息。又过了几天,祖孙俩的名气已经传遍整座小城,原本安静的小街现在一大早就有人流涌动,媒体拍摄,等等。在街头就能看到一大群人围在一起,不时爆发出阵阵喝彩声。周围没能上前的人也是满脸通红地与同伴述说着什么。每个人都兴奋不已。小城几乎都没有这么热闹过呢,而且仅仅是为了一件事,春节也没有这番活力的景象。

与之前一样,无论是什么样的要求,祖父只是寥寥地给予微笑。少年低头不语,面色如古山磐石。

不寻常的是,这一天在天色昏沉时祖孙俩便收拾了东西,祖父依旧将木桌凳放入之前收费现在要包吃住的面馆里,笑着道了谢。脸上洋溢着笑,很高兴地负着手乐呵呵地走了,少年跟在身后,黑色的眸子异常明亮。

众人让出一条路,恭敬而又期待地目送他们离去。

第二天早晨祖孙两人竟然没来,亮丽的晨光洒在小街上暖洋洋的。但众人的心却是焦躁烦闷的,他们好渴望祖孙两人带给他们的那种感觉——时而热血沸腾,时而缥缈似仙;时而踌躇天下,时而妙悟顿生。这是他们从来没有过的,他们仿佛看到了一扇通往新世界的门,霞光满溢,辉煌神圣。

即将到正午的时候,阳光却并不是很毒,依然是合适的温暖。但人们的心里却像要着火了一般,恨不得马上让祖孙俩出现。此时一股刀锋般的气势自尽头瞬间贯穿整条街道,人们不约而同地望向一个方向。那里祖孙两人踏步走来,脊梁笔直如剑,神色肃穆。祖父刀削斧凿的皱纹山脉般稳重,不语自威。少年面色冷冽,眼中寒芒吞吐不息。众人惊叹,目不转睛地望着两人。

将宣纸铺在木桌上后,两人并未下座,依旧腰杆笔直。缓缓地磨好了墨后,祖父将狼毫深按入墨中,少年直臂提笔于身前。小街上出现一种难言的压抑,好似大海般的力量即将迸发,沉积千年的地心岩浆即将喷涌而出!

祖父、少年微微俯下身,祖父神色猛然一凛,全身筋肉暴起,血管如虬龙盘曲,精气神凝聚于右手。刹那间,狼毫在墨中一跃而起,带出一大串墨珠,重重地落在宣纸之上。而后祖父手腕内旋再迅速向上提笔。同时少年右手直笔落下,不徐不疾地写出"命"字的第一撇。

众人见着,心神巨震。看得那画,恍如宇宙新生,混沌初开。这一笔似要绘出世界本源!巍峨山峰,拔地而起,直冲云霄。峰身万仞,历经亿载光阴,磅礴沉重。再看那少年,"命"字一笔,如孩童临世,呱呱坠地。懵懵懂懂,接受万物洗礼。再一笔,稚子成人,脚踏大地,铮铮傲骨,威武不凡。

众人貌若着了魔,心中有触。不自觉地流下泪来,甚至捶胸顿足,衣发凌乱,有人泪中含笑,慨叹连连。

祖孙二人继续书绘:浩瀚平原,浮跃而出,极视万里,接连天际,株株古木,傲立山巅,枝挂烈日,俯视山河。少年横书一笔,"命"字已半。众人只觉肩上一沉,像是担着什么一样,且沉重异常,又不得不扛,不得不担。少年执笔翻飞,再书一"口"。似诉艰辛,又好似有口无言。个中滋味,独往心咽。

众人早已泪如泉涌，心痛如焚。有人已瘫坐在地，痛苦不堪。也有人咬牙握拳，目露不屈。

"命"字最后一部分，少年不走寻常路。羊毫自下逆笔而上，横！竖！钩！一笔三折，好似命途坎坷。宛如迷宫囚笼，不胜困苦。却又如柳暗花明，命诀顿悟。祖父再次上墨，居中斜划一笔，在山脉与平原之间生生开辟出一条大江。江水滔滔，滚滚东去。

两人作品已书绘完毕，祖孙俩轻放下笔默默地看着自己所作。人们也从呆滞中回过神来，竟感觉已在世上走了一遭。万般情感，急涌入心。或掩面而泣，或仰天长啸，但同时都真挚地鼓起掌来。这股众生之力风暴般席卷而开，整座城市涌动喷薄着无穷的力量，好像有什么东西要复苏过来。

祖孙俩长舒一口气，将宣纸叠好放入袋中。重新坐了下来，又各拿出一张纸来。润了润墨，祖父首先动笔，似要画一个人。但却头大如斗，臂比身长。少年则写出一个歪歪扭扭，毫无美感的"运"字。

众人一哄而散。

部分人面露迷茫，极少人心中一动，微微对祖孙俩礼鞠一躬。转身大步而去，地面在他们脚下轻颤。

祖孙俩丝毫无感，少年面色不变，再换出一张宣纸来，继续练习。

小街又恢复原样。

康　宇

（2015 级文化产业管理）

楼里楼外的猫

猫生性怕水,但他们愿意在你洗澡时等在门外,听着水声,尽管他们很恐惧,但他们更怕你被淹死。

猫的一年等于人的八年,他们老得很快。

猫不是无情冷血的动物,他们有感情,有血肉,有心跳,有温度。

八年前,小 F 降生了,在世界一隅。

八年前,小 F 遇见了我,在世界一隅。

八年前,我带小 F 回了家,在世界一隅。

所有的故事,都发生在世界一隅,不广为人知,不惊天动地。

01

他很可爱,白白的身子,柔顺的毛。全身上下,只有耳朵和鼻子的一周是橘色的,看起来严肃又有趣。他的眼睛十分清亮,看着我们的时候,总让人觉得他是那么高冷、端庄、不可一世。

直到后来在越来越熟悉的家,他露出了吃货的本性,什么都吃,不挑食,不忌口,让我们一度为了他的体重而担忧,而他,优哉游哉,毫不在乎。

02

不可一世。

03

我被那个愚蠢的女人带回了家，她还给我起了个名字叫什么 F，我这么英俊潇洒的猫，怎么能叫这么小家子气的名字！我不喜欢她，不太想与她亲近。还好她家的东西很好吃，可以勉强接受在这住着。我有我自己的世界，我并不打算接纳她。

04

一年了，他还没有叫过一声，我还以为他是个哑巴。为他过一岁生日的时候，我摆好了蛋糕，就是那种很小很小的，小得只能插下一根蜡烛。我为他带上用纸壳叠成的皇冠，他高贵得像个王子。

05

炯炯有神的眼。

06

她居然为我买了生日蛋糕，听说那是他们人类才吃的东西。尝了一口，还不错，以前确实没吃过。好吧，看在她对我还不错的分上，就和她说说话吧。

07

他开口叫了，只轻轻一声，温柔，细腻，那一刹那，我的心仿佛已经融化在了他的声音中，我抱起他。

08

举了又举，亲了又亲。

09

她抱着我亲来亲去，在原来我肯定讨厌死了，但是现在竟然发现没有那么排斥了呢，不知道为什么，她的吻让我觉得特别甜，比糖还甜。

10

从那天以后,我们的关系似乎发生了很大改变。从前,他对我不理不睬,似乎他有他自己的小世界,那个世界有吃,有喝,没有我。他独自沉浸在那个小世界里,没有委屈,不怕孤独。而现在,究竟是他愿意接纳我走进他的世界,还是从他的世界里走了出来,虽然说不清,但他终于承认了身边有我存在。

11

渐渐地发现,接受她也不是一件难事,和她相处更是一件简单的事情。她平日里叫我小 F,好像也没有那么刺耳了。

12

谁说动物是只有本性的呢？我想他们当然也会有自己的思考和自己的感情。

13

每次为他洗澡,他都活脱脱地像个战士,还好家里的浴室是带门的,否则他大概早就逃走千万遍了吧！但这么多年的生活阅历教会了我决不向困难与黑恶势力低头,尽管每次小F要将一半的洗澡水扑腾到我身上,我也决不放弃。最后的结局是,他静静地坐在地上,任由我将数不尽的泡沫抹遍他的身体,他一脸绝望。

14

他也在这些年的相处生活中,学会了妥协,大家都渐渐适应着彼此的习惯。

15

她喜欢给我洗澡,怎么会这么热衷于洗澡?我很脏吗?并不是啊,她不知道我们猫类都是怕水的吗?

……

算了算了,她开心就行,洗洗澡能怎样。

16

那天,他在午休,我却精神得很,想起自己因为工作原因好久没有陪他一起玩耍了,心里有些歉疚,于是做好了逗猫工具。可每次和他玩,他都以为我是在欺负他。我拿起一根绑了羽毛的竹棍,在他眼前晃,听说猫都会抓眼前这种晃来晃去的东西,逗猫不都是这样逗的嘛。

17

可他,高傲的小王子。在看见眼前晃来晃去的东西,脸上立马露出一种不耐烦的表情。就像……在嘲笑我的幼稚。不敢想象,有一天我会被一只猫睥睨着,总觉得他的嘴角时不时地扯出一丝冷笑,仿佛在说:"吓,愚蠢的人类!"

18

我不服气,把羽毛扔到他的脸上,他仿佛吓了一跳,原本眯上的眼睛突然睁大,用毛茸茸的胖爪子拨开我的羽毛,逃出我的控制圈。

19

静如乳猪,动如脱兔。

20

这个愚蠢的女人,我正在午休,她突然出现用一根不知道是什么的东西捅我。她平时不太和我一起玩,天天工作,好不容易没事了居然还要欺负我,为什么不能好好抱抱我呢? 算了我还是溜了吧。

21

还有一次出门春游，只有我和他，我开车到了湖边，铺好桌布，席地而坐。那天太阳很好，晴空万里，万里无云。他慵懒地走下车，就趴在草坪上，整个身体瘫开，像一张肉饼。看他整日这么安逸的样子，我突发奇想地想要吓他一吓，我卷起裤腿，朝湖边走去。湖水没过我的小腿，我偷偷蹲下移步到湖的另一边，躲在树后，看他的反应。过了良久，他发现我没有回来，开始有了异动。他挪动着肥胖的身躯，朝湖边走去，伸头看，没有我。

22

他开始慌张，开始不知进退。他用爪子触碰湖面，又在碰到水面的一刻急促地收回来。他开始叫，声音嘶哑。他的瞳孔开始放大。他开始为我担心。不忍再欺骗下去，我从树后跑了出来，叫他一声。他转身看着我，然后朝我飞奔过来，我适时蹲下让他得以冲进我的怀抱。他在我的怀里轻声鸣叫。

23

他可能还是在乎我的。我的眼圈竟然有些红了。

24

她带我出来春游，阳光暖暖的，趴在草地上可以说是非常舒服了。她在准备吃的，可她突然朝湖边走过去了。过了很久她都没有回来，我有点担心。我走到湖边，但是没有看见她的影子，我开始害怕了，原来我也会害怕失去她，这些年似乎习惯了身边有个她，我开始忍不住想象没了她我会怎么样。突然间，她的声音从后面传来。她没事！我冲过去抱住她，原来我已经这样离不开她了。

25

后来，我拍了几组照片，发在朋友圈里，发在微博里，竟有很多人留言。说他可爱的有，说他蠢萌的有。大抵是有很多喜欢他的人了。后来还有朋友登门拜访，他们抱着他，他这种时候总是很乖，不挣扎，不反抗，像个绅士。我竟有些吃醋了。

26

她把我介绍给好多陌生人认识，最喜欢的东西难道不应该自己收收好？难道我不是她最喜欢的小猫咪？不过那些人有些好像是她的朋友，既然是这样，那就让我来气气她！我真讨厌别人抱我，不过为了气她，我忍着。

27

朋友们开始提醒我为了他的健康要给他减肥。我想了想,他们说的也许是对的,他确实有点太胖了。于是我开始减少他的食量,每天逼着他去室外散步。他不情愿,是很不情愿。看我的眼神足以把我杀死。

28

不知道她突然中了什么邪要给我减肥。不但减少了我的粮食还天天逼着我去外面走。外面有什么好走的?肥有什么好减的?难道她不再喜欢我了?

29

日子一天一天,一年一年。不知不觉八年时光过去了。

这八年里,我有了固定的伴侣,稳定的工作,不菲的收入。

我以为生活就这么简单。

我以为 F 永远都不会离开我。

30

虽然她有时候挺烦的,不过日子一天一天,转眼也过了八年。

我以为我永远都不会离开她。

31

深夜,他突然不正常地乱叫。我急忙送他去了医院。医生说他有心脏病,加上身体各个组织都含有血栓。这无异于宣判了他的死刑。很危急。我忍不住哭了。我从没想过有一天他可能会离开我,去到另一个世界。

32

有天深夜,我突然浑身难受,她送我去了医院,不知道医生说了什么。

她哭了。

我有点生气,生病了就生病了,为什么要把她弄哭?

可是我没有力气站起来哄她了。

33

时间一点一点地流逝。第一次,我痛恨时间。它一点一滴,带走了 F 的生命。他每天都承受着巨大的痛苦 ,还随时面临着丧命的处境。

34

我好难过,每一天身体都仿佛承受着千斤重,很痛。可为了她我想撑下去,我不想看见她因为我的离开而哭泣。

35

"安乐吧。"
这近乎残忍的建议。

36

可最后,在知道他没有存活的希望后,我选择了这条建议。
很快,他再也没有痛苦了。
我的泪水滴落在他的身上,他的眼睛再也不会张开。

37

他走前的一天,我做了个梦。在梦中,有一个神,也可能是一个恶魔,他问我,F 是不是快死了,我说不,我一定会救活他。

"他已经活了八年了,也应该走了。

"不过,我可以给你一个机会。

"猫的一年大概相当于人的八年。

"但我没有那么残忍。

"你可以用你的一年换他的一年。

"不过代价是他会忘记你,他会在别人的膝下承欢,而不再记得你。

"你愿意吗?"

38

"我愿意。"

39

我走了。

我走前的一天,我做了个梦。在梦中,有一个神,也可能是一个恶魔,他问我,你想活下去吗,我说想,我还想陪她一段时间。

"你已经活了八年了,也应该走了。

"不过，我可以给你一个机会。

"猫的一年大概相当于人的八年。

"但我没有那么残忍。

"我可以用她的一年换你的一年。

"不过代价是你要忘记她，你会在别人的膝下承欢，而不再记得她。

"你愿意吗?"

40

"我不愿意。"

41

如果活着的代价是用她的寿命换，并且还要忘记她，那我活着还有什么意义？这样，我宁可离开，她也许会伤心一阵，但我相信时间总会抹平一切，她会渐渐忘记我，她还会遇见更可爱的小猫咪。

42

我想，从这以后，我再也不相信神话了，我明明答应了他。我不在乎 F 还记不记得我，或是又与谁一起生活。只要他活着，也许我还能再见到他，即使他不再认识我，我也许可以像一个陌生人一样，重新走近他，了解他。

43

可是他走了。

44

他走后的第一个夜晚，我梦见他回来了，他给我写了封信：

"嗨，我回来了，我走之后，你有没有好好照顾自己？不准再为我哭鼻子了。你要快快开始新的生活，再找一只可爱的小猫咪陪伴你。不过你不准说他们比我可爱，我才是最可爱的！

"还有，平时工作不准熬那么晚了，早点睡觉知道吗？还有以后出去玩不准到湖边去了，很危险知道吗？还有，早点找个能替我照顾你的人，以后不准受委屈知道吗？时候不早了，我得走了。下次，下次我再来看你，到时候，你可不准装作不认识我的样子，我和你说话，你得把我抱起来亲我！亲我知道吗？

"好了，就说到这吧。晚安，女孩。"

45

我走后的第一个夜晚，我飘进她的梦里，给她留了封信：

"嗨，我回来了，我走之后，你有没有好好照顾自己？不准再为我哭鼻子了。你要快快开始新的生活，再找一只可爱的小猫咪陪伴你。不过你不准说他们比我可爱，我才是最可爱的！

"还有,平时工作不准熬那么晚了,早点睡觉知道吗? 还有以后出去玩不准到湖边去了,很危险知道吗? 还有,早点找个能替我照顾你的人,以后不准受委屈知道吗? 时候不早了,我得走了。下次,下次我再来看你,到时候,你可不准装作不认识我的样子,我和你说话,你得把我抱起来亲我! 亲我知道吗?

"好了,就说到这吧。晚安,女孩。"

46

可她,怎么会知道这是真的呢?
晚安,我的女孩。

47

他再也不会回来了。
怎么会给我写信呢?

48

晚安,小 F。

许媛菲

(2016 级公共关系)

余生皆欢喜

汤婆婆身体状况一直不太好。有天天晴,风吹,她唤我的乳名,让我去她的院子里和她一起品茶,是上好的红茶,她一直舍不得喝。每次遇到喜事才用粗老的手指捻出一小撮,用滚了三滚的开水冲泡,看茶叶在杯中卷起又舒张。

那日我去时,汤婆婆已经闭眼睡了,她身上穿着素色碎花裙,神态安详,和往日小憩的表情一样美好慈祥,只是这次我没再叫醒她,我陪在她身边坐了良久,久到我认为自己也变成了塑像,才抬起沉重的双腿,逃也似的回了家。将事情告诉父母后,妈妈认为我一定吓坏了,不停地拍着我的头,安抚我道,汤婆婆去得很自在,她早就想去另一个世界了,因为她太寂寞了。

除了念大学的四年,我未曾离开过我的故里——桃源村。这是一个温婉的江南水乡,常年如春般浸润,她就如同她的名字一般,像一个世外桃源般在如今污浊的人世间存在着。多少游人来了又走,短暂地驻足过后不禁唏嘘,这村子不免落后,来旅游的人们没有WiFi来发朋友圈,也没有咖啡厅供他们慢慢欣赏水乡风光。而住民毫不在乎,他们不渴求网络,甚至有点消极得不追求进步,只凭着他们的一双双巧手来安静地度日。桃源村是出了名的"匠人村"。村民们每人都有一份祖业,或串花,或打铁,或织布,或制衣,一代传一代。

我家是做永生花的,通俗来说就是干花。而汤婆婆,用现在流行的话来讲，是一名调香师。汤婆婆钟爱天然香料，而我家也必须有源源不断的鲜花供应，于是我们两家共育一个花场。汤婆婆是我的邻居，从小我就在她家自出自入。人们都说我是她干孙女，但汤婆婆不这么认为，尽管她再对我好，也不能认养其他的小孩，因为她总对我讲起她的儿子，这是她唯一的孩子，把她的心肝填得满满的，早已容不下别人。

然而她的儿子早已不在她身边，她总给我讲的故事也只能讲到孩子十岁那年，因为那之后，孩子离开了。所以汤婆婆已经七十四岁了，她却有一个只长到十岁的孩子。

孩子当然不止十岁，当他开着最新的奔驰出现在村头，村里知事的大人们都出了自家门远远张望他。他从车里钻出来，黑色围巾一直卷到嘴边，缩着肩膀，冒着雨，显然很不适应南方的湿冷。缩起来的他瞪着一双圆圆的眼睛，冲村民们逐个看去，这双眼睛被浓密的睫毛包围，眉骨修饰着他俊朗的脸庞，一时竟看不出年龄。我躲在别人家的屋檐下，搓着手歪着头看他。突然觉得他那俊俏的鼻和秀气的唇，竟和汤婆婆那么相像。

这年是湿冬，没有刮起寒风，但淅淅沥沥的雨没有停歇，步行就让人湿了鞋面和裤管。雨到底是雨，止住了游人的脚步，阿杰出现的那天，冷冷清清。

"我的孩子，他长得特别帅气，性格又很温柔，你一定会喜欢他的。"汤婆婆常在挑灯的夜晚这样跟我说起，"我的孩子，他除了爱哭，老师们都非常爱他。他们说他太安静，经常自己一个人画画。啊，要是他留下来了，你们准是好朋友。"

"唉，我的孩子，他的心都在他父亲那里，他父亲是华侨，生活在曼哈顿。孩子的名字是他父亲起的，叫 Jack。我一直管他叫阿杰。"

此刻，这些过去的语句一下子涌了上来，跟眼前的阿杰迅速发生反应，渐渐塑成了一个新的他。真实的、有血有肉有影子的他，眼角渗出微纹，皮肤有星星斑迹，穿着擦得锃亮的皮鞋，手腕有个文身。然后他掏出一根烟点燃，叼在嘴上。

我突然笑了，笑汤婆婆老糊涂，我怎么会跟她的孩子成为好朋友？她的孩子已经三十九岁了。

这太可怕了，我还曾经在脑海里跟她的孩子相好了一番。幻想着阳光帅气的男孩回来找汤婆婆然后与我一见钟情的画面。我退缩到暗处，看着他大步地走在曲折的深巷里，忍不住远远地尾随他走入巷子。他一气呵成地走到了自家门前。呆立在那大气的院落前，不敢入内，纷飞的细雨落在他肩上，像是母亲的安抚。我一时间眼花，仿佛看见了汤婆婆蹒跚地从屋内迎出，倚在门边久久细细地，从头到脚端详她那长大成人的孩子，那跟她一样经历了半辈子人生的孩子。

"告诉她你回来了，"我忍不住上前一步，声音却一直在抖，"她一直在等你。"他错愕地扭头看着我，张了张嘴却只发出了不完整的音节，最后半句话也说不出来，只是眼泪在眼睛里蓄着，却又流不出半滴。

阿杰去参加汤婆婆的葬礼时，没人跟他说任何一句话，也没人准许他扮演儿子的角色，任他在人群的末尾抽着烟淋雨。汤婆婆被推进火炉时，村民们围在玻璃窗前哭号起来。我站在最前端，身上好像也被里面的火苗撩到了衣角，就像是也被烧着了一样浑身颤抖。我是多想拨开人群，让阿杰也好好看看，不对，应该说让汤婆婆最后一次好好看看她的孩子，她最迷人的孩子。但我没有，因为阿杰想不想看他的母亲，我无从得知。

他抱着双手倚在门边，望着那些阻挡他的一个个后脑勺，看不出有多大触动，也看不出是否流泪。在晚饭时候，他独自坐在桌边喝烧酒，呛得一直咳嗽。我坐到他旁边说："你大概喝不惯烧酒吧。这里的酒是村里人自己酿的，不兑水。"

他看我的眼神像迷雾一般白茫茫，我才想起什么，有些犹豫地问道："你不能说中文的吧？"

"我能的。"他慢吞吞地说，"我说中文长大。"他的声音不是我想象中的低沉，反而软糯糯的，靡靡得像这冬天的细雨。忽然，我又想起了汤婆婆原先给我唱歌时的嗓音。

"你会很快就走吗？"我问。

他双手交叉，半天答不上来。我读不懂他的情绪和眼神，但我看得出来他在这里无所适从，如果汤婆婆在，一切都会不同。我把汤婆婆家的钥匙放在他跟前，"这是属于你的东西。"我说，"还给你。"手指摩挲着那串古老泛黄的铜钥匙，他忽然泪眼婆娑。

翌日，大晴天，阳光犹如重生一般普照。

我起得有些晚了，做好手头的工作后，我还是迟迟疑疑地推开了汤婆婆家的门。清落的院子，种着几株桂树，随着雨水的蒸发，到处是馥郁的幽香。汤婆婆家的厅堂和厢房都很小，厨房也简易得很，唯独院子大气，工作室神秘莫测。室内温暖干燥，宽阔的墙靠着高高的玻璃柜，蓄满了芳香原料：豆蔻、紫苏、鸢尾、留兰香……我常常记不准它们的名字，更别说将名字与香气对号入座了，这不免会让汤婆婆失望——她总觉得我耳濡目染，也应该学会了这些本事。

"凭着记忆来调香吧，用它来支配你的嗅觉，这一刻天地都属于你。"她总是这样教导我。我其实是爱香的，上了大学仍热衷于把自己的调香赠送给朋友们。

我怀着沉重的心情迈入工作室，见阿杰正对着蒸馏仪器发呆，仪器正在工作，滋滋地冒烟。他头发松散，卫衣也穿得不正经，滑落到肩部，全然没了昨日衣冠端正的样子，但反而看起来年轻了不少。我不敢靠近他，怕着了迷。

"我不知是不是这样操作。"见我来，他莞尔一笑，鼻子皱了一下，红红的双眼很是无辜。我远远看他蒸馏提取精油，这几乎要花掉两个小时，才能取出几毫升来。

"小时候她总让我好好等待,但谁要等待呢,出来的又不是果汁。"说完,他兀自笑了起来。这是他第一次提到汤婆婆,不唤作妈妈,怕是没有资格如此亲热;也不叫母亲,像是还想撒娇的小孩。

良久后,精油终于生成。我卸下装置,伸长手臂将试管递给他。他却不接,只把挺拔好看的鼻子凑过来,闭上眼睛静静地闻。

"很香。"他说,"你会把这里继续下去的,是吗?"

我用抱歉的目光斩断他的希冀:"抱歉,我做不到。"

"他们都说你会的。"他失望地垂下头,一缕卷曲的头发垂到耳侧,我尽力克制住自己伸手帮他整理的欲望。

"你为何不自己来?"

"我也做不到。"他轻轻苦笑道,"我想回去。"

"回曼哈顿?"

"嗯。"他点头。

"真好。"我由衷地说,"你有你钟情的地方。"

他踮脚爬到了工作台上,大大咧咧地坐了下来,踢去了拖鞋,脚丫赤裸裸的。工作室里暖阳四射,香气四溢,我俩看着彼此,这种奇妙的感觉让我着迷。就如同汤婆婆所说的——好朋友。我的好朋友说:"沿着那缓缓的坡道,两旁是整齐的行道树,尽头通常是湛蓝的天,好像去朝圣的路上。就在这路上,有我的家,是我爸爸留给我的房子。"他笑得像个孩子,双眼弯弯的,像是汤婆婆夏日给我递来的橙子瓣。

说到这里,他耸耸肩,自觉说得有点多了。于是闭了嘴,平静地看着我。"你妈妈从不觉得你爸爸负了她。"我说,"她从不觉得自己过得不好,她爱这里,爱她的工作。只要她的香水不负她,这个世上就没什么可以伤害她。"

他为我的话语所震动,眼似秋水地望着我,缓缓地像是请求一般地说道:"你说吧,说更多的话给我听。"

我也不能说更多了，只能拣了几瓶汤婆婆存储的香精油，调了道香给他。他深深一嗅，猜出了那是雨后的味道。

"这是桃源村夏日雨后弥漫在深巷中的气味。"我精确地告诉他。他沉醉在清幽的香气中，仿佛滑入了回忆的深处。他说，这道香，让他感受到妈妈的哀乐，嗅觉让他与妈妈心灵相通。

"Perfect moment."他忽然蹦出句英文。

"嗯?"我不得要领。

"对于妈妈来说，这是她最重要的一刻。"他说，"在这干热的工作室，经过十几个小时的等待和调试，闻到那道心仪香气的第一刻，就是她的 perfect moment。为了这一刻，她可以翻越所有困难，放弃所有优越，克服所有枯燥和诱惑。所以她留在这里，哪里也不去。"

"这里是她灵感的源泉，是她灵感的缔造地。"他补充道，微微一笑。

"她也去过很多地方。"我说，"西安、成都、哈尔滨……她把很多东西，又带回了这里。"我的话逗笑了他。

"我很喜欢这样的妈妈。"他说这句话时，眼睛是湿润的，"我为她感到骄傲。"

他要我教他更多的配方，诸如汤婆婆花场里一年四季的香味、护城河的香味，还有这里老街的香味。他都万分喜爱，并要我带他去现场闻一闻。

似是对妈妈的一种追忆仪式，他沉醉在追寻母亲的足迹里。

护城河边上砌的都是青石板路，偶有卖工艺品的三轮车缓缓经过，发出叮叮当当的声音。阿杰每次都会对着那抖得像筛子的三轮车发笑，面对这熟悉又陌生的一切，他想亲近又不知从何入手。我教他摆弄当地人喜爱的玩意儿，吃当地人吃惯的零食，去做当地小孩喜欢的游戏，告诉他如果在这里长大，应该怎样过日子。这如同是把我自己完全展露给他，让他把我的底都摸得一清二楚。我甚至带他到我的闺房,准许他坐在我有洁癖的床上,赏玩我收藏的玩意儿。我父母并不反对我和他成为"好朋友",我爸爸少年时曾照看过阿杰,他们都还记得那年的彼此。

妈妈说阿杰到了美国后不久,他的爸爸就得重病走了,才六十岁不到。阿杰其实跟汤婆婆一样都是一个人。说这些时,我们正在打理花场,三亩花田里盛满阳光,阿杰在远处正蹲着给百里香松土,这几天持续升温,他额头都湿了。在阳光下,他身上的绒毛变成金黄色,闪耀着金子一般的光芒。一时间如同六翼天使米迦勒。我记得有位诗人称百里香的香气为"破晓的天堂",现在我未能闻见香气,却先一步目睹了"破晓的天堂"。汤婆婆说过,百里香是海伦为帕里斯流下的泪水,代表了求爱的勇气。此时,"求爱"二字撼动着我脆弱的神经线,阿杰的每一个动作,每一帧侧颜,乃至一丝头发和一寸肌肤,都在被我无限放大着。

但也许是我太敏感了,也许只是因为他是至今为止,我花田的唯一访者。

"当你无依无靠,为什么不回到汤婆婆身边?"我蹲在他身边拨弄香根草,问道。"你知道我为什么会大逆不道跟爸爸跑路吗？其实我心里没底。"他一屁股坐在了泥土上,丝毫不在乎湿润的泥土。反而享受地面向太阳眯起了眼睛,"她给我取名Jack,我从小就被同学嘲笑'你是外国人吗？明明就不是,还叫什么Jack,假洋人……'我那时就发誓,我要做外国人给他们看。"

"然后我的机会就来了。到了美国,再也没有人嘲笑我的名字,我跟他们是一样的,我们彼此接纳,相亲相爱。"他羞愧地低下了头,"少年时代我不知该怎么面对被我抛弃的妈妈,没有理由回到村里。等到进入社会后,我过得苦,又很忙,就一直逃避。等我回过神来,已经没有了妈妈……"

"好不容易我才长到这么大,已经能成为妈妈的 soulmate 了,我却没能跟她好好谈谈。"他在花田里伸长了双腿,目光刚好被百草撩动着,"好想听她说啊,这些年在村里的日子。我也好想告诉她,我在美国每一个宝贵而没有她的 perfect moment。"

"嗯?"我取笑他,"例如第一次牵女生的手,第一次接吻之类的——那一瞬?""当然那也算啦。不过还有更重要的,就是我的船下海的那一瞬间。"我差点忘了,他是船务工程师,"为了一条船,我们绞尽脑汁地设计、改善,为了解决一个又一个的技术问题,我们玩命地开会。最后我们站在岸边,或立在甲板上,目送那庞大的家伙矫健地涉入海水,乘风破浪,我的心都要飞起来了。真的,那一刻,我觉得让我去死都值得。"

"我说这些话,简直像个老头。"他自嘲起来。他一点不老,一张洋气的少年脸,然而神情确是历了风雨的沉稳,印下了岁月的柔情。我还想听他说更多的瞬间,将他一点点凑拼,好让我循着他的路径,搜索我未来的可能性。他似是我的前辈,我的航站,或远或近望着他,都让我觉得安全。

有了他,我想,我再也不会偏离航线了。

阿杰能留的日子不长了,他还将回去,继续没日没夜地开会。仅仅几天,我已知晓他如何热爱玩耍,追求自由。他驾着那辆最新的奔驰,带我到我不曾到过的远方,教我喝从不敢尝试的烈酒,到了半夜不肯睡觉,抱着吉他迷迷糊糊地唱外国民谣。

我亦抓紧时间教他做完美的永生花,和他一起练习记住各种香料的味道。汤婆婆的 CD 架上满是民谣,我们终日播放着那或轻柔或哀愁的曲子,在工作室里从早待到晚。到后来他能独立调香了,他想为我调"都市味道",却不尽如人意。他心灰意冷,我却耐心地一次又一次地帮他记录和分析配方。"我也经常这样帮你妈妈。"我猫在工作台上,不断沙沙地写着。

黄昏了,霞光洒进来。

过了今晚,阿杰就会回到他该去的地方。

他突然伸手帮我把头发拨到耳后去,我们因此暂放下手中的活儿,无奈地对望着。我痴迷地望着他因为疲惫皱起的眉峰,他忽然给我递上一根试管,轻微的檀香、雪松,被鸢尾和玫瑰调和着,萦缠着丝丝香根草和安息香。我有点能猜出来,因其中有着突出的焚香。

"葬礼?"我试探地问他。但其中还有令人镇静的甜香。

他点头:"我妈妈的葬礼……和你。"

"我?"我故作镇定地反问,鼓起勇气直视他的眼睛,那被异国气息深深侵染的眼睛。

"从绝望的尘埃里生出的希望。"他一字一顿地对我说。

我似是慌乱,或者是装作慌乱,想躲避,又不舍得躲避,最终和他接了吻。流放而出的香气像云梯一样,千回百转,盘旋而上,没有尽头。他没有吻得更深,而是轻轻地放开了我,像个绅士,吻着他受惊的姑娘。我们都不贪,剩下的只有眼波流转。

"这是我的 perfect moment。"他轻声耳语,"这对我很重要。"

我是年龄越大就越勤快的那种人。

清晨我会接早上第一杯水,放在汤婆婆的灵前,告诉她今天会像这杯水一样,没有杂质;告诉她,她的孩子今天在远洋依然过得好。然后我去跑步,去采花,回来扎好,等着风干。寄送产品,整理反馈,我像个当家的有模有样。

空余时间不多,一旦静下来,我就会通过调香,来跟汤婆婆交谈。阿杰那支"希望的葬礼"配方很复杂,我一直调不出一模一样的来。于是我打算调一个秘密的配方,让他也猜不透。大麦、铁杉花、小苍兰、仙人掌……我的脑海里不断盘旋着这几个词,例如冷苦,例如辛酸,例如性感。当它渐渐成型,仿佛阿杰又在这干热的工作室里伏案。

调好之后，我选了一个我最喜欢的瓶子保存好，制了个精美的标签贴了上去，郑重其事地描了它的名字——"With Jack"。

刘　畅

（2016 级戏剧影视文学）

散文篇

十亩桑林

我后来再也没有见过她。那天晚上发生的事究竟是我的臆想还是真实的存在，也无从考证。

进入五月，丝丝暑气就从地上冒了出来，我换上短袖薄外套，揣着车票，离开"五环"之地，来到养着桑树的农舍。马路旁的小村庄，从某个路口走近，要不了几步就能看见大片的桑林。桑林间辟出一条可两人并排站立的小径，颇有"两'桑'排闼送青来"的意境。

天空又高又清澈，阳光漂亮得让人抬头就可以看见一圈圈七彩的光晕。不经意间偏头，我看见了自己影子——稍显暗淡，气场微弱，像是被打薄了的阴影。

阳光打在绿意盎然的桑叶上，使其熠熠生辉，刮过的阵阵微风挠着藏在桑叶底下的桑葚的痒，让它们不自觉地迎风摇摆。我撇开影子，一脚踏入桑林地，看准了黑黝黝的桑葚，顺手一择，扔进嘴里就吃。桑葚不似覆盆子，还得剥开瞧瞧里面会不会有小虫子，只是桑葚吃多了嘴唇会一片乌紫，不过对于贪图一时口舌滋味的我来说，那些都是无关紧要的后话了。

身旁又吹过一袭清风，耳边响起：

"李时珍《本草纲目》记载：'桑椹，一名文武实。单食，止消渴，利五脏关节，通血气，久服不饥，安魂镇神，令人聪明、变白、不老。多收暴干为末，蜜丸日服（藏器）；捣汁饮，解中酒毒；酿酒服，利水气消肿。'"

我笑着点点头道:"桑葚也因此登上了'民间圣果'的宝座。"

说完我不禁一愣,背脊随之一僵——我身旁没有人,桑农们也都离得很远。

我小心翼翼地环视一周,还是丝毫不见人影,心中隐隐有些奇怪,难道是幻听? 不敢多做停留,便从桑林中撤了出来,沿着小径继续走下去,偶尔和桑农大叔打声招呼唠两句嗑,偶尔驻足端起相机拍几张照,时间倒也溜得飞快。

回到农舍已是夕阳时分,酒足饭饱后我伏在书桌上惬意地誊抄小诗,不知不觉头顶便已是一片"白月光"了。

"喂,别写东西了,陪我聊会天。"一个清脆的声音响起。

我被吓了一跳,拿着笔的手不禁一抖,四下查看,但空无一物。

"我在这儿,就在你面前。"她又说。

我低下头,看着地面上一团黑魆魆和人差不多高的影子,哑着嗓子问:"你是一个影子?"

"对啊,我们白天已经见过面了。"她有些雀跃地说。

"白天……也是你? 你那时候为什么不出现?"我疑惑道。

"万事万物都有规律,哪能想现身就现身呀。"她话锋一转,"而且我白天还没收集足够的……"

我再次困惑,问:"什么意思?"

"对了,你别待在房间里,我们到外面聊去。"说完她就麻利地跑了出去。

农户家的主人还未休息,我凭着暖黄色的灯光下楼,看见她在路边等我,便随意地在田塍上一坐。我轻嗅着泥土和桑叶的气息,抬头仰望,可以清楚地看见一颗颗明亮的星星,而不是像笼着一层薄纱似的,给人海市蜃楼般不切实际的感受。

我感受到周身空气的一阵流动,知晓是她在我旁边坐下。

"你瞅瞅你现在的影子。"她顽皮的语调中又透露着一丝高深莫测。

我的影子不见了？

或者说我的影子已经淡化到几近透明。

"我本来就只是一片小小的阴影，想要溜出来透透气就只能变成完整影子，这玩意儿我自己可没有，只有从别人那儿偷点过来咯。"她笑得有点促狭，"你放心，今晚一过我就物归原主。"莫名地，我隐隐有了些睡意。

"那你有主人吗？"我不禁好奇。

"我的主人是一个采桑女，她已经离开很久了，留下我……"她顿了一下，表情随之变得有些落寞，"也没什么好说的，反正我一个人自由快活地来去许多年了。"

"那你应该过得十分潇洒恣意了。"我呢喃了一句。

她"瞥"了我一眼，低声唱着："七月流火，八月萑苇。蚕月条桑，取彼斧斨。以伐远扬，猗彼女桑。七月鸣鵙，八月载绩。载玄载黄，我朱孔阳，为公子裳。"

奇怪，我的困倦像涨潮一样不停地涌来，不由自主地打起了哈欠。

"这是我主人采桑时吟唱的歌曲，那个时代虽然有着现在看来十分迂腐的'三从四德'，但是对我来说，那才是我所追求的自由和快乐。现在的我，即使能穿梭于不同地点间，拥有支配影子的能力，也并不觉得有多欢愉。"

"有人约束时偷偷得来的自由才真的让人觉得快乐吧，自由与约束永远是相对的。你过惯了忙碌的生活，要是整天让你做个闲云散鹤，你也未必没有抱怨。"她微微一笑。

我看不见她的表情，而且我的眼皮也越来越重，但我知道，她确实对我淡淡地笑了。

"你的那个时代？是……什么……时……候……呢？"我一边问一边却也忍不住闭上了眼睛。

我感受到她离我似乎越来越远，在我意识清醒的最后一刻，我听见她说："你醒来便知道了。"

我睁开眼，从书桌上支起身，看见手边黑色的字迹——"十亩之间兮，桑者闲闲兮，行与子还兮。十亩之外兮，桑者泄泄兮，行与子逝兮。"

石峥钰

（2017级汉语言文学）

望　见

"我能望见桥那头的灯火阑珊，却望不见家的那头。"

【序】

那年他只有十七岁，因为在一场打架事件中失手用木棒将对方打伤成为植物人，被学校开除，进了少管所。因为深切的歉疚，他变得内向、孤僻，常常一个人蹲在少管所的角落里望天空。他说："只有看天空的时候才觉得自己没有那么压抑，没有那么难过，没有那么后悔。"

他在少管所整整待了一年，因为表现良好被提前释放。出少管所的那天，下了很大的雨，打开铁门，他看到撑着伞等候的老父亲。他走过去，抬头让雨水拍打满脸的胡茬，轻蔑地说："看来老天都不希望我出来，不欢迎我。"老父亲递去雨伞，说："那是老天爷给你接风洗尘啊，傻孩子，走吧，回家。"他低头看向老父亲，正好对上老父亲干涩的双眸，但是只一秒，便像逃避什么一样扭过头去。他的父亲已经年过半百，母亲因为高龄生产，所以他来了，母亲走了。于是从小到大，父亲最好的东西都留给他，宠着，爱着，但也因此，造就了进少管所之前的他——狂妄、目中无人、嚣张。

由于重伤他人的前科,他从少管所出来之后,村里人见到他便议论纷纷,没有人愿意与他说话,他受尽村人的嘲讽、歧视,患上了严重的自闭症。那时,他未满十八。他去过那个被自己打伤的男孩家,拎着许多水果,还有亲手给他做的木质篮球雕塑。他知道,那个男孩,喜欢篮球,梦想进入"火箭队"。当男孩的家人打开门看见是他的时候,狠狠地将门摔上,喊着:"你竟然还有脸来这里! 你赶紧滚,不然我要你一命还一命! 滚!"他就在门外听着这响彻黄昏的谩骂,突然扑通一下跪在大门的石阶上,脑袋狠狠砸向地面,边念叨着"对不起"边磕响头。不知道磕了多久,额头早已血肉模糊,只听见里面的一声哽咽:"你走吧……走吧……"许久,他才起身离开。他来到村头的河边,就一直坐着,眼睛望向远方,好像在看那山,但眼神是空洞的。就这样,过了很久,月亮已经跟太阳换了班,他突然闭上眼睛,倒向河里。

"那时候,我只想彻底结束自己的生命,活着对那时候的我来说,是煎熬。"他点上一根烟,沙哑地说。烟雾缭绕在他脸庞,我看不清他的神情。

【中】

"小伙子,醒醒,醒醒!"

刚从城里结束工作回到村里的李辉目睹了他跳河自尽的全过程,就在他倒向河流的那一刻,李辉甩下身上的行李,纵身一跃跳进河流艰难地将他拖回岸边。李辉没有读过书,家里有瘫痪的老母亲,外有上大学的姐姐,一家的所有经济来源只能靠着父亲种田的收成勉强支撑。父亲越来越老了,加上常年劳作已经让他的脊椎不堪重负,李辉自知没有学习的天赋,因而打小便跟着父亲做农活,后来姐姐顺利考上大学,几乎所有的积蓄都给了在远方读大学的姐姐,家里一度支撑不下去。刚满十六岁的李辉便背上行囊独自到城里,四处打工,搬过砖头发过传单,端过盘子洗过碗。为了节省开支,有整一年的时间,天桥底下便是李辉栖息的地方。从小懂事的李辉每个月把自己挣到的钱的百分之九十寄回家,仅留下供自己接下来一个月的口粮费。年满十八岁后,李辉到桥建公司应聘成为一名筑桥工人,薪资涨了,但李辉依旧会把大部分的钱寄回家。这天是李辉刚完成一座大桥的工程建设,迎来三天小长假,坐了将近五个小时的汽车,回到村头。将他救上岸后,李辉照着从电视剧上看到的场景用力按压他的胸部,直到他将河水全部吐出,睁开双眼。

"我以为自己到了天堂,被天堂的好心人救起。当我睁开眼知道自己还活着的时候,我埋怨他为什么不让我死了算了。"他淡笑说。

看见他睁开了眼睛,李辉提高音量说:"你终于醒了小伙子。""你救我干什么,你是谁啊你,你凭什么救我。"李辉被他突如其来的狂躁吓得愣住,许久之后慢慢起身,走到被自己摔在地上的行李旁,拿出一件外套,贴心地裹在他的身上,说:"小心着凉了,身体要紧。不管你经历了什么,都不要开生命的玩笑。"他不屑道:"你懂个屁。""我是不懂,但是你如果就这样消失了,你的家人肯定也活不了。"李辉的话让他一下想起了自己的老父亲,情绪逐渐平静了下来,喏喏地开口,将自己的遭遇说给了身边这个救了自己性命的陌生人听,说完了,他心中竟有了难得的释然。

听了他的故事,李辉没有进行任何评价,只对他说了一句:"后天的下午,你收拾收拾自己的行李,在村口的大树下等我。"说完,便拾起行李,离开了。

纵然他不知道李辉的用意,但是到了约定的时间,他还是背上几身衣服,跟老父亲道了别,便匆匆赶到村口,不出他所料,李辉已经在树下等着了。看见他跑过来,李辉给他递了张去往城里的车票,笑着说："跟我去城里，一起工作，赚钱。"他接过车票，轻声说了句："谢谢。"车来了，他转头望了一眼家的方向。五个小时的颠簸后，他到了城里。这是他第一次离开家，离开那个村子，成了这个城市的又一个陌生人。

李辉将他领进自己租的不到二十平方米的屋子里，放下行李，对他说："这房子是我这两年租的，对面就是员工宿舍楼，我想要自己的空间，所以就自己租了一间，反正这床也够大，你要是不介意的话就跟我挤挤过吧。"他环顾了一下房子四周，简简单单，只有一张大床，一台老旧的电视机，还有一张摇摇欲坠的木桌，各种各样的图纸凌乱地散在桌子周围。他将自己的行李随意放在床边的墙角上，"我累了"。只三个字，说完，便躺下了。他本就寡言少语，自打架事件后，更是将自己的内心封闭起来，不愿与人沟通，很多时候更像个刺猬一样防备着身边的一切。

到城里的第二天，他被李辉带到了筑桥工程队队长面前，简单填了几份表，打印了身份证。因为身材较为强壮，皮肤像晒多了似的黝黑，工程队队长便将他分给了浇筑桥施工队。在施工队里，因为性格的孤僻，他像个闷头苍蝇一样干活儿，他像是把对生活的所有抱怨、动力都倾注在工作上。他跟李辉一样，每月的工资大部分都寄回村里给老父亲，只留下一小部分，供他在休息的时候去吃点好的。他的生活像机械运作一样按部就班、死板，全然是一副没有灵魂的躯壳，直到一个人的出现。

那是他成为筑桥工的第二年。周末的早上他依旧光顾那家米粉店，像往常一样，他坐下，环顾了一下四周，没有什么不一样，他便低下了头。"您好，您要吃点什么？"一个声音在他的头顶响起，他突然抬起头，对上了那服务员的眼睛。四目相对的一瞬间，好像有锤子在敲打着他的心脏，令他霎时间呼吸不畅，他强烈地吸了几口气，接着便咳嗽起来。那服务员见状，匆忙接了一杯水朝他递过去，着急说：

"您没事吧?"他摆摆手,说:"给我来一份桂林米粉,加一个卤蛋。"说完,拿起水杯一饮而尽。不久,服务员端来了他的桂林米粉,因为店里生意不是很忙,那服务员坐在他的对面,饶有兴趣地看着他极速嗦粉的样子。

"你是这里新来的?"他咽下最后一根粉条,突然开口道。

"这是我妈妈开的店,我放假了,过来帮忙。"

"哦,你还在上学。那你叫什么名字?"

"我叫顾黎,因为生在黎明,所以叫这个名字。"

他没有再问,端起碗喝完最后一口汤,放下钱,匆匆离开了。

之后的每天,他几乎一日三餐都到米粉店去,一如既往地点他最爱的桂林米粉加卤蛋。久而久之,只要他来,顾黎就不需要再上前询问,直接端着粉去。好像有什么在他心里悄悄萌芽了。顾黎的暑假就快要结束了,而此时工程队接到赶工期的通知,他几乎没日没夜地工作,但是心里却很想念顾黎。暑假的最后一天,顾黎拎着一盒米粉,来到他工作的工地,几经询问才找到在吊车一旁歇息的他。"你应该还没有吃东西吧?"听见熟悉的声音,他猛然睁开眼睛。"你怎么会来? 这里很危险你还是赶紧回去吧。"他焦急说道。工地到处是钢筋水泥,还有很多钉子裸露的木板,他害怕她磕着碰着受了伤。"我只是过来给你送个午餐,我准备开学了,就过来跟你道个别。"顾黎解释说。他赶忙起身,接过顾黎手中的米粉,问:"我休息的时候能去你的学校找你吗?"问完他便后悔了,他低头看了看自己,衣服破旧不堪,沾满水泥灰尘,一双手满是老茧,黑色的泥土已经侵入指甲,蓬头垢面,他心想,这样狼狈,她应该不愿意吧。"可以啊,你来,我带你逛学校。"顾黎笑着回答。他的心情瞬间明朗了起来,就像是乌云密布的阴天突然透出一缕阳光。"好了,我走了。"顾黎摆摆手,笑着转身离开。他就这么看着,想把她的笑容永远印刻在脑海里。他知道,他恋爱了。

工程赶在工期结束前完工了，站在桥的一端，他望着江河对面，对身边的李辉说："那边的人可以过来了，这边的人也可以过去了。"李辉自然不知道他的话里有话。桥的那头，是城中心，有他日日牵挂的女孩。休假的第一天，他早早就起了床，洗漱之后就出了门，先去巷子里捯饬了一下自己的头发，然后步行到最近的一家百货超市，挑挑拣拣，选了一套小西装和一双黑色皮鞋。换好装后，打一辆三轮车，干净整洁地出现在顾黎的大学门前。

"那是我这辈子对大学唯一的印象，门口很气派，从里面走出来的人说说笑笑的，很文雅，不像我，连自己的门面都是临时捯饬的。"他自嘲地说。

在门口等了一小会儿，看见顾黎小跑着出来，他刚想伸手打招呼，看到紧随其后的一个背着吉他，骑着单车的男孩笑着喊："小黎你慢点儿！"脸上满是宠溺。他也是个成年人了，他好像猜到了，但是不敢确定，他想等着顾黎开口告诉他，却又不想听到那句话，这样矛盾纠结的心理让他显露出了狼狈的姿态。"跟你介绍一下，这是我男朋友，叫林浩。"眼前的顾黎双手挽着男孩的胳膊，笑靥如花。他最不想听到的一句话还是被他听到了，最不愿意接受的事实就摆在眼前。林浩很高，身材不胖亦不瘦，皮肤是健康的小麦色，一身休闲的运动装，很是阳光帅气，他在林浩面前，输得一败涂地。他的心情跌到谷底，低下脑袋，好不容易打开的心又再次封闭起来。他不想逛校园了，他抬头，硬生生挤出一个很难看的微笑，说："我突然想起，刚刚工地来电话，有新的工程项目了，我先走了，再见。"转身，跑进人群中。再见了，再也不见。

"经常听别人说失恋有多难受，但是真正体会过才懂，远比说出来的程度要深。我以为自己会跟她有一个家，我太自作多情了。"他抽了一口烟,眼角还泛着泪花。

【尾声】

后来,他又回到了丢了魂的状态,跟着施工队,辗转城市的各个角落,修建了座座沟通江两边的大桥。年底的一天,他正在寒风中施工,突然有人喊他过去。原来,已经一年没有回家了,老父亲对儿子甚是想念,便拎着在家腌好的萝卜,辗转了好几趟车,来到儿子上班的工地。他远远地就看见老父亲在寒风中战栗,鼻头一酸,跑了过去。"爹,你来这里干什么,那么远的路那么冷,你怎么就过来了,我过年不就回去了。"他责备道。"我就想来看看你上班的地方,看看你,给你带你从小就爱吃的腌萝卜。"说完,老父亲用颤颤巍巍的双手给他递去一麻袋的腌萝卜。"你看你啊,都瘦成这样了,每个月给家里寄这么多钱,我也用不着,每次打电话说不用给我寄钱。我就一个人,卖菜的钱就够了,你都不听。在这城里,东西也贵,你留给自己的那点儿哪里够啊。"老父亲心疼得抚着他的胳膊说道。"你甭担心我,我好着呢,你快回去吧,天寒地冻的你出来干什么,快回去。"他几乎是用命令的口吻,将老父亲往工地外推,便转身回到工地上继续干活儿了。老父亲没有马上走,在工地外望了许久,才转过身离去。

晚上,他打开老父亲拿来的腌萝卜,配上稀粥大口吃着。他知道,纵使全世界与他背离,他还有老父亲。但他不知道的是,工地上的那一面,是他与老父亲的最后一面,没有任何消息,没有一个电话,直到他过年前完工回到家,才知道,老父亲,离世了。他号啕大哭,跪在老父亲的坟前,磕了一夜的头,把这二十多年来对老父亲的愧疚和埋在心底的爱全都讲给那块冰冷的石板听。第二天,他背上行李,离开了家,回到工地。除夕夜,他买来一扎啤酒,坐在桥的一头,望桥另一头的烟火、爆竹,灯火通明。可是,这些热闹,都与他无关。

"爹没了,家也没了,真正变成一个流浪汉了。我建了那么多座桥,到处迁移,没有一个完整的生活。我能望见桥那头多么灯火阑珊,但我却永远望不到家了。"最后,他吐出最后一口烟,把烟头扔在地上,用脚踩灭,低头发出一声沉重的闷吭。

他叫王维,与唐朝著名的诗人同名同姓,但他只是一名普通的筑桥工人。这段关于他的故事是源于暑假在地方电视台实习时做一个城市大桥专题的过程中,在拍摄的间隙聊天时,他与我分享的一段成长经历。我很讶异,一个二十三岁的青年,竟有着三四十岁的老成与经历。在王维的故事里,我是一名听众。而在征得他本人的同意后,作为一名记者,我想跟大家分享他的故事,记录下一个容易被一个城市遗忘的筑桥工人的生活百态。

他们连接了这个城市的各个角落,但是自己的生活却支离破碎。——盖伊·特立斯《被仰望与被遗忘的》

黄铭慧

(2015 级秘书学)

我的老师

初中时遇到过一个老师，他姓毛，毛老师，我们叫他老毛。

毛老师是个很特别的老师。他不爱笑，喜欢眯着眼睛看我们。他蓄着约 4 厘米长的胡子，说话的时候胡子一鼓一鼓的，一副很生气的样子。

气温三十多度的夏天，他常常穿着浅色的长袖衬衫，黑色长裤，黑色布鞋来给我们上课。他走路时，黑色布鞋会发出"啪嗒啪嗒"的响声。第一次见到他时，他就是这样，踩着上课铃声，"啪嗒啪嗒"地走上讲台。

记忆中，他的脚步声和温度有关。夏天，毛老师到教室后做的第一件事情就是关电风扇。那些金灿灿的午后，教室中回荡着黑色布鞋的"啪嗒啪嗒"声，踏碎了我们薄脆的梦。而我总是能在上科学课的午后，闻到空气中三十多度的味道。

那时候我总觉得在大夏天穿着长袖长裤的他一定是不怕热的吧，所以他才能那样轻易地关掉电风扇。直到有一次上完课，我正好在他后面走出教室，才发现他后背浅色衬衫上印出了深深浅浅的汗渍。

他好像也是会热的。

我一直没有问他这样做的原因，直到后来我才知道，因为学校的风扇年代久远，发出的响声很大。毛老师为了让坐在后排的同学也能听清他讲课的声音，就关掉了电风扇。

毛老师讲课时喜欢把自己比作具体的实物。讲课讲到地球时，他说："你们把我想象成一个地球，现在我在自转。"讲到植物的向光性时，他会说："现在我是一株向日葵，我的脑袋正朝着太阳。"

他还喜欢在课上抽人背诵学习过的知识点概念。有时候上课上到一半，讲到一个学习过的知识点时，他就"啪嗒啪嗒"地走到一个同学面前敲敲他的桌子，示意那个同学背诵一下。如果回答问题的同学背得不准确或是有些卡壳时，他总会瞪大眯着的眼睛，不耐烦地打断："后面一个。"直到有人能够准确流利地背出概念。

因此，我还挺害怕他。我也小心翼翼地收敛自己，避免和他打交道，上课时默默无闻，考试时普普通通。所以直到第二个学期时，他才记住了我的名字。

第二个学期初，他在批改科学作业时，发现我们不及时订正错题，订正了的部分也只是随意地改个正确答案，没有重新思考的过程。于是他决定让我们在晚自习时，一个个排队去他办公室，和他讲自己订正错题的思路。

有一次轮到我去讲错题，讲完后跟他说了声"谢谢"。

低着头的他，突然，抬头看着我。"你叫什么名字？"

"范书琛。"

"好，回去吧。"

从那天以后，我就成了那个"最幸运的同学"。每次抽背知识点时，即使他没有站在我面前敲我的桌子，也能顺利地叫出我的名字。所以，每次上课前我都不得不先熟悉一下昨天学的知识点。渐渐地，也就习惯了。

有一次上课时，他在黑板上出了一道关于计算电阻值的题目。他让我们在自己的草稿本上先试着画一下电路图，演算一下。

看完题目后，我打开草稿本，尝试画电路图。因为不知道该怎么解，就想着直接等老师讲好了，就打算随便画画打发一下时间。

这时他从讲台上"啪嗒啪嗒"下来，走到我旁边，停下。"你的开关呢？图怎么画得这么丑。"

我不想让他知道我不会解这道题目，就反驳他："反正是画在自己的草稿本上，我自己看得懂就行。"

他听了，似乎有些生气："你这样态度不认真，我以后上课不请你回答问题了。"说完，他快步走开了。

那时，年少的我心里暗自高兴着，想着自己终于可以从抽背知识点的噩梦中解脱了，就忽略了他的情绪。现在想来，自己真是幼稚至极了。学生时代，一个老师能表达他对学生的最大关心莫过于比起他人更在意你的学习。于毛老师来说，他能做的就是给我更多的机会回答他的问题。

庆幸的是那只是他的气话，以后的每一节科学课我依旧是那个"幸运"的人。

科学课上除了讲课，最不缺的就是做实验。但有意思的是，毛老师的实验经常是失败的。

有一次我们的课本上讲到一个关于氧气反应的实验，毛老师执意要让我们看到硫在氧气中点燃的现象。于是那一天，毛老师提着实验篮子走进教室，篮子里装了四瓶氧气。他走到讲台上，放下篮子，让我们打开课本一起熟悉一下实验的过程和结果。一切准备工作都就绪后，他开始了实验。

不出所料，毛老师的实验又失败了。在消耗了两瓶氧气后，我们也没能如愿见到蓝紫色的火焰。经历两次试验失败后，他也不着急。不急不缓地将燃烧匙再次伸进氧气瓶，这次，硫终于争气地发出了微弱的蓝紫色光，"附赠"了刺鼻的气味。看到毛老师的实验终于成功了，我们都很开心，配合地发出掌声、尖叫声。

毛老师很奇怪地看了我们一眼，打开门窗："高兴什么？二氧化硫是有毒的。"

上语文课时,语文老师会让我们在黑板上摘抄好词好句,并推荐给大家。有一次语文课后面一节课是科学课。黑板上的摘抄还没来得及被擦掉,毛老师就走进教室了。

"黑板上这首诗是谁写的?"

"范书琛。"

毛老师看了看我,对我会心一笑。

"我更喜欢'面朝大海,春暖花开'那种诗。"

毛老师说完话,一个人站在讲台上笑了笑。扶了扶眼镜,拿起讲台上的课本,"啪嗒啪嗒"地走下讲台。

后来我们上初三时,毛老师被调到别的学校教书去了。有时候我们上科学课时早早地背了学过的知识点,上课铃响时才发觉科学老师已经不是他了。

忽然发现,我们好像有点想他了。

后来,我们学校举办老师的交流会,毛老师来了。班主任见到他时,邀请他来看看我们。他拒绝了。他说,他没有带礼物,不知道怎么面对我们。

再后来,一个同学说要去毛老师家看他。我们决定给他带个礼物。于是我们就把以前全班一起做的一个房子送给了他。

房子蓝色的屋顶上用黑色的笔迹写着:"毛老师,我们很想你。"很想,很想。

再后来,我们毕业离开了学校,没见过毛老师,也没听说毛老师的消息。

隔着六年时光回望时,黑色布鞋"啪嗒啪嗒"的声音依旧悦耳动听。

范书琛

(2016级新闻学)

启 明 星

　　传说，世界上每一个人都会有一颗专属的守护星。每当你跌进最深邃的黑暗里，每当你坠入无尽的迷惘里，它都会指引你，给你方向和力量。在你知道或者不知道的时候它都在守护你，在你看得见或者看不见的时候它都在陪伴你。

　　曾经，我以为这颗星离我遥远，我永远也看不见。后来，我才明白它曾在我眼前，而后却又消失不见。但是只要我想到我们曾经在同一片天空呼吸着同样的空气，仰望着同样的星空，我就会潸然泪下。但我始终明白有些人的到来就是为了陪你走一段路。当你走了很远很远以后，回过头来才懂得，他们陪你走过的是一生，这段回忆是你绝望时候最坚强的力量。

　　这个世界上有千万种爱，看似是为了拼命地在一起。实际上无论哪一种爱的诞生都意味着分开。这是生而为人必须要经历的，可我清楚每个人都是独立的个体，我们都会离开，离开身边的人，离开这个世界，纵使我们有诸多不舍得。人总是要独立成长，一个人走过一段最寂寞的路。所以我不怪任何人，我理解每一个匆匆离开我的人，因为我知道，他们只是比我预期得早了一点儿离开我。所以后来，我才懂，其实生离死别是这个世界上最久的陪伴，也许在你看来对方只是陪你走了人生中的一小段路，可实际上却穷尽了对方的一生。

人们常说"日有所思，夜有所梦"。所以在你离开后的无数个白天里，我拼命地思念你，只是希望能在梦里见你。可你却小气地连我的梦里也不愿意来。不记得过了多久，恍惚中出现你的身影，我却一步也不敢靠近，我不敢伸手触碰你，我怕我走近了发现是我的幻觉，我怕我伸手抓住的是空气。我只能站在原地看着你，被动地等你走近我。直到我能看清你的脸颊，感受到你的呼吸和温度，我才敢向前走一步，而这一步却穷尽了我所有的勇气与力量，我已经控制不住我的眼泪，只能任由它落下。你捧起我的脸颊，擦去我的泪花。然后告诉我，其实你一直都陪在我身边，从来没有走远；只是我看不见，感觉不到而已。我多希望那一刻时间可以定格，让我拥抱你，让我再好好看看你。可是时间它怎么会愿意等我呢？也许真的是"好梦由来最易醒"吧。忽然一道光照射进来迷雾散去了，而你却越来越模糊，我也只能眼睁睁地看着你随着迷雾从我身边消失，无能为力。后来我才知道，其实你就是那道光芒，照散了我人生中的迷雾。开始我分不清这究竟是不是梦，后来我摸着湿透的枕巾，才知道原来你不愿意来我梦里，是怕连梦都会让我如此难过，可那又如何？我不在乎梦醒之后会不会难过，我只在乎那是有你的梦。即使梦醒之后，梦里梦到的人就会消失，我也还是想要你多来几次我的梦里。后来过了很久很久，我也还是想要活在我为自己编织的梦里。但我明白对过去的痴迷让我无法勇敢走下去，我还是要面对现实的。现实就是我没有铠甲了。

过去那些年，我不懂"死"的定义。我以为"死"就仅仅意味着去一个很远很远的地方，完成上帝给你的任务，等到有一天你完成任务的时候，你就会回来的。等到后来我长大一点儿的时候，才懂得如果没有来世今生，"死"就是我们再也无缘相见了。可我相信你，相信你对我说，你永远在我身边，你永远爱我，永远是我的铠甲，永远会保护我。十几年如一日地相信，即使那次之后，你连我的梦里也没有再来一次。

你知道吗？因为执着于能够再见你，所以我一直努力生活，努力生活得更加精彩。很多人说我是一个极其寂寥的人，其实我有多怕孤寂或许只有我自己知道。因为怕不辞而别，因为怕言不由衷地失去，所以即使寂寞我也还是选择独自一个人。或许我表面看起来是那么外向的人，可我内心却不允许任何人走进。过分思念你，以至于能够给我亲切感的人都像你，我一直没有放弃过寻找你的影子。后来我遇到一个人，有着跟你相似的五官，我明白他不是你，我却还是自私地偶尔把他当作你。很多时候我多希望他就是你，或者说他是这个世界上的另一个你，可我知道他不是你，这个世界上每个人都是独一无二的，不会再有你了。

"人有悲欢离合，月有阴晴圆缺，此事古难全。"其实，这个世界上所有的缺失与圆满都只是幻觉而已。唯一使我坚信真实存在的便是那颗守护我的启明星。我才十几岁，人生已经过得如此跌宕起伏，但它丝毫不影响我对生活的热爱，因为我的启明星把我黑暗的日子都照亮了。每一个如墨般的黑夜，那颗星永远都在，即使被云层覆盖依旧还能够看到它的光。也许偶尔它的光有些微弱，但却始终可以照进我心里——我心里最柔软、最深处的地方。所以你也一直是我内心深处永远的力量。

不管过去多久，你在我心里的位置永远都有，没有人可以取代，就像后来即便有人比你对我更好，我都无法把对你的称呼给别人。因为你是唯一的。人们总说时间会淡化这个世界上的一切，所有炙热的想念与热爱，也都逃脱不了时间的劫难。永远的尽头也就是不再想念不再热爱的那一天。也许他们说的是对的，如今已经十二年过去了，你的模样我已经不能记清楚了，有的时候甚至想不起来你的脸。但是对你的思念，却数十年如一日，像等差递增数列，像 $y=x$ 那条一次函数一样在 R（实数）上恒增。

　　然而你不知道我对你的想念从来只能埋藏在心里，不可以提起，因为他们也会难过，所以我一个人默默地承担了这一切。如果你能理解我的不容易，你还会忍心那么早离开这个世界吗？你都没有看我长大，没有送我上小学，看我念初中，经历中考，以及上大学。每一次参加别人的婚礼，妈妈都会说，我的宝贝，等你结婚的时候，谁来牵着你的手呢？看着妈妈打转的眼泪，我也很过，但我只能告诉妈妈，没关系，我自己可以。但我的内心多想这是你陪我经历的，多想我人生中每一个重要的时刻都有你的陪伴，或大喜或大悲，可是你没有。我甚至于曾经想过，如果时间重来，我多希望把我的长命百岁给你，让你陪我经历这漫长的一生，然后我们同时死去，这样我就不用经历生离死别。可我知道人世间没有如果，这些事情我也没办法左右。我不怪你，我只是遗憾，这些时刻你不在我身边；我只是遗憾，我没能好好抱过你；我只是遗憾，我没有好好说"爱你"。可我相信即使在天上你依然可以看到我，对吗？

　　很多人问我，梦想是什么？梦想是活在我为自己编织的梦里。开玩笑了，梦想当然是成为很棒的我，然后让你因为我而感到骄傲。所以不管遇到多大的坎儿，我总能自己扛，我不能哭，也不能输。即使后来我觉得自己过分偏执，活得像个刺猬，也是因为我知道你不在身边我就要做一个顶天立地的大人了。受了委屈没人撑腰，很多时候，很累。不知道多少个黑夜里默默流眼泪，等我哭着睡着了，我就会梦回小时候，小的时候不管我有什么无理的要求你都会做到，别人孩子有的你都会让我拥有，所以那个时候我是这个世界上最幸福的人。记得有一次，你冒着大雨去幼儿园里接我，因为怕我被淋湿，你把我塞进衣服里。梦到过很多次这温暖的感觉，被保护的感觉，以后就再也没有了。上小学的时候，遇到过很多次大雨，看到小朋友们相继被接走，我只能拿起书包挡住头往家里跑。所以我上小学一年级的时候就很独立了，我是不是很棒？为我骄傲吗？我知道你一定感到骄傲，一定是这样的。

其实我知道，现在的我还不足以成为你的骄傲，偶尔也会让在另一个世界的你担心。但是我已经可以独当一面，自己撑起一片天了。曾经我也怕黑，怕失败，怕跌跟头。后来啊，我才发现只有遇到了最黑的夜，启明星的出现才有意义。爱是什么？爱是穷尽一生去守护你，爱是无言的呵护，爱是就算我不能伴你左右依旧会担心你。当我独自走过了一段又一段艰难的路，过了一个又一个艰难的坎，做了一个又一个难做的决定，我才懂得如果不是心里有温暖的力量，一个人怎么可能尝得了那么多辛酸苦酒，挡得了那么多大风大浪。偶尔想回到童年，做回孩子，想被人当作宝贝呵护，却发现我缺少撒娇这种能力。我也真正地懂得了，真正难到达的并非十年之后，而是今天之前。但值得你开心的是，我没有因为缺失而颓废或一蹶不振，而是活得更好，更骄傲。因为我从来没有认为我是一个不圆满的人，就算外人看来是，可只有我知道你还在我身边，给我这些年我所缺失的爱。

有时候会觉得你是真的没有离开我，我活在我为自己编织的梦里，久久不愿意醒来，而你就是造梦者。与其说生活对我残忍，不如说你对我残忍。我其实一直想告诉你，我还在等着你答应给我买的新书包。时光退回十二年前，你回过头对我笑，对我说要等你回来。我等了好久，直到不记得过了多少天的早上，我揉着惺忪的双眼醒来，妈妈红着眼眶看着我，告诉我，可以见你了。而我不知道，那会是我这辈子最后一次见你，亲眼见他们剪掉你西装上的扣子，我疯了一样地阻止也没有用，任凭我大吵大闹，你也还是没有任何反应。多希望你能睁开眼睛看看我啊，可是你早已经没有了温度。你躺在玻璃中，睡得格外安详，我目不转睛地看着你，直到后来你被他们拉走。等你再次出现在我面前的时候，只剩一个盒子里装的灰烬。你那么高大，那个地方那么狭小，你会不会觉得拥挤呢？那里阴暗潮湿暗无天日，你该有多不适应。而当时我所能觉得我唯一能为你做的就是有一天,我能给你换一个大的"居所",让你不再感到拥挤。那个时候我就在想等有一天我也离开这个世界,我才不要被框在这狭小的地方。我要随风飘去,活着的时候由不得我,等我死了一定要让我自由。

时光如梭,关于你,我只能将破碎的回忆拼凑,才能想起你的模样。我不知道,会不会有一天我能够再想起你。其实都不重要,重要的是你存在过就足够了。

这么多年来我一直在努力做的事情,就是寻找你的身影,寻找你的模样。以至于后来我爱上的人连"缺点"都很像你。因为我很想念你,所以我要找个地方安放,让我的心灵得到慰藉。我一直没告诉你,那些我从未说出口的话,我内心深处的想法,其实你一直都是我最欣赏最仰慕的人。

爸爸,这个称呼对于我而言太过陌生了。我也不想称呼爸爸为"您",因为在我心里你走的时候是最好年华,所以你是最年轻的。多少次听到看到"爸爸"这个有温度的称呼,我的眼泪就会在眼眶里打转。我想这可能就是你一直不愿意来我梦里看我的原因吧,你一定是怕我会哭。可是我想告诉你,如果你再来我的梦里,我一定不会哭,我一定忍住泪水,冲你笑。

我从来不相信什么来世今生的说法,我知道也许我这一生再也没有见到你的可能了。但每当我不知所措的时候,我都会抬起头看天空,那颗最闪的星它始终都走在我的前面,我追不上它,一定是它在急着帮我照亮前方的路。有时候或许不见面也有不见面的好处,这样你就永远是我记忆中的样子。

也许我注定要在感情上留下遗憾,有些时候你会发现,不管你有多么努力,或许有些人永远是你今生无法拥抱的温暖。直到他也做了人生决定,选择去了与我相隔大洋的另一端。他也曾像你一样在我眼前,后来又消失不见。所以我才恍然大悟,我才懂得生离死别是最久的陪伴。而最痛苦的分别是我们明明都活在这个世界上,我却没有理由再见你一面,我们互相过着自己的生活再也没有交集,就像几何学里的异面直线,在两个不同的空间里。可我仍然感谢他,感谢他填补了我生命中的空白,感谢他很像你,感谢他虽然是别人的启明星却顺便照亮了我的路,成为我的力量。

我的人生中似乎一直在追求光芒和温暖。当我终于鼓起勇气以这样的方式表达我对你深深思念的时候,我就决定了我不能再向你索取光芒和力量了,我不想做乌云遮蔽你的光芒,所以我想我不再需要你的光芒和力量了。那些美好的记忆,就让它永远留在过去吧。

爸爸,我爱你。谢谢你用你的一生去守护我,谢谢你依旧照耀着我,感谢你曾经来过我的生命,让我曾经也觉得自己是个小公主,也懂得被疼爱的滋味。你是我人生中的启明星。只是如果能有下辈子,请你陪我久一点儿。我总觉得我还没来得及爱你,你就匆匆离开了。

今天没有乌云,所以今夜会有你对吗?来我梦里吧,再让我将你看仔细。好好拥抱你,我的启明星。如果可以,多想自私一点儿留住你;如果可以,多想变成黑夜拥抱你。就算明天的太阳还是会升起来,你在我心里也永远是最耀眼的。

你就像我做过的南柯一梦。没有留下一点儿让我可以怀念的痕迹。但没关系,我这辈子有过你就足够了。有些人遇到就已经算是赚到了。我知足。

马子懿

(2017级汉语言文学)

如果你也听说

1

听到那个身体倒着，最后以婴儿姿态死在母亲子宫内的老人的故事，我们的表情带着质疑，争先恐后地抒发各自观点。但我们为赋新词，牵强附会，哪里懂得其中的深意。

2

你比我老三个月，我却常常感觉比你小三年。

我熟知你那张脸：比同龄人成熟，眼睛画着淡淡的眼线，贴着劣质的假睫毛，笑起来会有一颗小虎牙——但大部分时间这张脸都阴沉着，就是这么一张早熟少女的脸，时常出现在我梦里，混沌的梦里。你张大嘴巴，是嘶吼的形状。我努力听，却什么也听不到，我只看到你扭曲的唇形——救救我，救救我。就这样反反复复。

你上了学之后开始干很多坏事，一些谣言或真相，三人成虎，众口铄金。有人得知我和你的关系，开始猜度我的为人是不是也沾染了某些不良的作风。第一次听见这些尖刻的话，我弓着背坐在位置上，弯成一棵老树，巨大的伤怀像羽翼一样覆盖着我。为了摆脱流言，我开始摆脱你，摆脱曾息息相关的旧时光。

3

听老妈说我们是从小一起玩大的，但是自从两家的一次争执，互相也就再不往来。

如果时间是一道选择题，那么我会选择回到过去。那时候彼此惺惺相惜，假如以唐诗宋词来比喻，我是"江州司马青衫湿"，你是"心有灵犀一点通"。一个是乖乖学生，惮于纪律，上课也不敢捡掉在地上的铅笔，一个是老师眼中恨铁不成钢的堕落分子，彼此邂逅。因为种子埋在最青涩的岁月，所以我们轻易交托了一颗心。

但是现在，我们把自己的心关闭，向阳的那扇窗，攀满了潮湿的爬山虎。

4

寒假回家，听老妈说她遇到了你的老妈。此时距离你开始打工，已经整整一年。这一年被抹去的漫长时光，足以填补成长过程中巨大的、蹉跎的空隙。你的老妈先在喧闹的市场中认出了我的老妈，一句"不好意思，都这么多年了"的支吾搅得空气伤感至极。

纵使大人们和解了，可是我们呢？

5

我不知如何与你沟通，我听父母讲起你的近况。你变得异常脆弱自闭，和以前光鲜耀眼的你不一样了，我无能为力，对你一切的同情不了了之，继续在求学的道路上踽踽而行。我想，不管以前如何相亲，如今在潜意识里，我们都在显示自己的云淡风轻。

6

经历了急遽的嬗变，你在现实的社会摸爬滚打，我终究只能做校园里的中等生；你练就了成熟的举止和圆滑的处事方式，我却只能低头装作什么都不懂。当你尝试潇洒地抽出钱同我告别的时候，我看到你光泽的钱包裂开了一角。你紧张地掩饰，我知道，很多东西，你是真的想要。

7

我收到你的短信，你说：这些年，我们以旁观者的姿态窥视彼此的成长，我看到你越走越远，我很开心，真的。

我和你，都猝不及防，好似被人识破了诡计的江湖术士，无地自容。

8

昨天，我又听到那个老人的故事了，如果你也听说，会不会想起我。但愿我从此只记得你的笑容，令我感动得几乎将整个苍穹的浮云和日光都纳入怀中的笑容。

叶雯菁

（2015 级电编）

街 褶 忆

那是一条大河,记忆这条大船似乎朝着汪洋深处越走越远,越行越深。已经好多年了,我没有踏上回老家的路途,去老街的青石板上乘凉,和街坊邻居唠唠嗑。如果给我一点时间,仅仅只需要我放下手中细碎如屑的生活,泡一杯热气腾腾的雾气氤氲的茉莉香片,在茶雾缭绕中,我能瞬时回忆起温馨的老街。

首先,我的鼻息里会立刻飞透进杏花馥郁的香味,并且扑鼻而来。老街其实是一道六尺宽的巷子,由青石板铺就而成,一排长宽有致的坐板干净得一尘不染,透亮得像镜子。并且冬暖夏凉,温馨不已。左右两边并排伫立平房茅屋,参差不齐跟韭菜梗似的。巷子边沿上有一条清水河,泉水常年不断地喷灌涌流,叮咚的铃声最配放牛的歌谣,那种朦胧而又隐隐的耳边的密语,是来自远方的亲密的呼唤。

附近的乡民日出而作,燥热的午后,坐躺在老街的青石板上乘凉,是午后最休闲宁静的时光,甚至可以一屁股坐到夜阑人静。所以这里总是聚集了附近的乡亲们,在老街家长里短,玩耍游戏,走道过路。

我打小在老街玩耍,六岁时,害过天花,跛了右脚,行路像公鸭一样丑陋的大夫李跛脚用深山老林里挖来的几味疙瘩般丑陋的草药,神奇地治好了我的恶疾。自此额头留下三颗红豆大小的疤痕,便有了"小豆子"的名字。

我常年在老街上溜达转弯,爬树摘果,翻石摸鱼。兑糖周公摇晃清脆悦耳的驼铃,发出厚重而熟悉的吆喝:"兑糖哇! 油罐,汽水瓶呀,三个一块呦……"周公的声音飘起来混着麦芽糖的淳朴糯实的香味,简直勾人喉舌。我总是一副被迷醉的样子,拉住周公,想换些糖吃。周公眼眉弯弯地唤我去拿东西,于是,我一溜烟地跑回家去,把目光所及的杂物全部堆拿过来。啤酒瓶,易拉罐,纸盒箱等等,几乎除了我抱不动的,所有周公能收的,我都移山似的弄过来。周公弯弯如拱桥一样的眉目慈祥而严厉地盯着我,有些不收的(应该很有价值的物品)要我带回去,瞪目地拍了拍我的榆木脑袋,我脑门里的脑浆蹦晃,咚咚地响了一阵,怪我待会被我娘知道就要用榆柳枝抽我! 我嘿嘿地笑,"没事,她打不到我! 我跑得快!"

周公便利索地用臂刀切下数块方糖,长长方方的,用锡纸给我包好,叮嘱我带回家去! 说时迟那时快,桑麻奶奶一把拉住我娘的手臂,镣铐一般地套住我娘铁青生斑的麻花银镯,和气地说:"小豆子他娘,男娃子淘气,都会闹一些,打伤了以后没男娃子气概了!"我娘觉得有道理,收住手,一阵咿咿呀呀的剃头杨正在老街巷子里给人剪头理发,纷纷落落的碎屑的发,染濡柳絮花积成白黑的一堆残雪一样,散落在大道两旁。

我娘干脆拉我到剃头杨那里,喊师傅给我"下重手",于是我人生第一个光头也是唯一一个光头,便这样光鲜亮丽地诞生了。小玲子笑得酒窝肆意,像风中狂舞的双手,像张扬而外向的绽放的艳山红,指着我的鼻子对我说,很帅呀! 我原本试图爆发的火气被温润的春雨浇灭得只剩一缕青烟。

没遭受我娘的一阵柳条抽肉,心里对桑麻奶奶的感激油然而生。我便时常坐在桑麻奶奶旁边聆听俗世奇人的传奇故事,也聆听一些做人的道理,那时候其实并不懂,不过我听得发直的原因主要还是她每次讲完总会给我些时鲜的野果炒货,闷香的南瓜子,熘油爽口的油渣儿,爽口脆皮的黄鸭梨……

桑麻奶奶命苦。从兴化村嫁过来,刚进门三天,丈夫就在战争前线牺牲了。她本来可以回娘家再嫁一次,可良心过不去,再加上上有长辈需要赡养,她便留了下来。

跟桑麻奶奶的温馨岁月一直伴随着我到大约十岁。我十岁生辰,家里置酒,请奶奶上座。大约三伏天,热暑磨人,热浪滚滚袭来,跟蒸包子的蒸笼里差不多。酒会过毕,桑麻奶奶静静地坐在老街的石板上,眉目安详,深陷的双眼皮像蝴蝶的翅膀保持静止,栖息在花蕾上。

我看得直直发愣,盯了很久,轻轻地唤奶奶给我讲传奇的故事。唤了很久,依旧没有任何反应,我凭借第一感觉用我的食指触拭她的呼吸,发现像大河严冬的封冻结凌,毫无触觉。我尖叫起来,跑出喊人。一群人慌乱地赶来,最后村长宣布桑麻奶奶,她走了。

桑麻奶奶一生无儿无女,却是村里所有人的亲人,奶奶。全村各家共同出钱办丧,全村人送葬。白衣一片一片的,连天盖地,一片茫茫。我顶着头顶的孝帽,跟着送葬的队伍走在老街的青石板上,花钱请来的乐队的哭嚎声断断续续,走到半路索性所有人都沉默,我没有哭。似乎恍然明白了原来人是突然离去的,甚至不会给你一句告别!

那个时候,我淘气鬼一个,遇到什么都想去捉弄一回。喜鹊高悬在十丈高的槐树分丫上的窝,我以敏捷的身手凭空上树,直接毫发无损地端下;李伯家的糯稻田里生养着稻花鲤鱼,我撸起裤腿就往稻田里钻,带着一个瓢,捉到满满一瓢的稻花鱼,回头一看,糯稻挺拔的躯干已经倾倒沃野;元宵佳节时,村里族回,我抱着一大包鞭炮,朝天空扔,结果把一个男娃子的新袍衣炸开了金花。

我唯一不想去捉弄的人是小林哥哥和菊香姐姐。他们俩都上高中了,将要高考了。那个夏天,我经常看到他们坐在石板上,捧着一本书，安安静静地阅读，写作业，记笔记。他们牵着双手，约定要考同一所学校，要一起去实现梦想。我躲在角落里，看着他们在滔滔如海的柳条下亲吻。

那个我十岁的夏天，非常燥热，太阳就是一个金鼎的巨盘，炙烤大地上的万物。空气里几乎不存在任何流质，空气被热浪蒸腾殆尽。我少年的年华分水岭大约就是十岁的那个夏天。

高考过后，我没有看到小林哥哥，只看到菊香姐姐形单影只坐在老街的石板上。她没有说话，捧着大学录取通知书，泪眼婆娑。我看到通知书上两个大字——"北大"！

我听说了小林哥哥家里的变故，他父亲突然因病逝世，治病花光了家私，他娘跪下来求他不去北大。因为学费的问题，他上不起学，只有两条路走，一不上大学，二去上军校！

后来，我听说小林哥哥一身朝气的军装，菊香姐姐一身白褶裙，两人一人朝北，一人向南，在老街的分叉口挥手告别。

也是这一年，我捧着奶油蛋糕送给小玲子，请求她闭上眼睛，想模仿小林哥哥给小玲子一个吻。小玲子突然睁开扑扇水灵的大眼睛，浅浅的双眼褶皱一张一收，灵动而美丽，她迅速地冲进她的房间里，从书架上取下一本我曾梦寐以求的《三毛流浪记》连环画，送给了我作生日礼物。

而后她略微正式而伤感地告诉我，她将要去县城里上初中，过几天搬家。我听了简直不敢相信，直愣愣地盯着她，但她认真的神情回答了我，她并没有骗我。

三天后，一辆老式卡车把她家的家具和物品狼藉地塞进了露天的车厢里，我看得发直，却没有勇气跟小玲子说再见。她直接地牵起我的手，用签字笔在我手臂上写下她家的住址，跟我爽快地说："有空去她家找她玩！"

她娘喊她上车坐好，跟我寒暄客套了两句话，我看着卡车老水牛打鼾似的响起的发车声,失落地看着卡车慢慢运行起步。突然卡车停住,小玲子从后座上跳下来,给我塞了一块巧克力,对我挥手,说"再见"!

我也礼貌地回了她——"再见"!小玲子再也没有回头,卡车掀起一阵烟尘,向我滚滚袭来,冲进我的眼睛里,喉咙里,我咳嗽了一阵,像一阵风一样去追逐卡车。终于在老街的岔路口摔了重重的一跤,门牙断了个缺口,血满喉管,狼狈不堪地哭了,混账般地打了一地滚。

夏天的最后与初秋的交替,连着下了半个月的暴雨,从天空泼下,一瓢又一瓢。我趁着暴雨停歇,出去摸鱼捉虾,被一条黑青斑纹交错的毒蛇咬伤,第一次火急火燎被家里人带走,匆忙奔去省会大城市求医问药,昏睡了一个多月,仿佛做了一场风花雪月的梦。梦醒时分,我痊愈出院。老娘哭成泪人,双眼红肿,憔悴得跟腊月里的腌萝卜干似的,也没有力气责骂我,打我,我反而心里很难受。

老娘眼泪不知道是激动还是痛苦,鼻子抽搐了一下,但并没有继续哭下去,用力地擤鼻涕。在簌簌落落的阳光下,我看清了老娘光芒反射的银发,<u>丝丝如银线</u>。突然觉得自己很无用,为什么会让娘这么失魂落魄?

老娘跟老爹商量了许久,决定把我留在省城里上学,把老家的房产、地产处置了,租了一间狭小的店面,经营早点,以此维持生计,也就此在省城里安了家。

我背上了省城初中的新书包,发了新教材,背着沉甸甸的书包。在金秋时分,孤零零地一个人走在城市宽阔的柏油路上,路两旁的桂花开得烂漫,花香温馨馥郁。

而自此,我的少年年华就这样被匆匆埋葬了,好比一个早殇过世的孩童。

带着半声轻轻的叹息,还有被迫催促前行的脚步,就此告别,没有再见。

十岁以后的日子我越过越糊涂，脑子里全是涌动的糨糊，一股脑儿清。对后面发生的事情，早已不复记忆，也许太不值得记忆，毕竟太过于雷同和相似。

在这一刻，我又嗅到了茉莉香片醇厚的香味，举起茶杯呡了一口，茶味显然凉了许多，缭绕的茶雾也已然散去，而老街的回忆却再一次如旧衣褶皱又褶了一层，叠进我的记忆衣柜里，一遍又一遍，翻来覆去，印刻清晰。

黄 兴

（2016级广播电视学）

236 / 捕蝇草 ●●●

裂　　纹

　　河水再次退去,河床赤裸裸地暴露在太阳下,龟裂的田地像是两道布满了裂纹的唇。举目一望,自己的家乡再次被干旱所吞噬。没有甘露的滋润,整个黄土高原都陷入了一片死沉。

　　太阳的余毒继续炙烤着这片死沉的大地,大地龟裂的伤口在太阳无情的照射下,变得更加无法愈合了。我和母亲扛着锄头来到我们家的玉米地里,半人高的玉米都有气无力地站在那里,就连长在玉米间的杂草都垂下了头,趴在地上。原本带有几份潮气的土壤现在又变成干沙了。看着这些情景,母亲捋捋前额的乱发说:"看来今年地里又没啥收成了。"

　　这样的情景我现在记不清有多少次了,我只知道每当这个时候,父亲就和同村的叔叔、伯伯们都出村了。在我小的时候,不知道父亲他们要去哪里,老是缠着父亲带我去,但每次父亲只是笑笑,并不会带我去。每当父亲出门的那天,母亲便早早地起床,为父亲打包行李。他们总是蹑手蹑脚的,生怕吵醒我们三兄妹。其实我每次都醒了,钻在被子里看着忙碌的父母。临行前,母亲总是把煮好的鸡蛋塞在父亲的包里。父亲总是对母亲笑一笑,然后将鸡蛋塞给我和姐姐,然后就背上自己的背包匆匆出门了。

　　在我儿时的印象中,父亲每次出门的脚步都是那么匆匆。有时候,我和姐姐会把父亲送到村口,每次到村口他只是让我们早点回家,然后头也不回地走了。看着父亲远去的背影,鼻子不由得酸了,眼泪模糊了我的视野。

一般父亲走后,没几天我们村子里的燕子就开始往南飞了,那个时候我总是淘气地问母亲,爸爸是不也和小燕子一样,嫌我们这里太冷了才去了南方。妈妈总是笑着说:"傻孩子,你爸爸哪里有小燕子那样幸福。"那时,我总觉得不公平,父亲一人出门享福,而家里的苦活、累活都由母亲一个人来做。我们一放学回家就像三个毛线团,这跑跑、那看看,帮母亲做一些力所能及的农活。

到了深秋,家乡的天气就开始变冷,我们兄妹仨便和母亲抢收起庄稼了。每到这个季节,我家总有干不完的农活。一放学便开始干活,直到夜幕彻底降临,我们才拖着疲惫的身子回家。回家后母亲忙着做饭,我们兄妹便忙着喂家畜。每当我端上那个小黄盆向猪圈走去时,我家的小猪老早就哼哼上了,像是和我打招呼,又像是在埋怨我。吃过简单的晚饭后,我们兄妹便坐在家里的老长椅上开始写作业。母亲坐在不远处,一边揉着我们白天刚搬回来的玉米,一边看我们写作业,嘴角不时浮出一丝微笑。

我和姐姐都知道,我俩的上学机会来之不易。村里男尊女卑的思想特别严重,他们多半只供男孩子上学。而女孩子多是在家里学些手工活,等到十六七岁便物色一个好婆家将她们嫁出去了。哪家女儿找了一个好婆家还会让村里人眼红。奶奶曾多次劝告母亲,你家孩子这么多,负担这么大,两个丫头就别让上学了,丫头终究是人家的人,你和他爹这样操劳不值得。母亲每次只是笑笑,回家之后继续鼓励我和姐姐好好学习。就这样姐姐成了我们村里的第一个研究生。

每当家乡的第一场雪到来,我就盘算着父亲也快回来了。每次父亲回来除了自己的行李外,从来不会给我们带礼物,我们也似乎不愿意亲近父亲。他每次回来看上去都很疲惫的样子,皮肤变得更黑了，背也似乎比以前更驼了。他不愿意多说话，只是不停地忙着做农活。那时候我知道父亲每次回来都会给母亲不少的钱，让母亲锁在箱子里。

每到冬天母亲的手都会不断地长裂纹。这些裂纹就像经纬网一样布满了母亲的整双手。有些裂纹会不断破裂流血。母亲便用我们村的土办法来治愈这些裂纹。她用细线缠住这些裂纹，然后涂上凡士林，在炉火上烤一烤，通常烤的过程都很痛的，但这个法子真的很有效的。

有时间，我觉得我和父亲的关系就好像母亲手上的裂纹，变得又深又长。在我眼里父亲是个自私的人，他把母亲对他的爱和关心视为理所应当。在孩子的面前他时常板着一张严肃的面孔。每当他在家，家里的欢声笑语就少了。我们都在刻意地躲避父亲，即使严冬天气再寒冷我们也喜欢待在外面，不愿意与父亲共处一室。直到现在，我每个假期和父亲的谈话不到十句。我与父亲之间的裂纹越来越深了。我不理解他，他也不理解我。

我明白这道裂纹在我童年的时候已经形成了，经常在外面打工的父亲没有太多的时间陪在我们身边，没能够给我们那种我们想要的父爱。父亲是个农民，他只是将父爱看成了一种物质上的给予。他用他的苦力改变了我们的物质条件，但是我们的精神世界里好像没有父爱存在过。

干涸土地的裂纹随着甘露的到来而去，母亲手上的裂纹随着春天的到来而去，而我与父亲之间那条多年的裂纹能否随着彼此的"懂你"而去？

杨　芳

［2014级汉语言文学（涉外文秘方向）］

许她晚归

　　头上绕裹着黑色纱巾,上身是藏蓝的短衫,裤子肥大,裤脚处有一圈针脚粗糙的刺绣,阿太是普普通通的苗家老太。

　　比起瘦小,干巴巴这个词似乎更符合阿太的模样,她如同许多老人一样,被时间榨干了生命的水分,皱缩的皮下,就是血管和筋骨。阿太走起路来,双腿像两根筷子在裤管子里颤巍巍地晃荡,佝偻的背上挂着一个巨大的竹篓,她的身体不由自主地前倾,给人脚底生风的错觉。

　　但其实,阿太走得慢极了。

　　我是在阿太背上的竹篓里长大的,妈妈也是,更不用说外公了。阿太的竹篓,是三代人共同的摇篮。然而学会走路后,每每去镇上赶集,我只能跟在阿太身后走。阿太背上的温床,成了废品篓,回家时,一篓子废品就变成手上薄薄的几张钞票。

　　对于小时候的我来说,去镇上的山路,是不亚于候鸟迁徙般的伟大征途。阿太带着我,迎着清晨的微风上路,顶着晌午的烈日归来。阿太背上竹篓,拄根木棍做拐杖,我扣好塑料凉鞋扣,捋好额前的黄毛,一老一小便出发了。

　　为了在日出前赶到镇上,一开始我和阿太总是脚步匆忙,我目不斜视跟在阿太身后,夏日清晨越过篱笆的牵牛花是我的最爱,此时也顾不得了。但路总是越走越火热,还未出村寨,太阳就已经越过山头。阿太的双腿渐渐沉重，背也更加弯了，汗水从她的头巾里渗出，她"哼哧哼哧"地喘着粗气。而我的情况比阿太好不到哪去，太阳唤出我身上的痱子，我难受极了，边挠边发脾气，在阿太后面"哼哼唧唧"，发着牢骚。老的小的，前头"哼哧"，后头"哼唧"，也是滑稽。

阿太被竹篓隐去了身影，我只能盯着大竹篓子看。有时我望着竹篓里的废纸板，又捏捏自己肚子上的肉，心想这肉难道不比纸值钱，阿太怎么不让我坐篓子里头？

到了镇上，先在废品站周转一下，阿太就牵着我往集市里钻。阿太总是在集市上采备许多零食，竹篓才空又被塞满，这零食当然不是为我准备，而是卖给村寨里的其他小孩的。我也不会白来一趟，有时是米糕，有时是油粑，这是我和阿太的早餐。我们蹲在集市旁的高地上稍作休息再回家，人头攒动的集市颇为有趣，幸运的时候，碰上屠夫杀牛，那是更有趣的景象。

几个屠夫牵着牛走到集市边缘的泥地上，人们自觉绕成一圈围观，屠夫的刀快得没影，可观的是牛的挣扎。"哞——哞——"，牛的腿痛苦地在地里刨腾，刮开的黄泥下是暗红的血色。我侧头看向阿太，却不知阿太看向哪里。她的眼睛被挤在数不尽的皱纹里，她的眼珠黑不是黑，白不是白，是蒙蒙的，比那头躺在泥地里的牛的眼睛还要暗淡。

回家的路上，阿太总是走得慢极了。

后来我被接回老家，再到湘西，已是好几年过去了。阿太仍旧是那身打扮，站在大门边冲我笑着，灰蒙蒙的眼睛里有浑浊的亮光，牙齿是残缺不整的。进屋，阿太同妈妈说着什么，而我已经听不懂苗语了。

第二天我起得很晚，屋里不见阿太的身影。待全家吃完早饭，阿太背着竹篓回到家来，她又去镇上了。

她吃力地蹲下，笨拙地从背带里挣脱出来，从竹篓里捡出一袋油粑,往我怀里送,我接过。阿太回来总会吃上几杯酒,外公便陪着吃。

傍晚,吃完夜饭,妈妈去村寨串门,我没有跟去。等到天色渐深,我却害怕起来,不停吵闹。阿太便带我到妈妈那里去。

她拉着我的手走在前头,我跟她讲话,问一句,阿太就答一句。她不知我在问什么,我也不懂她答了什么,最后我不问了,她依旧喃喃地在回答。

我以为老人的手是像老树皮一样的,但阿太牵着我,她的手又热又软,使我想起小时候。

有一次,阿太和外婆神情严肃,端了盆热水进到舅妈房间里,她们锁住了门,我和表妹想跟进去,被外公和大舅斥责。所有人都安静极了,房间里面不见声响,房间外面无人言语。良久,木门"吱呀"一声打破沉默,从黑暗中先出来的是一双鲜血淋漓的手,手里捧着一坨血肉,那是一个未成人形的死婴。阿太把"它"扔进了后屋的粪池,"它"沉了下去,阿太的指缝里淌出黏稠的血丝,淌进我夜晚的梦里。

世上最温润的莫过于一个母亲的鲜血,我更加害怕了。

下台阶时,阿太把手松开了。她横过身子,左腿先下,右腿跟上,喉咙里发出奇怪的声音,里面似乎藏着一个喘气的婴儿。阿太瘦巴巴的身体中,骨头仿佛在往关节里回缩,伸展不开。

我跟着她走在月光下的小道上,她走得慢极了。这是阿太在我记忆里的最后一个背影。

阿太走得慢极了,从没走出过县城,却轻易走出了人间。

苗家的屋子是木头和竹子建的,堂屋的火坑烧水烧饭,有时也会不小心烧到墙板。阿太被烧伤但不肯去医院,她要把魂灵留在自己的家。"鸟飞反故乡兮,狐死必首丘。"

她在一九二八年来到这个世界,踩着绣花鞋踏进地主家的大门;抱着褴褓中的外公跑到深山里躲避土匪;太公因地主成分入狱后,她拼死留住一块地;太公病死狱中,外公在煤山工作摔瘸了腿,她挽起裤脚步入田间；她因饥饿精神失常，偷了"公社"的大米，她走进监狱；再回到家，已是暮年，她背着自己的孙女在村寨游走，又背着孙女的女儿洗衣做饭……

她不谈过往，我无法在言语中知晓她的故事，她也不用言语来搭构一个伟大的人生。灵魂有钝痛，才知人生轻重；知轻重，便无言。

阿太无言，唯脚步有声。脚步虽慢，时光却长，她是我人生的引路人，用这双腿离了这人间，往另一个天地游耍去了。待我终于在这条路上走稳时，她会迈着缓慢的步子归来的。而我确信她正走在归途上。

只是，阿太走得慢极了。

路长脚步浅，我许她晚归。

王春花
（2015 级英语专业）

食　鲜

　　人活到我这个年纪，吃过的东西也算是冗杂的。虽然称不上老饕，但一个接地气的"吃货"还是敢自居的。

　　中国菜的食材无奇不有，我却唯好"时鲜"。旁人"英雄难过美人关"，到了我这儿过不了的就是"鱼羊鲜"这个坎。

　　小学语文课本里有篇讲北京糖串儿的，里面写得很讲究：果丹上的糖壳得是冰糖，这样阳光下才会晶莹剔透，尝在嘴里才会是甘甜，不会有焦煳味。鄙人才疏学浅，这专业道具也少，像白净的大理石板什么的通通没有，但有个优点就是"敢做"。

　　我买的冰糖有些大块，融化就花了挺长时间，可把平日里节俭惯了的祖母心疼坏了。我是把果丹洗净后直接滚下去的，美观与否，咱不考究，重要的就是个味儿牛不牛。这果丹糖球的糖壳还未转硬，拿个筷子提起，竟然有拔丝的效果，有那么点光芒四射的味道。

　　吃了这开胃小果后就得来些正菜。

　　"秋风起，蟹脚痒。"一年到了这个时候，什么都可以抛却，就是这螃蟹不能丢，就是忘却了，也得觍着脸寻回来。

　　传说，这第一个吃螃蟹的勇士姓解，如此，那张牙舞爪的小虫就有了"蟹"这一名讳。是真正做到"以吾之姓，冠吾之爱"了。

　　蟹的挑选也有讲究。像我就偏爱长脐，也就是通常所说的雄蟹。为什么这样呢？原因有二：其一，它的肉感与雌蟹不同，没有雌蟹的厚重感,口感不是沉的,而是跳的,比较鲜甜;其二,雄蟹拥有的膏远不是雌蟹可驾驭的,当然,我这里指的膏是透明泛着些许白色的软膏,而不是寻常雌蟹拥有的橙黄色硬膏。除此之外,观察螃蟹的尾部鼓起程度也是判别一只螃蟹是否肥美的标准。

至于吃法,那就多种多样了,但蒸绝对是最好的选择。蒸前需要将螃蟹的腿脚绑好,否则温度一上去,螃蟹就在里头闹翻了天,缺胳膊断腿都是寻常事。除此之外,螃蟹得需要仰面大躺地蒸,这是有讲究的。吃"鲜",重的就是原汁原味,蟹盖在下就可以把随温度上升而溢出的"鲜汁"储存起来,与之交融。这样摆在你碟子里的才是整整一只螃蟹的精华。

甜酱油绝对是佐螃蟹的极品,它本身所带有的姜甜味使蟹中的泥土气得到中和,释放出点亮味蕾的绝妙滋味。平常人家,"蟹八件"是不常见的,一副筷子便可打败天下无敌手。虽说这"心急吃不了热豆腐",但好螃蟹必须就得热吃。

将裹在蟹身上的绳拆解下来后,整只蟹都泛出了一股金黄色,开盖后的第一件事就是吸食盖中的鲜汁,先含在舌尖,再慢慢地滚下喉咙,溶解在汤汁中的蟹黄在食道中叫嚣着,直达肺腑。吃蟹黄时,酱油少蘸为妙,这样入口才是醇香。蟹中软膏也成了"黏合剂",将上下颚都粘上了,经久留香。

既然"鲜"字左半边为"鱼",那便自有其道理。

说到江南名菜,脑袋里第一个蹦出来的莫过于西湖醋鱼了,但醋鱼是个大菜,加之糖醋汁比较难调,所以我一般更偏爱"葱油鱼"一些。

"葱油鱼"要想好吃,必须得选用鲈鱼或鳜鱼,就是制作黄山名菜"臭鳜鱼"的鱼种。"臭鳜鱼"或许是一些人的心头最爱,然而对于我来说着实无福消受:气味过于"迷人"!

关于鲈鱼的开膛破肚就不一一细述了,讲讲之后的工序。我认为这"葱油鱼"啊,是个懒人菜,寻常人都可以搞定,当然要细致精巧也是得下功夫的,这就好比方便面和豚骨拉面的区别。

鱼身两侧都得拉上几道斜刀。在鱼腹和刀切口都擦上盐花,再在刀切处夹上葱节,静心腌制。半个时辰之后,就可以给腌鱼洗白白上蒸锅了,出锅后撒上葱花,再浇上一勺热油,噼里啪啦,油滴在蒸鱼表面扑腾着,绽出烟火来。鱼皮上也泛着焦黄色,香气袭人。

因是热油,这鱼就得些微晾一晾再动。一筷子下去,微焦的鱼皮包裹着鲜甜入味的鱼肉,快哉人生!配上一碗大米饭就是佳肴。

饭后水果,当季的为最佳。打个比方,冬天吃西瓜,自个儿心里就怕得慌,不提西瓜性凉,就是挂在其前的"反季"二字都得望之却步。当然,食材是否相冲是关键,比如,吃了螃蟹就不可再吃柿子了,毕竟身体是革命的本钱啊。

鲜中入食,鲜中入学,愿来生还做个"鲜人"。

周鑫超

(2017 级广告学)

西湖笔录

葭月游西湖，极尽物主之美。犹忆彼时与友人穿过巷口，瞥见西湖的湖光掠影，我就已然惊异于它的仙缈了。

深秋。那日天气尚好，清晨有雾，茫茫然横亘在眼帘前很近的距离处，像是烟雨凄迷的润色，将西湖枕在雾霭的臂弯里，偶尔吹来的徐徐清风化作纤纤玉手抚摸着幼小的婴孩。夹岸的垂柳带着绿意，枝条在湖围涤荡；梧桐沟壑纵横，像是老者，将纷芜淡化，静默潜听微风之跫音，稍作气息，就把树叶写成秋之明信片，馈赠或邮寄。人潮却是早已拥挤，熙熙攘攘，和乐的氛围将西湖囊括，我们也沉浸其中。

雾许是须臾之间无法淡去的了。我们沿着湖岸缓步，双眸看不太真切，只能辨识出近几米的距离。游船画舫是极多的，仿古的船体构造惹得人们竞相排队购票，说是能渡到湖心小岛抑或是三潭印月去。湖岸的杨柳和远处的梧桐相映成趣，杨柳像极了才过缸染的印花布，兀地悬在看不真切的木架上；而梧桐是一团团的烟火、一簇簇的花朵，热烈地开着，只是鲜红被雨淋淡了。

烟波渐浩渺，方才还浓得化不开的雾褪去了一半。我们站在一棵老梧桐树下，眺望并不算渺远的白堤。堤是湖上堤，人却是眼前人。再远些，画舫游弋，船中人是瞧不见了。

"我首次问访西湖的时候去过白堤，还走到了尽头再折返。嗯，白堤过长。"友人在杭州上学，出入得利索，这是她第三次游西湖。她说话的时候,目光投向白堤。

"西湖仙缈,仅一天光阴如何能游遍。"我说着,将手中的油纸伞再度收束,一边期许着下一次了。这次的行程时间是不太够享用的,我们过了窄短的马路,行走在湖的最外围。行路那侧竟乎多是古宅和 19 世纪建造的私人别墅,现多用于展览字画和陈列古迹了。书屋古色古香,门前的黄包车是我第一次见,倒是新奇,笔帘上荡着木书签,真是赚足了我的眼光;旁边是年代已久的饭馆,由一扇门通着,门口有身着长袍马褂的迎宾,往里瞧去,还能看见穿着民国装的服务人员。

走得累了,我们就去别家餐馆解决午饭,饭后稍作休憩,我们便踱步到岳王庙。过午雾已全然消散,而正红的色调更显肃穆端已了。黛瓦飞甍,著古朴风存。楹联写有"三十功名尘与土,八千里路云和月",《满江红》早已耳熟能详。庙宇的匾额上书"心昭天日",像是鹏举的绝笔"天日昭昭",读罢寒意便爬了上来,然则肃然起敬。香炉尚可供后世祭奠。

我去买两束黄白菊。店主是个看上去四十出头的女人,很好心地挑了束百合给我,还按黄白菊的价钱算。我瞅着百合,花开正艳,花瓣上的水珠还挂着,一抹粉红欲滴犹坠。我谢绝了她的好意,深知其中真意。肃穆是不可少的。

纪念馆前的池塘上浮荡着小且绿的田田荷叶,有攒簇,有分散,布局不显紊乱。红鲤穿梭其间,上吐个泡沫就逃窜。四围是略高的石壁,但是关不住满溢的景致。山色古柏森森,寒意翻涌着。我且去品尝半杯西湖藕粉,捎带了些去。

回走在来时路上,耳畔偶尔蹦蹿进几句吴侬软语,游人亲邻间的嘘寒问暖,即便是耳闻,心里也是道不出的欣喜。我于近处瞥见一方水域,荷叶层层浮在水面上,围着里头半开全开的莲,四下的浮萍拥挤着,有些竟把荷叶也掩盖了下去。这格调和笔法像极了莫奈。再远处已是枯荷,茎蔓是秋天蟋蟀的颜色,水面不再清圆,荷面破败不堪。我突然觉得,一种全新的深意正在升华,任凭秋风的肃杀,镜头下的美感是抹杀不了的;想起李义山的诗句"留得枯荷听雨声",有些许"化作春泥更护花"的意味,顿时更生景仰。

走走停停。坐在湖边的长木椅上,我们抬眼望着身旁高耸的梧桐,枝叶有被风干的,风一吹,便簌簌落下来。树的枯黄和天的湛蓝毫不违和,倒是有些谐趣。一转眼梧桐落满湖岸,有三两轻舟,三两船夫,斗笠和竹竿,梧桐和夕阳满载。山头斜照的夕阳把西湖浸染,再两寸光阴该是要入暮了。

"我想再来几趟,把西湖的四季看遍。"这是我说的一句话,还记得,从未被忘记。那天天气最宜观赏,再过些天果真阴雨连绵,是深秋转而入冬了;也想逢着去年的雪天,去张岱的湖心岛看雪。

李瑜婕

(2016 级汉语言文学)

水墨丹青,孕于旷野

三绿,如远方的山岚;钛白,似江面上缭绕的雾霭,国画数色,如同将一片山河挤出汁液,藏于小小的瓶罐之中。

面对山川,施一抹浅色,纵意所如,将色彩中蕴藏的天地精华悉数释放,此间意趣,本是古今画师心灵的共通。然而,高墙深院的宫禁中,我们看到一群画师埋头苦思,顶着御用的名号,在庭院深深中,面对空墙,闭门造车。他们的画作中,不缺朱砂胭脂掩映下的珠光宝气,在清墨点染树木葱茏中,博王孙公子一笑,荐为珍宝,命运扶摇直上,不可谓不幸。然而,其画墨色是凝固滞回,画中开图千里的山河,却未得颜料中一丝一毫的精华雨露,色彩盒里沉积的磅礴之气终是暗哑了。

水墨丹青,色色皆仿自然,本应纵情山水,观湖光山色,在旷野中释放无尽驰骋的想象,以情思为笔,挥毫尽兴。在这种大的环境中,胸襟得以舒展,个人宽广的气度,也会渗入画的格局中,使其意境开阔,一笔囊括万顷之势。

黄公望半生浪迹山水,在船舶后系一壶酒,往来于西湖,在野渡无人处放声长啸,竭力遍访名山大川,贪婪地想把山川之美尽纳眼中。他的《富春山居图》,笔笔惊如天成,有限的纸张中囊括的气韵,几渺远如天际。

看他的山水,每一笔中都有以一波动万波的无尽可能,观者沉迷其中，"如亲历，不知立于何所"。在远山沧海中放空一切，不将目光局限于尺幅之内。遍览天地万象，其素材必是源源不尽，一如长于沃土中的参天之树，气势磅礴，其势非盆景所能比。

远山沧海，是外在的大环境，所见所闻，造就了思想上的豪迈气概，而闭门造车之徒，居于宫苑包围既久，思维也就产生了局限定式。当然，也不必终生浸淫于山水之中，如吴道子，纵目一观而挥毫作下江陵千里之色。时时拥有着辽阔的胸怀，不为物役的气度思维，便终可挣脱思想上无形的"小"境，遁入辽阔的境界，终获灵动之气。

笔墨丹青，无灵气则枯。应承墨色的召唤，在旷野中释放绘画的惊魂，夫复何求。

薛星雨

（2017 级网络工程）

那些非名校毕业的学生失去了什么？

"我的大学配不上我。"

这是我在后台收到的一条读者留言。

说这话的是个在普通大学读大三的女孩，准备考研，想必是个在学校里努力上进的人吧，却无端也遭到了很多周围人的不认同和不理解：

"一些人只觉得我的野心是妄想，麻雀也想做凤凰。"

说出这样的话的人，大概会显得太狂傲吧。但我其实挺佩服她的：能够看到自己的潜力，并且努力获得突破平台的可能性，是非常难得的了。

忽然翻到刚上大一时发过的一条说说：

"忽然发现介绍自己时的身份前缀不同了。没关系，希望有一天我说我是谁时可以不要任何前缀也能很响亮。光环是光环，我是我。"

那时候还没从高中生活中缓过劲儿来。我的高中是本地一所声誉名气极佳的学校，相比起来，我的大学则显得有点平平无奇。

如今看起来，过去的自己对于学校 title 的执念挺深的，而且刚上大学那会儿其实挺自卑，因为觉得大学没考好，在一堆考上名校的高中同学面前抬不起头，连说话都小心翼翼。

要说完全不羡慕佩服是假的，但如今心态的确逐渐转变。

曾经会觉得：我们同在一个地方工作学习，你是知名学校毕业，而我是某某学校的。

现在会用另一种思路：你是知名学校毕业的，我是某某学校的学生，但此刻，我们在同一个平台工作学习。

很难说得清你经历过什么，而我又经历过什么，但结果是我们又在同一个地方遇见了。

英雄不问来路，就算来路不同，也未尝不能成为英雄。

一

有人说，名校和非名校、一本和非一本带来的福利差距有多少，只有到了毕业才知道。

很多人说名牌大学就像是名牌包，一个 logo 一个款式就给人传递出了无限的信息量，让人不敢小看，敬畏三分。

更何况走上社会后，非名校学生的柴扉久不开，名校学生的自动门早就顺着绿色通道敞开。

名校的学生和非名校的学生，或者简单点说，211、985 的学生和非一本的学生，到底有什么差别呢？

一个 top5 学校的朋友打了个接地气的比方如此回答：

"进入不同的学校，就像去不同的地方买咖啡喝，每个人口袋里的钱（分数）不够，也只能买到不同的产品（大学），名校就像去星巴克买现煮，普通学校就像去超市里买罐装。

"虽然大家喝的都是'咖啡'，但原料不同、制作方法不同、口感品质自然也不同。

"更重要的是环境不同——

"在咖啡店里，大部分都是抱着电脑赶策划赶论文赶稿子的脑力工作者，或者临时谈创业谈生意的创业者。

"但在超市，不仅没有地方坐，你前后排队付款的人可能只是赶着上班的普通工薪族。"

重要的不是坐着喝走着喝的区别，而是这杯咖啡质量如何、背后有没有什么文化内涵，更重要的是，谁和你一起喝的，你们谈论的话题是什么？

二

我觉得他说的话没错并不是因为他高考分数比我高，读着比我更好的学校，而是因为我在各种活动和工作的时候遇到一些名校毕业的学生，我的确发现他们拥有更多珍贵的品质和不错的能力。

昨天和一个知名的记者聊天，只是一顿饭的时间。对方一上来就轻描淡写："我们以前在北大怎么怎么样。"我们随便说起了一个什么品牌，对方回答："哦，我直系师兄，很熟的。"

这定不是刻意地炫耀，因为他说的是事实。但让我觉得"和××吃饭"更开心的事情是，本来以为我需要靠恭维和表达认同的一个饭局，双方年龄相差近十岁，也可实现比较顺畅愉快的沟通。

他说的我知道，我说的他也认同。

我相信对方是业内精英，比和精英吃饭更让我开心的事情是，我会和精英有共鸣（可能是我自我感觉良好，但也非常开心了）。

要说不羡慕佩服，那是不可能的。但我依然觉得，名校的意义不仅仅是求职时的光环，也不是聚会时顺口递出的一张张"无形名片"。

我羡慕的是，那些名校出来的年轻人，他们像是彼此之间的海浪，像隔绝外界的屏障，也像相互激励的助推器。

名校学生之间有特殊的心气和感知频率，虽不排外却也不包容，旁人不易感知也不可小觑。

在中国,我们常常把名校和精英教育等同起来,其实我不觉得名校学生和社会精英之间是一个"等号",可能只是一个勉强的"约等于"。其实只是概率大小的问题。

没有什么地方是永恒安全的。珍贵的年轻人不一定会被学校所珍惜,更保险的做法可能是自己保护自己,保护自己的人身安全和思想自由。

三

作为一个典型的非名校出身的普通年轻人,我自己最直观的感受:

普通大学的教育资源其实并没有我们想的那么不好,真正让我们和所谓"精英"们拉开距离的关键在于学生们相互之间的心气和趣味不同,对于同一件事情的看法和行动不同。

非名校的年轻人失去了一条精神上的康庄大道,他们必须时刻自我说服和激励,甚至需要反抗周围大部分人,而在独木桥上战战兢兢。

与其说非名校的学生失去的是眼界和资源,不如说他们失去的是某种群体之间的相互激励和彼此共鸣,他们得到的更多是质疑,甚至是贬低。

很多人常常提到波伏娃《第二性》里著名的段落:

"男人的极大幸运在于,他不论在成年还是在小时候,必须踏上一条极为艰苦的道路,不过这是一条可靠的道路;女人的不幸则在于被几乎不可抗拒的诱惑包围着,她不被要求奋发向上,只被鼓励滑下去到达极乐,当她发觉的自己被海市蜃楼愚弄时,已经为时太晚。她的力量已在失败的冒险中耗尽。"

这样的比喻或许不完全恰当，但我觉得其实困境是类似的，正如我最开始提到的那句：

"我的学校配不上我。"

或许那个姑娘周围的人不仅不鼓励她的前进，反而用一种看待异类的眼光打量她的野心。

她的上进，或许要让她付出更多的力气，还得面对无人为伍的孤寂。

四

昨天吃饭的时候，记者老师提到了弗里德曼的一本书《世界是平的》。彼时作者认为"互联网让信息更通畅，世界像是被抹平般天下大同"。

可坐在对面的老师笑道："现在弗里德曼可能会觉得很打脸。"

的确，从某种意义上来看，互联网并没有缩小人与人之间的距离，反而硬生生地划出一条结实的鸿沟——不同的人对待互联网的态度不同，高度也就不同。

有次在杂志上看到说，如今中国农村及小城镇地区移动互联网（手机）的普及率很高，但那里的年轻人们大多数只将手机用作娱乐消遣。他们很少用自己手中的工具获得线上的知识资源和平台进行更高质量的学习。

"弱水三千"只取"一瓢"，不是他们只有一瓢，而是他们周围的同龄人，都在争那一瓢，且没人告诉他们，其实有更好的。

可以说，他们每日打开的 App 可能决定了他们的上限。

非名校的学生，或许可以在这个互联网时代看到那些接受着更高质量教育的同龄人的模样和生活。但可惜的是,他们只看到一个结果,只了解包装过后的(或许被夸大或许被修饰过)的对方,却没有机会参与对方的生活和一路走来的过程。

这样的结果就是,大部分的年轻人,没得到激励,只得到了焦虑。

不是走不出去,也不是看不到更远的地方,只是被周围的人群困住了,若不自己找出口,只会一直待在原地,在乌泱泱的人群中——

继续焦虑。

五

不是每个人都能像那个读者一样,说出"我的大学配不上我"这样的话。但我相信,她做出的这个决定,意味着她会走上一条更加辛苦和孤独的路。

最后的结果不一定是拥有某个 title 或者名校的光环加持,而是她不会再害怕这样名义上的落差,并且可以心安理得地自由学习,思辨,自我完善。

非名校的学生,普通的一本、二本甚至专科的学生中,肯定存在着那些对自己有更高要求的,不愿意被平台限制的个体。

希望你们不要放弃,坚定自己的想法,走出去,走出去,走出去。

《圆桌派》里张立宪老师说过一句话:"你是选择在一线城市做一个二三线的人,还是想在二三线城市做一个一线的人?"

同理,名校与否其实不能判断一个人的三六九等。

名校只是可以帮助个人在大概率上成就他自己。

如果觉得自己的 title 不足以支撑自己的野心,那就更加努力地,去向更高层次更多元的世界和同龄人看齐。你可以去寻找更多和你有相同梦想和野心的人,和他们一起为伍一起创造。

非名校毕业的年轻人失去了什么？我想，他们或许曾经失去或差点失去自己真正的人生欲望，差点儿被大流浇灭自己的野心的火焰。

但这些都不是问题，因为很多东西是可以被弥补和改善的，只要有突破的决心和意志，保持清醒，保持上进（往上走，往前进）。

尼采说："在自己身上克服这个时代。"

同理，你可以在自己身上，克服所有的标签和阻碍。用实力为自己冠名。

尹旋超

（2014级汉语言文学）

18 岁—25 岁：一生中最混乱的七年该如何度过？

有部英国纪录片叫作《人生七年》。

纪录片的主角是 20 名来自不同阶层背景的英国 7 岁孩子，影片记录了他们每隔七年的生活学习状态、对未来的展望、对异性的看法、对其他成员的看法、对节目的看法，等等。

听说每 7 年人体内的细胞就会全部更新一次，那么是不是每过 7 年，我们就可以成为一个完全不一样的、新的自己呢？

假如人可以活 80 岁，这一生不过 11 个"7 年"，你觉得哪一个"七年"最重要呢？

有人说是"14 岁—21 岁"，有人说是"21 岁—28 岁"，在我看来，确切地说，是"18 岁—25 岁"。

这是人生中非常尴尬而复杂的年龄段——纵使年龄上已经成年，但却不具备完全的独立能力，就算脱离了青春期，也没有真正进入成年期。

既不能厚着脸皮以"孩子"自称，又没有底气作为一个真正的"大人"。

正在经历着 22 岁的我，目前正经历着这个"痛苦的七年"，虽然才过一半，已经感慨万千：

18 岁—25 岁真是一个难过的年龄段，我说的这个"难过"不仅是

"sad"，还有"hard"。

前一个"难过"在于没有拥有和野心匹配的能力，不甘心作为芸芸众生里的某某。

后一个"难过"在于站在十字路口不知何去何从，却被人催着做出一个又一个自己还没有想明白就必须决定的决定。

一

前段时间看到有人发了一条这样的朋友圈：

"18—25 岁是个混乱的年龄段，有些朋友要结婚了，有些朋友要开始读研、读博，又有些朋友已经生了孩子，可还有些朋友依然要遵守家里的门禁时间。"

大概是这样的，时间到了此刻仿佛变得混乱起来，所有的难过大概也因此而来。

我们自身的混乱，周围同龄人的混乱：

高考结束之后，再没有人给你倒计时，也没有人为你部署战略。你没有了压力却也丧失了动力，脱离了依靠却没有新的依靠，丢掉原有的方向却没有新的方向。

你忽然一下子，就不知道自己要考多少分，成为什么样的人了。

在高考大潮里齐头并进的同学们步伐不再整齐划一，有的人如黑马般冲出重围，有的人却好像停滞在了某个年纪，仿佛再也没有什么长进。

大家都变得异常焦虑和敏感，因为变化太突然了，变化的节奏太快了。

我们完全没有适应要如何在有限的时间里，完成众多人生命题——学业、事业、婚恋……

18 岁—25 岁应该被认为是人生中的某一个特殊的时期,是一个经历探索、变化,对未来有重大影响却并不自知的年岁。

后青春期的敏感更为致命,后青春期的疼痛更让人措手不及。

心理学家 Keniston 是这样形容这个阶段的:"在这个阶段的年轻人身上,始终存在着一种自我和社会之间的张力"以及"对于被完全社会化的拒绝"。

有人说所谓年轻,就指 18 岁—23 岁的阶段,可年轻有时候又像个巨大的负担,这样平凡无奇的我啊,配不上这样的盛名。

二

不知道你会不会有这样的感觉——人生从 18 岁拿到大学录取通知书的那一刻开始,节奏忽然加快。

你和所有同龄人一样按部就班地毕业,进入大学,大学毕业,进入社会,刚开始还是缓步而来,不知不觉已经开始小跑,当你发现所有人都在或明或暗地较劲儿时,你已经撒开了奔跑,并疲惫地气喘吁吁。

我们常常感到累,感到迷茫,感到挫败和失望,都是因为人生中大部分重要的命题过于集中和浓缩。这关乎一生的话题,却需要在短短七年里解决。

在我们生命力和热情最强盛的年纪里,需要面对的大部分抉择,都直指未来十几年甚至几十年的走向。

常常有人说:"你明明这么年轻,拥有无限的可能,为什么总是开心不起来呢?"

你想开心啊,但你害怕眼前开心过了,之后会是漫长的失落。

矛盾的是,让我们犹豫踟蹰的恰恰就是"无限的可能性"——我到底要去哪里？我到底要做什么？年轻的时候只想要万全之策，举棋不定却不知倒计时已经开始。

越关乎人生的重要决定，却给我们越短的时间去考虑。

只要是对自己的人生有期待的人，都会紧张吧。

所以大家扛不了压力，又害怕没有压力，比起生命中的重，我们更害怕这几年虚度过去，会为未来增负。

在我 20 岁的时候，我曾写过一篇《我今年 20 出头，觉得自己忙、茫、盲》，当我越往后走，发现"mang"并不能概括所有，还有"hun"。

25 岁之后的生活，如果过不好，大概就是"混""昏""婚"了吧。

朝九晚五混日子、被生活搅得头昏脑涨、甚至在家人的催促下草草结婚。

匆匆忙忙，跌跌撞撞。

三

这段时间在看导演贾樟柯的《贾想：贾樟柯电影手记》，其中有一篇序是陈丹青先生写的，他提到贾樟柯在一次采访里说："我在荒败的小城里混日子时，有很多机会沦落，有很多机会变成坏孩子，有很多机会毁了自己。"

那时候的他如果没有无意中看到陈凯歌的《黄土地》，如果没有励志做一名导演，如果没有坚持三年考上北京电影学院文学系，可能他会成为一个无所事事的小混混。

陈丹青先生感叹于他的诚实，也唏嘘于自己的知青岁月里有太多沦丧和破罐破摔的机会。

现在有很多年轻人总在问："谁能救救我们？"

陈丹青回答："永远不要等着谁来救我们。每个人应该自己救自己。从小救起来。

"什么叫作救自己呢？以我的理解，就是忠实于自己的感觉，认真做每一件事，不要烦，不要放弃，不要敷衍。

"哪怕写文章时标点符号弄清楚，不要有错别字——这就是所谓自己救自己。我们都得一步一步救自己。

"我靠的是一笔一笔地画画，贾樟柯靠的是一寸一寸的胶片。"

四

为什么年轻的时候我们需要努力？

不是我们需要努力，而是因为这个时候的努力是有回报的，哪怕需要一些磨炼和等待，也是心甘情愿的。

那些内心有火焰的岁月是珍贵的，奔赴的燃料仅仅是一腔赤诚，这样的热血时分其实很短暂，不要因为觉得困难就轻易地放弃它，然后放任自己随波逐流。

说 18 岁—25 岁是最需要努力的年纪，因为在 18 岁之前，我们没有那么多的能力自我改变和重塑，25 岁之后，又会被生活所牵制，无法做到真正地无拘束。

18 岁—25 岁这 7 年，是最适合你"自救"的。因为成本最低，而收效最高。

五

在这段时间里，我们可以好好利用这 7 年时间做一些准备，这是一个不断改变的过程：

　　不断地试探并塑造自己的世界观、逐渐完成经济上的独立、摸索并选定未来发展的事业，这些都是当下重要的事情。

　　韩松落说过一句很有意思的话："一定要乱看书，乱看电影，乱谈恋爱，使劲地经历无用的经历。因为吃了 10 个大饼才饱，不能归功于第 10 个大饼。"

　　未来人生的路真的还很长，但重要的是你现在正在选定的方向。你现在写下的每一笔都是伏笔，走过的每一步也都算数。

　　"黄金 7 年"真的很短，希望你可以珍惜。

尹旋超

（2014 级汉语言文学）

双城日记

（一）

双城是一座孤城。

（二）

五月十二日　晴

奶奶今天下地的时候腿疾又犯了，一个人坐在田埂上忍受着疼痛，还一边在担心着地里的花生今年秋天的时候没有好收成，还是隔壁的伯伯生拉硬拽地把奶奶送回了家。我和弟弟还有小黄跟奶奶住在一起，奶奶常说："我这辈子活到这个岁数了，全靠这一地的花生养活，你爸爸就是我这么养大的，可到了你们姐弟俩，我却怎么也养不好啊。"我知道，奶奶是担心我们吃不饱穿不暖，比不上别人家的孩子又高又胖。放学回到家里的时候，弟弟正坐在门口拿着一棵狗尾巴草逗着小黄转圈圈，一看见我就奔过来晃着我的手问："姐姐，姐姐，爸爸妈妈什么时候回来，奶奶又生病了，我的肚肚饿了。"弟弟每天都会问我爸爸妈妈什么时候回来，但是我什么也不知道。对弟弟来说，吃是头等大事，爸爸妈妈是第二等大事，所以每到这个时候，趁他还没有哭，我就到灶台上给他烧火做饭来填饱他的肚子，吃饱了他就又若无其事地开始和小黄追逐打闹。

我炒了青菜和土豆丝，奶奶说我的厨艺又进步了，以后可得容易嫁出去了。奶奶总喜欢开这种玩笑，但她是叹着气说的这些话。

我也想问，爸爸妈妈什么时候回来，可是没有人可以告诉我。

五月二十日　　晴

同学们都说，今天是个好日子——"520"代表"我爱你"。大家都七嘴八舌的，"爱"谁呢，爱爸爸妈妈，爱老师，爱爷爷奶奶，爱哥哥姐姐……说着说着，他们又扯到我身上了，他们和奶奶一样喜欢开我的玩笑，但是他们是带着放肆的笑意的。他们说，张旭爱我。张旭是隔壁的坏小子，他总是逃课，喜欢欺负低年级小朋友，还爱打架。三天两头看见他被老师罚站在门口，脸上还笑嘻嘻的，我从他们班门口路过时，他还对我吹口哨，于是他们班的同学都拥挤着从窗户里伸出头来看我，还起哄叫嚷：臭小子张旭调戏美女啦。我很讨厌他对我吹口哨，所以每次我都害怕从他们教室前路过。他还给我写过好几次情书，他带着他那群朋友围堵住我，硬把信塞在我手上，每次我都是拿着信就跑，他们就在后面哈哈大笑，一边笑一边大叫着：张旭的女朋友害羞了。

我真的很讨厌他们，我不知道谁可以帮我。上次老师叫我到办公室，和我说：你是个好孩子，不应该和隔壁那帮男孩子鬼混在一起。老师为什么要用"鬼混"来形容我？我明明是受害者，我明明很害怕，大家却都在嘲笑我，老师还在责怪我。

今天的我爱你，我只想爱我的爸爸妈妈，还有奶奶，还有弟弟，还有小黄。

五月二十三日　小雨

一到下雨天，奶奶的腿脚就更不方便了，只能躺在床上。这种时候，奶奶就喜欢在床上喃喃自语，有时候在哼一些我听不懂的小曲，有时候在自言自语，有时候在讲一些很久以前的事情。虽然我听不懂奶奶讲的那些陈年旧事，但我还是想陪在奶奶身边。

奶奶今天和我说："阿女啊，奶奶不行了，奶奶马上就要去找你爷爷了。"弟弟在旁边问我："奶奶会死吗？"我不知道弟弟从哪里知道"死"这个字的，就连我也不知道死是什么意思。奶奶转了一个身子，叹了口气说："是啊，奶奶要死了。"我问死是什么意思，奶奶说就是到另一个世界去寻找在这个世界已经找不到的亲人朋友。

奶奶不再像之前开玩笑时那样叹气了，而是很轻很轻地叹气，轻到几乎听不到了。

五月二十八日　阴

天空阴沉沉的，不再下雨了。

今天是礼拜天，我带着弟弟到隔壁伯伯家借电话打给爸爸妈妈。这个时候是我最开心也是最难过的时候。我一听到爸爸妈妈的声音眼泪就会流个不停，弟弟不知所然也跟着我哭个不停，但是我知道我该长大了，今天要给弟弟做个榜样，可不能哭鼻子了。

"妈妈，奶奶最近又生病了，但是我和弟弟都很乖，自己做饭自己洗衣服自己上学。"

"嗯，阿女最乖了，要照顾好奶奶和弟弟。"

"妈妈，我这周考试考了 90 分，老师说我进步了。"

"是吗，阿女要好好读书，给爸爸妈妈争气。"

"妈妈，隔壁班有个男孩子……"

"阿女，你可不要和男孩子瞎玩。"

"妈妈……"

"好了,爸爸妈妈手上还有很多工作要做,你们在家里好好待着。"

"嘟嘟嘟……"

爸爸妈妈真的很忙,他们总说是为了我和弟弟将来能过上好日子,他们总说过段时间就接我们过去,他们总说很爱我和弟弟,他们总说……

妈妈,我没有和男孩子瞎玩。

六月二日　雨

连续下了好几天雨,奶奶也已经好几天没有下床了。

今天放学的时候又被张旭他们堵住了,我和蓉蓉一起走在路上,张旭他们让蓉蓉先走,蓉蓉害怕他们就先走了,我觉得她会去找大人来帮我,所以我也让她先走了。

"张旭,你是不是不敢呀","张旭,你是不是怂了","张旭,你太没用了"……

他们又开始起哄了。

张旭坏笑着向我走过来,边走边吹口哨,我以为他又要塞给我一封信。但是没有,他伸出了双手,在我的胸前抓了一下,做了个鬼脸转身就跑了。后面那群人肆无忌惮地大笑起来,他们勾肩搭背地,边走边说——"是不是软绵绵的,很舒服","张旭,你真有种","哈哈哈哈哈哈……"我愣在原地,没有反应过来刚才发生了什么。

我一路哭着回来。

六月十日　雨

那件事被传遍了整个学校,这几天我走在路上,大家都笑眯眯地看着我,还对我指指点点的——"陈苗苗被张旭摸胸了","陈苗苗和张旭在一起了","陈苗苗真不要脸,会勾引人了","看,那就是陈苗苗,可坏了"……

陈苗苗是我,但是我没有勾引人,是张旭一直欺负我——没有人理我。

连蓉蓉也不和我走在一起了。

六月十八日　雨

奶奶说:"地里的花生都被淹死了。"

弟弟哭着和我说,张旭哥哥把小黄抢走了,小黄咬了他一口,他一脚就把小黄踢到水沟里去了。弟弟在旁边号啕大哭,他却在旁边看着在水里挣扎的小黄哈哈大笑。

我生气地对弟弟说:"不要叫他张旭哥哥,他是坏人。"

弟弟哭得更厉害了,怎么都停不下来。

小黄走了,它去找它的亲人了。

六月二十五日　阴

爸爸妈妈,我昨天做梦了。

你们来接我和弟弟到你们工作的城市里去了。你们给我买了漂亮的裙子,我穿着它,你们带着我到了一个好玩的地方,那里有脸上画得五颜六色、背后挂着好多气球的叔叔;有背着一挂糖葫芦的老爷爷;有开着玩具小火车转来转去的大哥哥;还有好多好多尖叫着、欢笑着的人。我第一次看见这么五彩缤纷的世界,我兴奋地跳来跳去,你们给我买了气球和冰糖葫芦,你们说,要拿好气球,这样爸爸妈妈才能在这么多人中一眼就找到阿女。你们牵着弟弟的手,我蹦蹦跳跳地走着,走着走着,我被撞了一下,气球从我手中滑落了,飞上了天空。我回过头你们却都不在了,我慌了,放声大哭起来,周围人来人往,没有一个人停下来。他们都变成了黑白色,他们都没有了欢声笑语。

我从梦中哭醒过来。

我的气球飞走了，所以你们再也找不到我了，是吗？

六月三十日

给大家的一封信：

爸爸妈妈，当你看到这封信的时候，我已经不在这个世界了。我要去找爷爷还有小黄了。奶奶说，死就是到另一个世界里去，我觉得这个世界一点都不好，所以我走了。我会在另一个世界里好好的，你们总说会来接我的，我总相信你们会来接我的。

奶奶，你总说你要去找爷爷了。我现在先去和爷爷说说话，像我每天晚上陪在你身边一样陪着爷爷。

弟弟，我会好好去照顾小黄的，姐姐再也不会凶你，再也不会对你生气了。

蓉蓉，我看见你那天躲在树后了，你并没有离开。

老师，我没有和张旭鬼混，我真的很讨厌他。

今天，我十四岁了。

（三）

这个地方叫双城，"双"总是一个令人愉悦的字。成双成对的人儿幸福地在这里生活。可是有一天，大批大批的年轻人开始往外走，只剩下了老人和孩子留守在这穷乡僻壤里，日复一日地等待着他们的归来。

郑卓妍

（2015 级汉语国际教育）

在 天 涯

　　人生在世，弹指一瞬。

　　胸中藏着仗剑天涯的梦，才不会恪守家规，守着这大片宅地，如父亲一般做一个循规蹈矩的商人。这天夜里，我借着黑夜，溜进库房，备足了盘缠，在家院中拐角的地方爬上墙头，在月光之下，我回头看了看这个我待了十五年的家，却看见母亲站在檐廊下冲我莞尔一笑。我想母亲是理解我的，一个翻身，未来得及给母亲留下口信便在墨色夜中匿去了身影。

　　只连夜赶去驿站，挑下一匹好马。心中一边痛快憧憬着美好的未来，一边可惜了哥哥的未来，家中一共两子，哥哥为了我只得屈身念书，习武，管账，平庸地做了一个富家子弟，心中不免惋惜。心中想着一定要闯出一番成就，同时也害怕父亲发现了书信派人将我寻回，不免加紧了赶路。一夜更深露重，而渐渐天明，我赶了一夜的路，在朝阳柔和的光中，奔去了扬州。"男儿立志出乡关，学不成名死不还。埋骨何须桑梓地，人间无处不青山。"

　　路途上那么多艰辛，与野兽在同一个林子里留宿，与鸟一般栖息在树上，还要提防厉害些的山贼和毒蛇。有时我想，我这么付出能否"赢得青楼薄幸名"？我也只是把叼在口中的狗尾巴草扔出去，坚毅地望着前方，跨上了征途。

　　三天之后，我来到了扬州城。我在扬州城中逛了逛，这里果然漂亮,烟花三月下扬州,我也未着急一时出人头地,便在一家私塾中教起了书。而闲暇之时,便在听书堂坐着,这里人多,消息来源广。之前我也并未想到要去做什么,现在在这里我突然找到了意义,我立志要做全天下最大的信息山庄,有买有卖,我只赚差价。

日复一日,我已经初有门路,武林中的大事小事稀奇事,我都略知一二,我才不只满足于这样一点的小成就,私塾先生这一身份让人对我放松戒备。我在城郊买下一片空地,便连夜自己设计图稿,人手不够,我要想些办法。

有一日,我在路边救下一位被殴打的黑衣人,却未想到,他大有来头,竟是名刺客,因身负重伤躲入民宅却被当成了小偷。江湖中人向来重义气,我于他又有救命之恩,于是他便效命于我。我教他去选拔十来个十多岁的孩子,教他们习武,抚养他们成人。看着他们因高难度的训练而苍白的脸色,眉目间却显得很坚定,我想起了当年的自己。

而如今,我站在高哨台上看着他们训练,未想过八年过去,我已经成为全天下最大的信息山庄的庄主,这庄的名字只为纪念一个过去软弱而如今冷酷的孩子,我给它取名为"红叶山庄"。

山庄日益繁荣,我却把自己更好地隐藏起来,只在密室中,寻求着老家父母的消息,夜晚抬头看见一轮明月,又想起那个自己离开的满天明月的夜里。时间竟是弹指一挥间。我用八年的时间壮大了一个山庄,却是用八十年也补不回父母缺失的爱。我在公事上从来都是快刀斩乱麻,却被那一缕一缕的家愁扰乱心思。要被问及这八年的艰辛,我想了想,也只能道出一件——没能被父母拥在怀里。

罪子不敢回家。可父母越来越年迈,过去健步听雨的父亲,如今只能被扶起走去祠堂,过去美丽贤惠的母亲,如今只能伴着青灯。我想他们要是没有我,必定不会老得这样快。我未能做些什么,只能匿名送些消息到哥哥手上,希望我的帮助能使他们晚年无忧。

在扬州，看过了繁荣，却渴望一席之地，能常伴父母，子孙绕膝。在扬州，看过了聚散分离，却只期望在过年之时能与家人吃上一顿年夜饭。在扬州，看尽了千帆，却也只渴望家的温暖。罢了，抑制不住的思念，背上荆条回家去吧。

还是熟悉的街道，还是熟悉的场景，我明明在街前骑过竹马，那些回忆在脑海中翻滚而来，我竟有些激动得挪不开脚步。

叩开铜绿门，穿过百折回廊，来到儿时罚跪过的祠堂。

被父母拥在怀里的那一刻，我的野心被满足，原来家才是我毕生最大的成就。

在天涯，不如归家。

戚艺飘

（2015 级戏剧影视文学编剧班）

诗 歌 篇

丢（外二首）

我没想过在你面前哭泣
我只想给你描述风的样子　河水的温度
布谷鸟谜一样的纹理

我曾想抱住你
抱住一道梅的气息
把气息揣在新缝的兜里
余生时常拿出来嗅嗅
让我与你　只差几口喘息

可后来下雨了
风追不上掉落的羽毛　星的目光和所有清晰的一切
梅子的气息被洗刷干净

它们匆匆赶来为了让我知道
丢的不是你
是未至的归期

我曾试图记录想你的次数

第一次　阴天时
灰尘从孤独的一端
走向温暖的一头
那是沙丘　气流涌动
而一双胳臂对一扇窗无能为力

第二次
我沿着墙壁写你的名字
把你和皇帝摆在一起
你们一个占有王国　一个占有我

第三次 深井如老妪
垂头丧气
那声音低沉　惊动欲睡的鸟
远处无所事事的昆虫
如临大敌

第四次
天空适时说谎
用漫天乌云预示着一场暴雨
终也没有来到

第五次

我站在田埂上挥手

我孤独无比

我空有一身相思　烈胆如壮士

记忆倾盆

仿佛一场雷电对世界不屑一顾地追问

而后星子斑驳如蚁群

历历往事如此　我试图牢记如此

直到遗忘 突然而至

念　念

我们都忍住不谈回家

忍住不用余光看门缝里积压的风雪

温度把衣服吃掉

日子把报纸碎屑吃掉

让内容一栏变得毫无意义

政府今天采取措施

只是与你我无关的例行公事

相比之下胡椒的味道 盐的比例更为重要

但没有要给的拥抱重要

我能看到你试图牢记温差和待买的蔬菜

它们把除我以外的空间全部填满

思念无处躲藏以后
只能躲在门口望眼欲穿
它看起来那么似曾相识
我知道
那是你的另一个样子

袁梦颖

（2012级汉语言文学）

十点的出租车（外二首）

后座是小型私人影院，
雨天模糊了镜头，
半封闭的空间里只有独个观众。
经过连续路灯，
有光在低眉的瞬间从你脸上掠过去，
抬眼起来再换一帧。
想把你侧过身的轮廓剪进不存在的相簿，
伞为书签。
散散落落的雨滴和哼歌不着调的司机，
都约好在下个八拍结束这场放映。

黄 包 车

黄包车是这个县城里挺有意思的存在，
好比车流人浪间流利穿梭的鱼，
见到鲜艳的红色、黄色招手即停。
驾驶的师傅谙熟每一条巷道，

知道拐角贴了小广告，

知道哪里是新建筑，

哪里是旧地标。

去锈的链条搭档电瓶，

突突地奔向目的地。

五块十块的辛苦铜钿，

放到最要紧的包里。

不光如此，

他们还懂得人间大小道理。

扯着嗓子告诉你，

别恼，开过去就是金色的秋天了。

回　声

回声是你存放在高海拔的答录机，

起伏的峰与谷，往远方延伸的天际，

共同在无形之中包围。

将双手拢在脸庞，

用尽全力向山谷深处呼喊。

漫山雪也好，凝着绿的林海也好，

簌簌往下掉落的叶子与风也好，

我都借着流动的声音把带着抱怨的想念传递到对面。

古时信仰的山神，枝头的野松鼠，

未被证明却真实存在的洞人，登山客的歌谣，

若是听见了，用回声寄予吧。

在字与字的尾音重叠和早已预想的渐渐消失之中，
我听到了想要的应答。

潘　越

（2016 级汉语言文学）

镜　　子

当困倦的眼睑合上白昼，大地寂静无声……
夜的轻纱将我裹覆，以拥抱我的姿势。
而，如同划破暗夜的雕塑峻冷地伫立，
我伫立在两个对称时空的中点，凝望——

我们的目光隔着蛛网——是这沉默的温湿将你滋养？
我镜中的陌生人、对称的叛逆者。
你曾无辜地将睡眠碰碎于清冷的河床，
又悄然而暴虐，在我体内如菌般生长。

我在明晃晃的夜里提灯搜寻，看见你就站在
比黑暗更深的一片黑暗里。我梦过。
在无数个梦里，我追逐着这片永不可及的阴影。

林柳逸

（2015 级秘书学）

轻飘飘（外一首）

撕碎父亲身子的是野草
我只是一只鸽子身上的羽毛
是蒲公英死后
轻飘飘的祷告

黑夜蒙上了所有树木的眼睛
所有的河也都睡着
但
石头没有
他睁着眼睛
他看到了这一切
这一切
星星也知道

我的父亲
那像煤疙瘩一样黑而硬的汉子
今天早上，突然
突然变得像稀松的黄土一样
轻

飘
飘

是野草,是野草
是野草撕碎了父亲的身子
这一切,石头知道,星星知道

我的父亲,曾说
所有的,所有的蒲公英
根上都紧紧,紧紧缠着野草

轻飘
飘
像一句祷告

你从草原上走过来

你从草原上走过来
青草割掉了你的耳朵
你的微笑像一个裹着断臂的袖套
轻轻地晃在马背上

那破洞的月亮
是你的鞋子
白天和黑夜
是你仅剩的两根脚趾

你从草原上走过来
青草像你发霉的手掌
你的头发如一丛杂乱的羽毛
风一吹就变成九月的鸟

段森旺

（2013 级汉语言文学）

气　球

吹一个气球

用我的呼吸,我的鼻子,我的嘴

但爸爸告诉我

腮帮子鼓起来会很疼

妈妈告诉我

吹气球的样子很难看

于是,我画一个气球

你可以把它的气全部放走

一下子

那么快

伤害不到我

陈　曦

（2012 戏剧影视文学）

过于轻（外三首）

我喜欢月光甚于月亮
如同我爱的不是玫瑰
而是玫瑰的香气

爱

我们相互凝视
像一杯水
倒进另一杯水

堕　落

一个人
在
某些时候
烟与酒
是无师自通的

还有,妈妈曾经说过
我摘下眼镜的样子
像个
坏人

沉　　城

雪中归来,抖落大衣上的雪
地面上,固态与液体交媾着
想象一座城市,苍白的明天
冰水把一切温存冻结
空荡的楼道,恍如未命名的腔体
吞噬记忆的兽
静伏于黑暗,拥抱我的脚步
这脚步声,恍如莲叶上垂落的露珠
透明,恍惚
犹如我在回忆中一次次失去自我
我们如此退缩,如此脆弱,仿佛肩上的雪如此沉重
如此不可承受,太多沉重
太多譬喻,太多象征
太多雨
太多雪
太多孤寂

王明辉

(2011级汉语言文学)

没有诗名的诗(外一首)

我有一封尚未写完的信落在
第二段那里有卖棒冰的童年,以及
玫瑰,小学对面就有教堂
他们说下课的时候风铃声比老师布置作业的嘶喊
要好听很多

腐败的胃可以甜蜜地吃下很多东西
阳光汹涌的季节血液煮熟了可憎的思想
孩子们想想身不由己的落榜其实也没有那么可怕
不如在篱笆内或是沙滩上
调皮地装模作样　自己忙得跟会撒谎的大人一样

蜷缩在树藤椅上摇一摇　读读报纸
并不新鲜去年人与物还在出现
女人的嘴唇并没有很多颜色
至少我应该找到一个邮筒
比我的字迹好看的

鞋子会变成海洋里的鱼

汗珠吹干了前额的头发

念一行诗歌

我就要去远方

去晾干一件深蓝色的冬装

失眠的纪念

我想把自己的嘴唇，嫁给这样的黑夜

它柔软、潮湿，带着难以置信的伤口

尚未吹干的头发睡在没有味道的风里

月光从赤裸的胸口长出清洌的肋骨

左边的手，分不清右边是手，抑或

是一株深刻的植物，面颊温热

肉体逐渐苏醒，房间里蒸发着微小可怜的灰尘

天花板的吊灯，清醒地投影在我的额头

也许，它会在我的脚踝边坠落，下一秒

或许诗意并非如此高尚——

就像计算着后天的头发是否要剪短

饭桌上的碎花布、袖口脱落的纽扣、街角商店的廉价首饰

它们爬满了脑海，理直气壮地责备，春天不愿被理解的孤独

不忍省略记忆与遗忘间的距离

那就抛却吧——

窗户、睡衣和被褥

眼眉张开，渗透在黎明的青草里
掌心合拢，在白雾般的镜子前，低头认错，分外羞红

徐雨霁

（2011级戏剧影视文学）

可怕的是（外一首）

可怕的是

无言令人高深，思考使人蒙羞

可怕的是

人用欲望代替描写渴求

可怕的是

一直低头走路的人突然仰望天空

用长久注视自己双脚的眼睛

瞥见宇宙

当 代 人

饥饿到，耻于狩猎

残酷到，流泪比流血罪孽

仁慈到，抵触生存推崇灭绝

孤独到，为孤独鸣谢

深情到，只会嘲笑，不会哽咽

懒惰到，以沉默作别

邵思梦

（2014 级戏剧影视文学）

在人间（外一首）

一个怪物，占据了我

不堪的躯体，愈加污浊

哀号，恸哭

扭曲诡异的面貌

他只想吸干我的血，吮吸我的魂

唯有滚烫的生命可以满足他

谁成了祭品

我是不幸的

我是幸运的

谁有慈悲之心

或许会施舍些许怜悯

血肉崩析

我是被戮者，日夜唱着哀歌

一双眼睛，寻找下一个错乱的呼吸

我告解，神的耳朵触摸不到我的声音

我逃离，神恼怒我的迟疑，将大门紧闭

肉体逝去，为何无法逃离

我被囚禁在黑色的夜里

辗转中苦行

无处可去

离　去

只有一方小小的匣子

泥土咸腥

大树吞咽了阳光

阻止我的呼唤

荒草结成一张网

张狂的触手不断地收紧，收紧

火焰毫不留情

你不再有呼吸

鲜血不在躯体涌动

周遭都是唏嘘的声音

为何你要隐蔽自己

我知道你的秘密

黑暗浸透的那方匣子

你还会不会在夜晚到来

漫无目的，只有等待

我不能遗忘

我是这世上，仅剩的一人

所有人都忘记了

他们曾触摸过一个匣子

你的呼吸日渐羸弱

因为我快成为所有人中的一个

当我不再独特

再感受不到你的气息

想不起你的秘密
绝望地呼喊，哀号
我是这样无情，手上鲜血淋漓
你终于不见了
周遭很安静
唏嘘的只有我一人

黄海芸

（2016 级汉语国际教育）

征兆（外二首）

翌日启窗而视，雪深如许
候鸟一样落满

黄昏揉着太阳穴暗下去，山和山
普遍呈绷紧的蓝色

焦虑，整个冬天都因缺乏灵感而焦虑
葵花，棉花，荷花，焦头烂额

有时候，喜鹊在月夜里叫
所惊诧的无非是些山茶啊，蜡梅

急不得的，要等树枝产生轻微的眩晕
被子也纷纷斜垂到地上

吊　月

常常见月

见废墟而难过

月亮分明就是废墟

与楼兰同

没人知道嫦娥举宫迁往何处

据唐诗载

月亮像深蓝的琥珀包裹着嫦娥

又杜撰

不破楼兰终不还云云

奢侈的空谈

其时都早已成废墟

于是古朗月行

越写越难过

近乎悼文

秋　收

别起头发洗脸

脸盆和水碰撞起轻音

两手打肥皂

均匀抹到脸和颈项上

闭着眼和男人说话

昨天把镰也使坏了

可是把好镰

洗落肥皂沫

绞干毛巾

香味细细发散

晨光透过米黄的窗帘

男人刷地曳开

就着盆涮了下手

端起来一脚拨开门

泼在院里

冷气带香窜进屋

今天还有些豆萁要割

镰也得借

刘　楠

（2014 级汉语言文学）

情 无 声

都道是——
落花有意，流水无情。
却不晓，
那满江春水，
凝成了花瓣中的一滴泪。

都道是——
山水相傍，紧相依偎。
却不知，
那投向水中的巍峨倒影，
诉说着相望却无法相触的无奈。
山，险峻挺拔，
却甘愿拜倒在——
水的清澈柔波间。

荣　慧

（2016级汉语言文学）

被风吹走的帽子

天空像半池倾斜的湖水
我一停
大风吹走我的帽子
落入桥底
我想起年轻时候
因此丢失了许多帽子
——我想写一首诗
唉，我忘了上一句
也写不出下一句
——等到雨停
风再吹起我干净的帽子

文　镇

（2016 级经济学）